幕末姫《ばくまつひめ》

―葵《あおい》の章《しょう》―

藤咲《ふじさき》あゆな・著
マルイノ・絵

集英社みらい文庫

幕末姫《ばくまつひめ》 ―葵《あおい》の章《しょう》― 目次《もくじ》

はじめに　——お姫様《ひめさま》と激動《げきどう》の幕末《ばくまつ》——

徳川家康《とくがわいえやす》が初代将軍《しょだいしょうぐん》となり、江戸《えど》に幕府《ばくふ》を開《ひら》いてから約《やく》250年《ねん》。

第《だい》十二代将軍《だいしょうぐん》・家慶《いえよし》の時代《じだい》——嘉永《かえい》6年《ねん》（1853年《ねん》）6月《がつ》、アメリカ大統領《だいとうりょう》の親書《しんしょ》を携《たずさ》えたペリー代将《だいしょう》率《ひき》いる「黒船来航《くろふねらいこう》」により、幕府《ばくふ》は大《おお》きく揺《ゆ》れることとなりました。

けれど、大事《だいじ》なときに家慶《いえよし》が急死《きゅうし》。次《つぎ》の将軍《しょうぐん》となった家定《いえさだ》は政《まつりごと》を見《み》るには不十分《ふじゅうぶん》な器《うつわ》だと思《おも》われ、就任前《しゅうにんまえ》から「次代《じだい》の将軍《しょうぐん》を誰《だれ》にするか」という問題《もんだい》が起《お》きていました。

これがいわゆる「将軍継嗣問題《しょうぐんけいしもんだい》」で、幕府《ばくふ》は御三卿《ごさんきょう》の一橋慶喜《ひとつばしよしのぶ》を推《お》す「一橋派《ひとつばしは》」と、御三家《ごさんけ》の紀州藩主《きしゅうはんしゅ》・徳川慶福《とくがわよしとみ》（のちの家茂《いえもち》）を推《お》す「南紀派《なんきは》」とに分《わ》かれ、政争《せいそう》を繰《く》り広《ひろ》げました。

この問題《もんだい》が大老《たいろう》・井伊直弼《いいなおすけ》の政治手腕《せいじしゅわん》で一応《いちおう》の決着《けっちゃく》を見《み》ると、今度《こんど》は朝廷《ちょうてい》と幕府《ばくふ》がともに手《て》を取《と》り、国難《こくなん》に立《た》ち向《む》かおうとする「公武合体政策《こうぶがったいせいさく》」が持《も》ち上《あ》がりました。

これらの流《なが》れに巻《ま》き込《こ》まれたのが、本書《ほんしょ》でご紹介《しょうかい》する、
第《だい》十三代将軍《だいしょうぐん》・家定《いえさだ》の三番目《ばんめ》の正室《せいしつ》「篤姫《あつひめ》」（薩摩《さつま》の姫《ひめ》）

第十四代将軍《だいじゅうよんだいしょうぐん》・家茂《いえもち》の正室《せいしつ》「和宮《かずのみや》」（孝明天皇《こうめいてんのう》の異母妹《いもうと》）
第十五代将軍《だいじゅうごだいしょうぐん》・慶喜《よしのぶ》の正室《せいしつ》「美賀子《みかこ》」（公家《くげ》の姫《ひめ》）

右《みぎ》の三人《にん》の姫君《ひめぎみ》たちです。

外国《がいこく》の脅威《きょうい》が迫《せま》るに従《したが》い、「尊王攘夷《そんのうじょうい》（天皇《てんのう》を尊《たっと》び、外国《がいこく》を打《う》ち払《はら》うべきと考《かんが》える思想《しそう》）」が叫《さけ》ばれるようになり、時代《じだい》の流《なが》れはやがて「倒幕《とうばく》」へと傾《かたむ》いていきます。

「黒船来航《くろふねらいこう》」、「安政《あんせい》の大獄《たいごく》」、「桜田門外《さくらだもんがい》の変《へん》」、「薩英戦争《さつえいせんそう》」、「八月十八日《がつにち》の政変《せいへん》」、「禁門《きんもん》の変《へん》（蛤御門《はまぐりごもん》の変《へん》）」「長州征伐《ちょうしゅうせいばつ》」、「薩長同盟《さっちょうどうめい》」、「大政奉還《たいせいほうかん》」、「鳥羽《とば》・伏見《ふしみ》の戦《たたか》い」、「王政復古《おうせいふっこ》の大号令《だいごうれい》」、「江戸城無血開城《えどじょうむけつかいじょう》」、「戊辰戦争《ぼしんせんそう》」……。

ここに挙《あ》げたのは、幕末《ばくまつ》に起《お》きた主《しゅ》たる事件《じけん》ですが、「坂下門外《さかしたもんがい》の変《へん》」や「池田屋事件《いけだやじけん》」なども入《い》れると枚挙《まいきょ》にいとまがありません。

この間《かん》、たったの16年《ねん》。

激動《げきどう》の幕末《ばくまつ》で、姫《ひめ》たちがどのように生《い》き、夫《おっと》を愛《あい》したのか。

彼女《かのじょ》たちが咲《さ》かせた〝華《はな》〟の物語《ものがたり》を、どうぞたっぷりとお楽《たの》しみください。

藤咲《ふじさき》あゆな

幕末姫
ばくまつひめ

―葵《あおい》の章《しょう》―

当時《とうじ》の国名《こくめい》マップ

現在《げんざい》の
都道府県名《とどうふけんめい》
です。
北《きた》
西《にし》
東《ひがし》
南《みなみ》
青森県《あおもりけん》
秋田県《あきたけん》
岩手県《いわてけん》
山形県《やまがたけん》
宮城県《みやぎけん》
新潟県《にいがたけん》
石川県《いしかわけん》
富山県《とやまけん》
福島県《ふくしまけん》
島根県《しまねけん》
鳥取県《とっとりけん》
福井県《ふくいけん》
長野県《ながのけん》
群馬県《ぐんまけん》
栃木県《とちぎけん》
山口県《やまぐちけん》
兵庫県《ひょうごけん》
広島県《ひろしまけん》
岡山県《おかやまけん》
京都府《きょうとふ》
岐阜県《ぎふけん》
埼玉県《さいたまけん》
茨城県《いばらきけん》
佐賀県《さがけん》
福岡県《ふくおかけん》
香川県《かがわけん》
大阪府《おおさかふ》
滋賀県《しがけん》
愛知県《あいちけん》
山梨県《やまなしけん》
東京都《とうきょうと》
長崎県《ながさきけん》
大分県《おおいたけん》
愛媛県《えひめけん》
徳島県《とくしまけん》
奈良県《ならけん》
静岡県《しずおかけん》
神奈川県《かながわけん》
千葉県《ちばけん》
熊本県《くまもとけん》
高知県《こうちけん》
三重県《みえけん》
和歌山県《わかやまけん》
宮崎県《みやざきけん》
鹿児島県《かごしまけん》
鹿児島県《かごしまけん》
沖縄県《おきなわけん》

近江《おうみ》
若狭《わかさ》
丹後《たんご》
山城《やましろ》
加賀《かが》
伯耆《ほうき》
出雲《いずも》
因幡《いなば》
但馬《たじま》
越前《えちぜん》
対馬《つしま》
石見《いわみ》
美作《みまさか》
美濃《みの》
備後《びんご》
備中《びっちゅう》
丹波《たんば》
壱岐《いき》
長門《ながと》
安芸《あき》
備前《びぜん》
播磨《はりま》
周防《すおう》
摂津《せっつ》
筑前《ちくぜん》
豊前《ぶぜん》
讃岐《さぬき》
伊勢《いせ》
肥前《ひぜん》
筑後《ちくご》
伊予《いよ》
阿波《あわ》
大和《やまと》
土佐《とさ》
豊後《ぶんご》
紀伊《きい》
志摩《しま》
肥後《ひご》
尾張《おわり》
淡路《あわじ》
日向《ひゅうが》
和泉《いずみ》
河内《かわち》
三河《みかわ》
薩摩《さつま》
伊賀《いが》
大隅《おおすみ》

歴史《れきし》には諸説《しょせつ》ありますが、
このシリーズでは主《おも》に通説《つうせつ》に基《もと》づき、
物語《ものがたり》を構成《こうせい》しています。

篤姫《あつひめ》

徳川《とくがわ》を最後《さいご》まで守《まも》った
第《だい》十三代《だい》将軍《しょうぐん》・家定《いえさだ》の正室《せいしつ》

■篤姫《あつひめ》（1836～1883）

1836年《ねん》（天保《てんぽう》7年《ねん》）	薩摩《さつま》に生《う》まれる。名《な》は「一《かつ》」（1歳《さい》）。
1853年《ねん》（嘉永《かえい》6年《ねん》）	島津斉彬《しまづなりあきら》の養女《ようじょ》となり、篤《あつ》と改名《かいめい》（18歳《さい》）。
1856年《ねん》（安政《あんせい》3年《ねん》）	第《だい》十三代将軍《だいしょうぐん》・家定《いえさだ》に嫁《とつ》ぐ（21歳《さい》）。
1858年《ねん》（安政《あんせい》5年《ねん》）	家定《いえさだ》、斉彬《なりあきら》、死去《しきょ》。
	落飾《らくしょく》して天璋院《てんしょういん》と号《ごう》す。
	第《だい》十四代将軍《だいしょうぐん》・家茂《いえもち》の養母《はは》となる（23歳《さい》）。
1868年《ねん》（慶応《けいおう》4年《ねん》）	江戸城無血開城《えどじょうむけつかいじょう》（33歳《さい》）。
1883年《ねん》（明治《めいじ》16年《ねん》）	江戸《えど》にて死去《しきょ》（48歳《さい》）。

幕末姫《ばくまつひめ》「篤姫《あつひめ》」関係図《かんけいず》

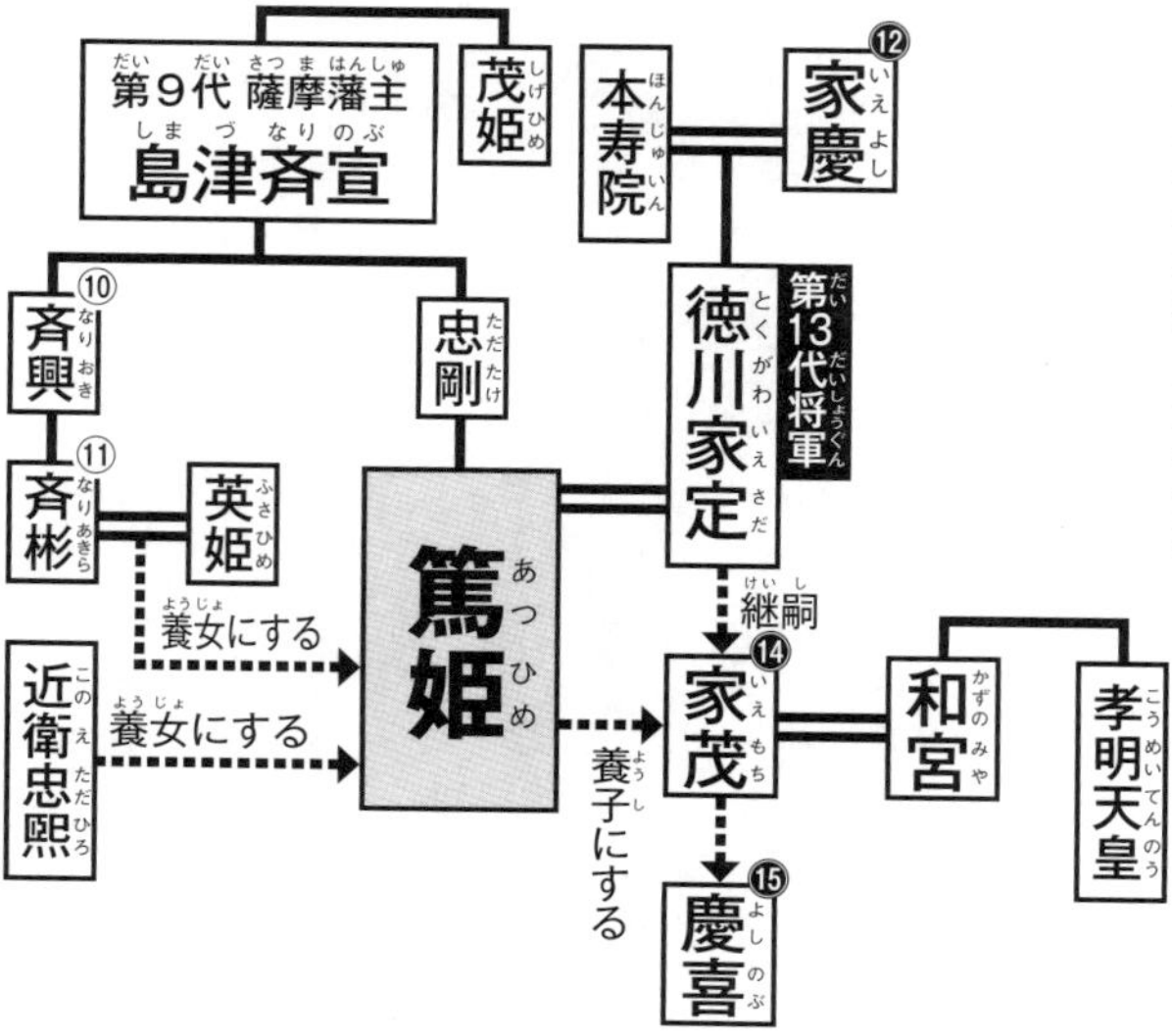

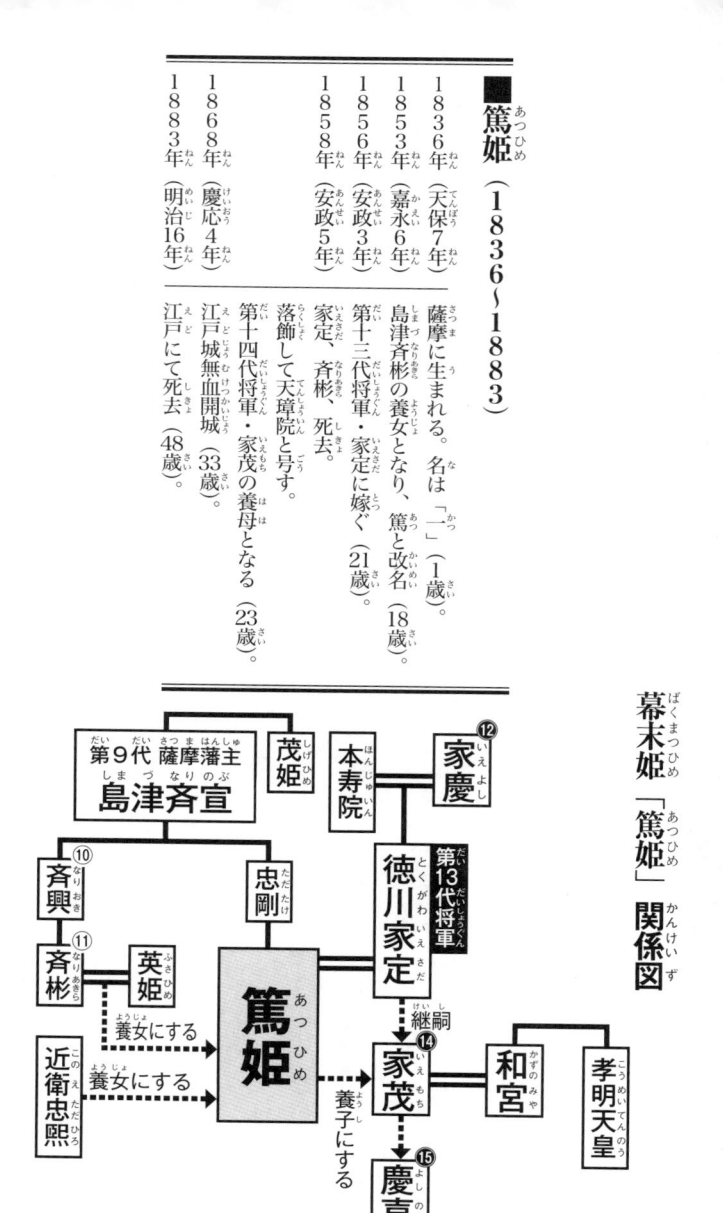

1 薩摩藩主《さつまはんしゅ》・島津斉彬《しまづなりあきら》の養女《ようじょ》となる——嘉永《かえい》6年《ねん》(1853年《ねん》)——

九州《きゅうしゅう》の南《みなみ》——錦江湾《きんこうわん》に浮《う》かぶ桜島《さくらじま》を仰《あお》ぐ薩摩国《さつまのくに》。

嘉永《かえい》4年《ねん》(1851年《ねん》)12月《がつ》15日《にち》。鹿児島城《かごしまじょう》(別名《べつめい》・鶴丸城《つるまるじょう》)には島津《しまづ》一門《いちもん》の人《ひと》たちが大勢《おおぜい》集《あつ》まっていました。

この日《ひ》は2月《がつ》に藩主《はんしゅ》となった斉彬《なりあきら》を祝《いわ》うために一堂《いちどう》に会《かい》して、能《のう》を見《み》たり、食事《しょくじ》をしたりする会《かい》があり、斉彬《なりあきら》は一門《いちもん》の者《もの》ひとりひとりと対面《たいめん》していました。

その中《なか》のひとり、今和泉島津家《いまいずみしまづけ》の一姫《かつひめ》も斉彬《なりあきら》にあいさつをしました。斉彬《なりあきら》は一《かつ》の従兄《いとこ》にあたりますが、会《あ》うのはこれが初《はじ》めてです。

「今和泉島津忠剛《いまいずみしまづただたけ》が娘《むすめ》、一《かつ》にございます。このたびはまことにおめでとうございます」

「年《とし》はいくつか?」

「はい、十六にございます」

一《かつ》は、はきはきとしゃべり、部屋《へや》へ入《はい》ってから辞《じ》するまでの所作《しょさ》も流《なが》れるようで、実《じつ》に堂々《どうどう》としたものでした。それに背《せ》が高《たか》く、とても健康《けんこう》そうです。

(ほう、これは評判《ひょうばん》どおりの姫《ひめ》だ)

ひとめで一《かつ》を気《き》に入《い》った斉彬《なりあきら》は、翌年《よくとし》の春《はる》、一《かつ》の父《ちち》・忠剛《ただたけ》を磯《いそ》の別邸《べってい》まで花見《はなみ》に誘《さそ》い、

「一《かつ》を島津本家《しまづほんけ》の養女《ようじょ》に迎《むか》えたい」

という話《はなし》をしました。

咲《さ》き誇《ほこ》る桜《さくら》の向《む》こうに、薄《うす》く噴煙《ふんえん》をたなびかせている桜島《さくらじま》が見《み》えます。

絶景《ぜっけい》を見《み》ながら話《はなし》を聞《き》いていた忠剛《ただたけ》は、とても驚《おどろ》きました。

娘《むすめ》が藩主《はんしゅ》の養女《ようじょ》になる——というだけでも名誉《めいよ》な話《はなし》なのに、斉彬《なりあきら》はなんと一《かつ》を次期将軍《じきしょうぐん》の
「御台所《みだいどころ》(正室《せいしつ》)」として嫁《とつ》がせようと考《かんが》えていたからです。

詳《くわ》しくは、こういうことでした。

1年半《ねんはん》ほど前《まえ》——嘉永《かえい》3年《ねん》(1850年《ねん》)の秋頃《あきごろ》、徳川将軍家《とくがわしょうぐんけ》から斉彬《なりあきら》に、

「島津家《しまづけ》に家祥公《いえさちこう》にふさわしい姫《ひめ》はいませんか」

という問《と》い合《あ》わせがあったのです。

第十二代将軍《だいじゅうにだいしょうぐん》・家慶《いえよし》の世子《せいし》、家祥《いえさち》(のちの家定《いえさだ》)はその年《とし》、ふたり目《め》の正室《せいしつ》を亡《な》くしたばか

りでした。最初《さいしょ》の正室《せいしつ》と二番目《ばんめ》の正室《せいしつ》がともに京《きょう》の公家出身《くげしゅっしん》の姫《ひめ》であったため、

「次《つぎ》は薩摩《さつま》の姫《ひめ》がいい」

と家祥《いえさち》や生母《せいぼ》の本寿院《ほんじゅいん》が望《のぞ》んでいるというのです。

外様大名《とざまだいみょう》とはいえ、島津《しまづ》と将軍家《しょうぐんけ》には浅《あさ》からぬ縁《えん》がありました。

在位《ざいい》50年《ねん》を誇《ほこ》った第《だい》十一代将軍《だいしょうぐん》・家斉《いえなり》の御台所《みだいどころ》は、斉彬《なりあきら》の大伯母《おおおば》にあたる茂姫《しげひめ》でした。

家斉《いえなり》は茂姫《しげひめ》と婚約《こんやく》した当時《とうじ》、徳川御三卿《とくがわごさんきょう》のひとつである一橋家《ひとつばしけ》の世子《せいし》だったのですが、婚約《こんやく》後《ご》に将軍家《しょうぐんけ》を継《つ》ぐことになったため、そのまま茂姫《しげひめ》も御台所《みだいどころ》の座《ざ》に納《おさ》まったのです。

両家《りょうけ》の間《あいだ》にはこのような歴史《れきし》がありましたので、在位《ざいい》50年《ねん》を誇《ほこ》った家斉《いえなり》の時代《じだい》にあやかり、将軍家《しょうぐんけ》のほうから「薩摩《さつま》の姫《ひめ》がいい」という話《はなし》が出《で》たのでした。

もちろん、これは薩摩《さつま》にとっても悪《わる》い話《はなし》ではありません。

しかし、斉彬《なりあきら》には年頃《としごろ》の娘《むすめ》がおらず――。

一族《いちぞく》の中《なか》のどの姫《ひめ》がいいかと考《かんが》えていたある日《ひ》、家臣《かしん》たちにも話《はなし》を聞《き》いたところ、

「それならば、今和泉《いまいずみ》の姫《ひめ》がよいでしょう」

という意見《いけん》が上《あ》がってきました。

「幼《おさな》い頃《ころ》から怒《おこ》ったこともなく、温和《おんわ》な心《こころ》の持《も》ち主《ぬし》です」

「年《とし》は確《たし》か、十六、七。誰《だれ》とでも臆《おく》することなく話《はな》せる姫《ひめ》だそうですぞ」

「こういってはなんですが、今和泉家《いまいずみけ》は困窮《こんきゅう》に瀕《ひん》していた頃《ころ》、雨《あめ》の日《ひ》に廊下《ろうか》を歩《ある》くとき傘《かさ》が必《ひつ》要《よう》だったとか。そのような家《いえ》で育《そだ》っておりますので、芯《しん》はかなり強《つよ》いかと……」

家臣《かしん》たちが推《お》す姫《ひめ》の話《はなし》は、斉彬《なりあきら》にとって実《じつ》に好印象《こういんしょう》でした。そして、暮《く》れに行《おこな》われたお祝《いわ》いの会《かい》で実際《じっさい》に一《かつ》に会《あ》い、養女《ようじょ》に迎《むか》えたいと思《おも》ったのです。

「どうだろう？　一《かつ》ならば、よい御台所《みだいどころ》になると思《おも》うのだが」

「兄《あに》三人《にん》、妹《いもうと》三人《にん》という兄妹《きょうだい》の真《ま》ん中《なか》で育《そだ》った一《かつ》は、上《うえ》に対《たい》する気遣《きづか》いもでき、下《した》の者《もの》に思《おも》いやりを示《しめ》す、気立《きだ》てのよい娘《むすめ》……私《わたし》の自慢《じまん》の姫《ひめ》です。お役《やく》に立《た》つのでしたら、ぜひ」

こうして、一《かつ》は藩主《はんしゅ》・島津斉彬《しまづなりあきら》の養女《ようじょ》となることが決《き》まったのです。

1年後《ねんご》の嘉永《かえい》6年《ねん》（1853年《ねん》）、3月1日《がつついたち》。

江戸《えど》からの参勤交代《さんきんこうたい》の旅路《たびじ》にある斉彬《なりあきら》が不在《ふざい》のまま手続《てつづ》きが行《おこな》われ、一《かつ》は晴《は》れて島津本家《しまづほんけ》の養女《ようじょ》となり、その月《つき》の10日《とおか》には「篤《あつ》」という名前《なまえ》を与《あた》えられました。この名《な》は、第《だい》十一代将《だいしょう》軍《ぐん》・家斉《いえなり》の御台所《みだいどころ》となった茂姫《しげひめ》が嫁《とつ》ぐ前《まえ》の名《な》でしたので、それにあやかったのです。

そうして、家族《かぞく》と別《わか》れた篤《あつ》は鹿児島城《かごしまじょう》へ入《はい》り、厳《きび》しい花嫁修業《はなよめしゅぎょう》を始《はじ》め――。

6月《がつ》には斉彬《なりあきら》が帰国《きこく》し、篤《あつ》は養父《ちち》となった斉彬《なりあきら》とようやく親子《おやこ》の対面《たいめん》を果《は》たしました。

「養父上《ちちうえ》、江戸《えど》でのお勤《つと》め、ご苦労様《くろうさま》にございました」

「うむ。息災《そくさい》でなによりだ。篤《あつ》、話《はなし》は聞《き》いておろうが、そちは天保《てんぽう》6年《ねん》に生《う》まれたことになっておる」

「はい。いつのまにかひとつ年《とし》を取《と》っていて、びっくりしました」

嫌《いや》な顔《かお》をせず、おだやかに笑《わら》ってみせた篤《あつ》を見《み》て、斉彬《なりあきら》は「やはり、この姫《ひめ》を選《えら》んで正解《せいかい》であった」と思《おも》いました。

その昔《むかし》、茂姫《しげひめ》が結婚《けっこん》する際《さい》、「将軍《しょうぐん》の御台所《みだいどころ》は京《きょう》の姫《ひめ》」という慣習《かんしゅう》を守《まも》るため、島津家《しまづけ》から一度《ど》、公家《くげ》の近衛家《このえけ》に養女《ようじょ》に出《だ》して嫁《とつ》ぐというかたちにしたのですが、篤《あつ》もその前例《ぜんれい》にならい、いずれ近衛家《このえけ》の養女《ようじょ》となることが決《き》まっていました。

が、篤《あつ》はもともとは島津《しまづ》の分家《ぶんけ》の姫《ひめ》。分家《ぶんけ》から島津本家《しまづほんけ》の養女《ようじょ》となり、そこからまた近衛家《このえけ》の養女《ようじょ》となると、「またまたの養女《ようじょ》」となって都合《つごう》が悪《わる》いため、斉彬《なりあきら》の実子《じっし》として幕府《ばくふ》に届《とど》けることにしたのです。

その際《さい》、斉彬《なりあきら》が二十七歳《さい》で薩摩《さつま》に帰藩《きはん》したときに生《う》まれた子《こ》どもだとするために、年《とし》をひとつごまかして提出《ていしゅつ》する運《はこ》びとなりました。斉彬《なりあきら》は前藩主《ぜんはんしゅ》・斉興《なりおき》の世子《せいし》でずっと江戸《えど》にいたので（当時《とうじ》、世子《せいし》は藩主《はんしゅ》になってから国《くに》へ戻《もど》るのが普通《ふつう》でした）、薩摩《さつま》で生《う》まれ育《そだ》った篤《あつ》が江戸《えど》に滞在《たい》《ざい》した事実《じじつ》がないため、このようなつじつま合《あ》わせをしたのです。

「篤《あつ》、この5月《がつ》、アメリカの軍人《ぐんじん》ペリーが黒船《くろふね》を四隻率《せきひき》いて琉球《りゅうきゅう》に来《き》たことは知《し》っておるな」

「はい。櫓《ろ》も帆《ほ》もなく煙《けむり》を上《あ》げながら海原《うなばら》を進《すす》む、大《おお》きな鉄《てつ》の船《ふね》だとか」

「その黒船《くろふね》が北上《ほくじょう》し、この前《まえ》、浦賀《うらが》の港《みなと》に入《はい》った」

「まあ！　江戸《えど》の近《ちか》くじゃありませんか」

アメリカ大統領《だいとうりょう》の国書《こくしょ》を渡《わた》したペリーは「来年《らいねん》の春《はる》、返事《へんじ》をもらいに来《く》る」と予告《よこく》し、日本《にほん》を去《さ》りました。しかし、予告《よこく》されたとはいえ、来年《らいねん》ふたたび江戸《えど》が大騒《おおさわ》ぎになるであろうことは目《め》に見《み》えています。

「わしは急《いそ》ぎ海防《かいぼう》を強化《きょうか》するため、帰国《きこく》してすぐ砲台《ほうだい》の視察《しさつ》や、大砲《たいほう》の鋳造《ちゅうぞう》の指揮《しき》に当《あ》たっておった。そのため、そちとの対面《たいめん》が遅《おそ》くなったのだ。すまなかったな」

英明《えいめい》な斉彬《なりあきら》は常々《つねづね》、

「外国《がいこく》の国々《くにぐに》が日本《にほん》を食《く》い物《もの》にしようとこぞってやってくる中《なか》、西洋《せいよう》の驚《おどろ》くべき文明《ぶんめい》を無視《むし》して国粋主義《こくすいしゅぎ》を守《まも》っていたのでは、日本《にほん》は潰《つぶ》されてしまうだろう」

と日本《にほん》の行《ゆ》く末《すえ》を案《あん》じていました。

「日本《にほん》はもっと国力《こくりょく》をつけるべきだ。強《つよ》い日本《にほん》になってこそ、外国《がいこく》と対等《たいとう》に渡《わた》り合《あ》える」

と考《かんが》えていた斉彬《なりあきら》は、藩主《はんしゅ》になってから、そのための対策《たいさく》を様々《さまざま》実行《じっこう》していました。

いわゆる「集成館事業《しゅうせいかんじぎょう》」と呼《よ》ばれるものです。

大砲《たいほう》を製造《せいぞう》するための反射炉《はんしゃろ》や溶鉱炉《ようこうろ》の建設《けんせつ》、洋式船《ようしきせん》の建造《けんぞう》、ガラス、紡績《ぼうせき》、窯業《ようぎょう》など――まずは地元《じもと》の薩摩《さつま》から富国《ふこく》を目指《めざ》し、斉彬《なりあきら》は近代化《きんだいか》を推《お》し進《すす》めていたのです。

「日本《にほん》はこの先《さき》、外国《がいこく》からの脅威《きょうい》に悩《なや》まされることとなろう。そのためにも、わしは幕府《ばくふ》での薩摩藩《さつまはん》の立場《たちば》を強《つよ》くし、国力《こくりょく》を高《たか》めたいと考《かんが》えておる」

斉彬《なりあきら》の話《はなし》をじっと聞《き》いていた篤《あつ》は、「はい」とうなずきました。

「そのために、わたしが将軍《しょうぐん》の御台所《みだいどころ》になる必要《ひつよう》があるのですね」

「そうだ。わしが将軍《しょうぐん》の岳父《がくふ》――義父《ちち》となれば、幕府《ばくふ》での立場《たちば》が上《あ》がる。そうなれば、いろいろなことを進《すす》めやすくなる」

「はい、心《こころ》して嫁《とつ》ぎます」

まっすぐな瞳《ひとみ》で返事《へんじ》をする篤《あつ》を愛《いと》おしく感《かん》じ、斉彬《なりあきら》は目《め》を細《ほそ》めました。

「そちはまことに利口《りこう》な女子《おなご》だ。しかし、わしは女《おんな》として、そちにしあわせになってもらいたいと願《ねが》っておる。それもまごうことなき、本心《ほんしん》だ」

薩摩《さつま》を出発《しゅっぱつ》するのは8月《がつ》と決《き》まり、篤《あつ》はふたたび花嫁修業《はなよめしゅぎょう》に明《あ》け暮《く》れる日々《ひび》を送《おく》りました。行儀見習《ぎょうぎみなら》いや茶道《さどう》、華道《かどう》などのたしなみはもちろんのこと、島津家《しまづけ》の歴史《れきし》、徳川家《とくがわけ》の歴史《れきし》など、頭《あたま》に叩《たた》き込《こ》まなくてはなりません。

そうして、篤《あつ》が様々《さまざま》なことに励《はげ》んでいた頃《ころ》――6月《がつ》22日《にち》、江戸《えど》では幕政《ばくせい》を揺《ゆ》るがす出来事《できごと》が起《お》きていました。

病床《びょうしょう》にあった第十二代将軍《だいじゅうにだいしょうぐん》・家慶《いえよし》が、この世《よ》を去《さ》ったのです。

この報《しら》せを受《う》けた斉彬《なりあきら》は衝撃《しょうげき》を受《う》けました。

(家慶公《いえよしこう》が亡《な》くなるとは！　篤《あつ》の輿入《こしい》れもどうなることか……)

このような大変《たいへん》な時期《じき》に篤《あつ》を江戸《えど》に上《のぼ》らせてもいいものかどうか、斉彬《なりあきら》は悩《なや》みましたが、

(しかし、これはもともと幕府《ばくふ》から持《も》ち込《こ》まれた縁談《えんだん》だ。あれこれ考《かんが》えずに、運《うん》を天《てん》にまかせて江戸《えど》へ向《む》かったほうがいいのでないか)

そう考《かんが》え、予定《よてい》どおり、8月《がつ》21日《にち》に旅立《たびだ》たせることにしたのです。

花嫁候補《はなよめこうほ》は他《ほか》にもいた？

「薩摩《さつま》に家祥《いえさち》（家定《いえさだ》）と釣《つ》り合《あ》う年頃《としごろ》の姫《ひめ》はいないか」と問《と》い合《あ》わせがあった当時《とうじ》、斉彬《なりあきら》には姫《ひめ》がいなかったため、茂姫《しげひめ》の姪《めい》にあたる姫《ひめ》（どちらも他藩《たはん》の姫《ひめ》）などを含《ふく》め、何人《なんにん》かを候補《こうほ》に選《えら》びました。けれど、候補《こうほ》に挙《あ》がったとたん「将軍家《しょうぐんけ》に嫁《とつ》ぐなんてとんでもない」とばかりにあわてて他家《たけ》へ嫁《とつ》いでしまったり、話《はなし》が一向《いっこう》に進《すす》まなかったり……。

そうして残《のこ》ったのが、斉彬《なりあきら》の異母弟《おとうと》・久光《ひさみつ》の娘《むすめ》、哲姫《あきひめ》（斉彬《なりあきら》の姪《めい》）と斉彬《なりあきら》の叔父《おじ》・今和泉忠剛《いまいずみただたけ》の娘《むすめ》、篤姫《あつひめ》（斉彬《なりあきら》の従妹《いとこ》）でした。

島津一門《しまづいちもん》が一堂《いちどう》に会《かい》したお祝《いわ》いには哲姫《あきひめ》も出席《しゅっせき》しましたが、このとき、斉彬《なりあきら》は家中《かちゅう》の評判《ひょうばん》も高《たか》かった篤姫《あつひめ》を気《き》に入《い》ったと考《かんが》えられています。

幕府側《ばくふがわ》が「薩摩《さつま》の姫《ひめ》を」と望《のぞ》んだ背景《はいけい》には、その当時《とうじ》、茂姫《しげひめ》の弟《おとうと》や甥《おい》などで現役《げんえき》の藩主《はんしゅ》が五人《にん》、妹《いもうと》や姪《めい》で藩主夫人《はんしゅふじん》になった者《もの》が十人《にん》、すなわち、この縁組《えんぐみ》により十五の大名家《だいみょうけ》とのつながりを強固《きょうこ》にできると考《かんが》えた政治的《せいじてき》な要素《ようそ》も多分《たぶん》にあったようです。

2 篤姫《あつひめ》、江戸《えど》に上《のぼ》る——嘉永《かえい》6年《ねん》(1853年《ねん》)——

(さようなら、桜島《さくらじま》……さようなら、わたしの故郷《こきょう》)

少《すこ》しだけ秋《あき》の気配《けはい》をまとっている桜島《さくらじま》を背《せ》に、嘉永《かえい》6年《ねん》(1853年《ねん》)8月《がつ》21日《にち》辰《たつ》の刻《こく》(午《ご》前《ぜん》8時《じ》)、故郷《こきょう》に別《わか》れを告《つ》げた篤《あつ》の一行《いっこう》は鹿児島城《かごしまじょう》を出発《しゅっぱつ》しました。

陸路《りくろ》ですと、江戸《えど》までは約《やく》四四〇里《り》(約《やく》一七〇〇キロ)。50日《にち》はかかる大変《たいへん》な長旅《ながたび》です。

鹿児島《かごしま》を出《で》た行列《ぎょうれつ》は薩摩《さつま》の西岸《せいがん》を北上《ほくじょう》し、出水《いずみ》の野田郷《のだごう》にある感応寺《かんのうじ》に寄《よ》りました。ここには、鎌倉《かまくら》から始《はじ》まった島津家《しまづけ》の初代《しょだい》から五代《だい》までの墓《はか》があるのです。

(島津《しまづ》の御先祖《ごせんぞ》の皆様《みなさま》……わたしは薩摩《さつま》をおいとまいたします。どうかお見守《みまも》りください)

そうして、一行《いっこう》は薩摩《さつま》から熊本《くまもと》、久留米《くるめ》を経由《けいゆ》して、小倉《こくら》から本州《ほんしゅう》に入《はい》り、東《ひがし》へと進《すす》み……。

9月《がつ》の末《すえ》に京《きょう》に入《はい》った篤《あつ》は、東福寺《とうふくじ》などの名所《めいしょ》を訪《たず》ねて紅葉《こうよう》を愛《め》で、宇治《うじ》にも足《あし》を延《の》ばして

7日《なのか》ほど滞在《たいざい》したのち、東海道《とうかいどう》を使《つか》って江戸《えど》へ向《む》かいました。黒船来航《くろふねらいこう》の影響《えいきょう》を考《かんが》え、斉彬《なりあきら》は万《まん》が一《いち》のときは海沿《うみぞ》いの東海道《とうかいどう》ではなく、安全《あんぜん》のために山間部《さんかんぶ》の中山道《なかせんどう》を使《つか》うように言《い》っていましたが、事前《じぜん》の調査《ちょうさ》により〝問題《もんだい》なし〟と判断《はんだん》が下《くだ》り、東海道《とうかいどう》を進《すす》んだのです。

篤《あつ》の一行《いっこう》は大井川《おおいがわ》を渡《わた》り、箱根《はこね》、戸塚《とつか》を経《へ》て、10月《がつ》22日《にち》、鎌倉《かまくら》の鶴岡八幡宮《つるがおかはちまんぐう》を参拝《さんぱい》しました。

鶴岡八幡宮《つるがおかはちまんぐう》は、源氏《げんじ》の守《まも》り神《がみ》です。

徳川幕府《とくがわばくふ》の初代将軍《しょだいしょうぐん》・家康《いえやす》は新田源氏《にったげんじ》の子孫《しそん》だという話《はなし》ですから、

（家祥様《いえさちさま》がよき将軍《しょうぐん》となるよう、どうぞお見守《みまも》りくださいませ）

まだ顔《かお》も知《し》らない未来《みらい》の夫《おっと》の幸運《こううん》を祈《いの》り、篤《あつ》は手《て》を合《あ》わせました。

そして、いよいよ翌日《よくじつ》の10月《がつ》23日《にち》、江戸《えど》に到着《とうちゃく》した篤《あつ》は、薩摩藩《さつまはん》の江戸上屋敷《えどかみやしき》にあたる芝《しば》の藩邸《はんてい》に入《はい》り、斉彬《なりあきら》の正室《せいしつ》・英姫《ふさひめ》にあいさつをしました。藩主夫人《はんしゅふじん》や世子《せいし》は江戸《えど》の藩邸《はんてい》にいることが幕府《ばくふ》から義務《ぎむ》付《づ》けられていますので、英姫《ふさひめ》に会《あ》うのは初《はじ》めてです。

「篤《あつ》と申《もう》します。養母上様《ははうえさま》、どうぞよろしくお願《ねが》いします」

「薩摩《さつま》からの長旅《ながたび》、ご苦労様《くろうさま》でございました。花嫁修業《はなよめしゅぎょう》も大事《だいじ》ですが、しばらくはゆるりと過《す》ごして旅《たび》の疲《つか》れを落《お》としてくださいね」

英姫《ふさひめ》がやさしく言《い》って、篤《あつ》を見《み》つめます。

「あなたなら、大奥《おおおく》に上《あ》がっても大丈夫《だいじょうぶ》そうね」

英姫《ふさひめ》はそう言《い》ってから、話《はなし》を続《つづ》けました。

「私《わたし》は一橋家《ひとつばしけ》の出《で》ということになっていますが、実《じつ》の父《ちち》は第《だい》十一代将軍《だいしょうぐん》・家斉公《いえなりこう》なのですよ」

将軍家《しょうぐんけ》から嫁《よめ》をもらうとなると、婿《むこ》の家《いえ》は莫大《ばくだい》な出費《しゅっぴ》を余儀《よぎ》なくされます。当時《とうじ》の島津家《しまづけ》の財政《ざいせい》は苦《くる》しく、そこで格《かく》を下《さ》げるために家斉公《いえなりこう》の弟《おとうと》・一橋斉敦《ひとつばしなりあつ》の娘《むすめ》ということにして英姫《ふさひめ》は斉《なり》彬《あきら》のもとへ嫁《とつ》いできたのです。

ここで、大奥《おおおく》を知《し》る英姫《ふさひめ》の目《め》が、すっ、と細《ほそ》められました。

「あなたが本当《ほんとう》は島津《しまづ》の分家《ぶんけ》の姫《ひめ》であることは周知《しゅうち》の事実《じじつ》。ゆえに風当《かぜあ》たりも強《つよ》かろう。大奥《おおおく》は女《おんな》の園《その》……。華《はな》やかな反面《はんめん》、棘《とげ》も多《おお》いところ。うっかりしていると、棘《とげ》にやられて動《うご》けなくなりますよ。あなたは花園《はなぞの》を統《す》べる御方《おかた》になるのですから、しっかりね」

厳《きび》しいことを言《い》われましたが、これは英姫《ふさひめ》なりの〝愛《あい》の鞭《むち》〟だと篤《あつ》は理解《りかい》しました。

大奥《おおおく》に入《はい》ることは、嵐《あらし》の中《なか》に放《ほう》り込《こ》まれることと同《おな》じ。

〝もともとは分家《ぶんけ》の姫《ひめ》〟だからと蔑《さげす》んだり、その身分《みぶん》から御台所《みだいどころ》に上《のぼ》り詰《つ》めたことを妬《ねた》んだりする者《もの》も多《おお》くいるはずです。

英姫《ふさひめ》は今《いま》、厳《きび》しいながらも篤《あつ》を励《はげ》まし、そのことを教《おし》えてくれたのです。

「ご教示《きょうじ》ありがとうございます。故郷《こきょう》を出《で》たときから、もとより覚悟《かくご》の上《うえ》にございます」

篤《あつ》が怯《ひる》むことなく言《い》いますと、英姫《ふさひめ》は満足《まんぞく》そうに微笑《ほほえ》みました。

「実《じつ》に頼《たの》もしいこと。あなたが御台所《みだいどころ》になる日《ひ》を、楽《たの》しみにしておりますよ」

英姫《ふさひめ》の前《まえ》から辞《じ》したあと、篤《あつ》はふと江戸城《えどじょう》の方角《ほうがく》を見《み》ました。江戸城《えどじょう》は徳川幕府《とくがわばくふ》が開《ひら》かれてから250年近《ねんちか》く、日本《にほん》の政《まつりごと》の中心地《ちゅうしんち》として栄《さか》えてきたところです。

(家祥様《いえさちさま》とは、いつ、お会《あ》いできるのかしら……)

斉彬《なりあきら》からは将軍《しょうぐん》が亡《な》くなったばかりなので、しばらくは無理《むり》だろうと聞《き》いています。夫《おっと》となる人《ひと》に早《はや》く会《あ》いたいと思《おも》う反面《はんめん》、篤《あつ》の胸《むね》には不安《ふあん》も大《おお》きく広《ひろ》がっていました。

家祥《いえさち》は身体《からだ》が弱《よわ》い上《うえ》に暗愚《あんぐ》だという噂《うわさ》があるのです。

(でも、噂《うわさ》は噂《うわさ》……。どんな御方《おかた》かは、本当《ほんとう》にお会《あ》いしてみないとわからないわ。それに養父《ちち》上《うえ》もおっしゃったじゃない？　女《おんな》として、しあわせになってほしいと)

篤《あつ》は不安《ふあん》を打《う》ち消《け》すように、花嫁修業《はなよめしゅぎょう》を続《つづ》けるのでした。


そして、日《ひ》はまた流《なが》れて11月《がつ》になり——。

毎月《まいつき》22日《にち》に行《おこな》われる前将軍《ぜんしょうぐん》・家慶《いえよし》の月法要《つきほうよう》が終《お》わった翌日《よくじつ》の23日《にち》、家祥《いえさち》が家定《いえさだ》と名《な》を変《か》え、第十三代将軍《だいじゅうさんだいしょうぐん》に就任《しゅうにん》しました。

「ついに家祥《いえさち》……いえ、家定様《いえさださま》が将軍《しょうぐん》におなりあそばしましたね」

「来年中《らいねんじゅう》には、きっとお輿入《こしい》れよね」

侍女《じじょ》たちは来《く》るべき日《ひ》を思《おも》って会話《かいわ》を弾《はず》ませ、

（そうね。いよいよだわ！）

と篤《あつ》も覚悟《かくご》を決《き》めましたが、年《とし》が明《あ》けても輿入《こしい》れの話《はなし》は一向《いっこう》に進《すす》みませんでした。

幕府《ばくふ》を揺《ゆ》るがす出来事《できごと》が次々《つぎつぎ》と起《お》こったためです。

まず、1月《がつ》16日《にち》にペリーが七隻《せき》もの艦隊《かんたい》を組《く》んで予定《よてい》より半年《はんとし》も早《はや》く再来航《さいらいこう》し、武力行使《ぶりょくこうし》をちらつかせて「日米和親条約《にちべいわしんじょうやく》」を結《むす》ぶよう迫《せま》り……3月3日《がつみっか》、幕府《ばくふ》はこの条約《じょうやく》を締結《ていけつ》しました。

これによって、２００年以上《ねんいじょう》にわたる鎖国政策《さこくせいさく》は崩《くず》れ去《さ》ったのです。

このことで幕府《ばくふ》はまさに上《うえ》を下《した》への大騒《おおさわ》ぎらしく、島津《しまづ》へはなんの音沙汰《おとさた》もなく――。

そんな中《なか》、今度《こんど》は4月6日《がつむいか》に京《きょう》の御所《ごしょ》が大火事《おおかじ》に見舞《みま》われました。天皇《てんのう》のおわす御所《ごしょ》の火事《かじ》は国《くに》の一大事《いちだいじ》で、その再建《さいけん》には幕府《ばくふ》も力《ちから》を尽《つ》くさねばなりません。

相次《あいつ》ぐ国難《こくなん》を前《まえ》に、幕府《ばくふ》は将軍《しょうぐん》の結婚《けっこん》を後回《あとまわ》しにするしかなく、篤《あつ》の輿入《こしい》れの話《はなし》は、これでまたもやいつになるかわからない状況《じょうきょう》になってしまったのです。

薩摩《さつま》おごじょは強《つよ》かった

徳川将軍家《とくがわしょうぐんけ》は第三代《だいさんだい》の家光公《いえみつこう》以来《いらい》、将軍《しょうぐん》の御台所《みだいどころ》には「京《きょう》の姫《ひめ》（宮家《みやけ》か公家《くげ》の姫《ひめ》）」を迎《むか》えていました。その前例《ぜんれい》を破《やぶ》るかたちになったのが、物語《ものがたり》の中《なか》でお話《はな》しした茂姫《しげひめ》ですが、茂姫《しげひめ》の場合《ばあい》と篤姫《あつひめ》の場合《ばあい》は、事情《じじょう》が大《おお》きく違《ちが》っていました。

茂姫《しげひめ》はれっきとした島津本家《しまづほんけ》の姫《ひめ》。生《う》まれは薩摩《さつま》ですが、すぐに江戸《えど》に移《うつ》った江戸育《えどそだ》ち。九歳《さい》のときに将軍《しょうぐん》の御台所《みだいどころ》となることが決定《けってい》していますので、子《こ》どものときから、将来《しょうらい》を見据《みす》えて教育《きょういく》されていました。茂姫《しげひめ》が産《う》んだ子《こ》どもはひとりでしたが、夫《おっと》が側室《そくしつ》たちに産《う》ませた五十以上《いじょう》もの子《こ》どもの面倒《めんどう》もしっかり見《み》たそうです。

篤姫《あつひめ》は島津《しまづ》の分家《ぶんけ》の姫《ひめ》で、薩摩生《さつまう》まれの薩摩育《さつまそだ》ち。しかも結婚《けっこん》が決《き》まったのは、十代後半《だいこうはん》。それから花嫁修業《はなよめしゅぎょう》をはじめたことに加《くわ》え、二度《ど》にわたる「ペリー来航《らいこう》」や「御所炎上《ごしょえんじょう》（嘉永《かえい》の大火《たいか》）」、「安政《あんせい》の大地震《おおじしん》」などの国難《こくなん》により、輿入《こしい》れは延《の》ばしに延《の》ばされ……。

のちに幕臣《ばくしん》の勝海舟《かつかいしゅう》も篤姫《あつひめ》のことを「烈婦《れっぷ》」と評《ひょう》していることから、篤《あつ》はかなり芯《しん》のしっかりした女性《じょせい》だったと思《おも》われます。薩摩《さつま》の女《おんな》は強《つよ》かったのですね。

3 第《だい》十三代《だい》将軍《しょうぐん》・徳川家定《とくがわいえさだ》と結婚《けっこん》する——安政《あんせい》3年《ねん》（1856年《ねん》）——

安政《あんせい》2年《ねん》（1855年《ねん》）3月《がつ》。

品川沖《しながわおき》に現《あらわ》れた軍艦《ぐんかん》を見《み》に、たくさんの人々《ひとびと》が押《お》し寄《よ》せていました。

その軍艦《ぐんかん》はアメリカの黒船《くろふね》ではなく、斉彬《なりあきら》が造《つく》った日本初《にほんはつ》の洋式軍艦《ようしきぐんかん》「昇平丸《しょうへいまる》」です。丸《まる》に十字《じゅうじ》の薩摩《さつま》の家紋《かもん》が記《しる》された旗《はた》と、日《ひ》の丸《まる》を入《い》れた旗《はた》が、船尾《せんび》にはためいています。日《ひ》の丸《まる》は斉彬《なりあきら》が「日本《にほん》の惣船印《そうふなじるし》に」と幕府《ばくふ》に建議《けんぎ》し、昨年《さくねん》7月《がつ》に正式《せいしき》に定《さだ》められたのです。

斉彬《なりあきら》に連《つ》れられて見物《けんぶつ》に来《き》た篤《あつ》も、珍《めずら》しい船《ふね》を見《み》て驚《おどろ》きました。

「養父上《ちちうえ》、大《おお》きな船《ふね》ですね！」

「日本《にほん》はこれからもっと強《つよ》くなる。いや、強《つよ》くならねばならぬ。そのためには、軍艦《ぐんかん》がいくらでも必要《ひつよう》なのだ」

（すごいわ！　このような船《ふね》がたくさんできれば、外国《がいこく》に負《ま》けることはないわね）

故郷《こきょう》の薩摩《さつま》がこのように立派《りっぱ》な船《ふね》を造《つく》ったことを誇《ほこ》らしく思《おも》いながら、瞳《ひとみ》を輝《かがや》かせて昇平丸《しょうへいまる》を眺《なが》める篤《あつ》と同《おな》じように、この船《ふね》を珍《めずら》しそうに見《み》つめている人物《じんぶつ》がいました。昇平丸《しょうへいまる》を見《み》に江戸城《えどじょう》から浜御殿《はまごてん》まで出《で》てきた、将軍《しょうぐん》・家定《いえさだ》です。

「大《おお》きい船《ふね》だなあ。しかし、なぜあのような重《おも》いものが、海《うみ》に浮《う》かぶのだ？　どういうからくりなのだ？」

お付《つ》きの者《もの》たちは船《ふね》の専門家《せんもんか》ではないので、皆《みな》、困《こま》った顔《かお》で互《たが》いの目《め》を見《み》ましたが、そのうちのひとりが、

「あれは薩摩《さつま》の船《ふね》でございます。詳《くわ》しい話《はなし》をお聞《き》きになりたいのでしたら、さっそく島津《しまづ》に申《もう》しつけましょう」

「ふむ、薩摩《さつま》の船《ふね》か。そういえば、薩摩《さつま》の姫《ひめ》はどうした？　まだ来《こ》ぬのか？」

それもまた、お付《つ》きの者《もの》たちには答《こた》えられない問題《もんだい》でしたので、目《め》を泳《およ》がせるしかありませんでした。

こうして、篤《あつ》や斉彬《なりあきら》の知《し》らぬところで、明《あか》るい兆《きざ》しが少《すこ》し差《さ》しはじめていたのです。

そして、この秋《あき》、篤《あつ》の輿入《こしい》れが12月《がつ》に行《おこな》われることが決《き》まりました。

ようやくその日を迎《むか》えることができる、と篤《あつ》や斉彬《なりあきら》をはじめ、島津《しまづ》の人《ひと》たちは皆《みな》、喜《よろこ》びに沸《わ》いたのですが――。

またもや、篤《あつ》の輿入《こしい》れを阻《はば》む事件《じけん》が起《お》きてしまいました。

10月2日《がつふつか》、江戸《えど》を大地震《おおじしん》が襲《おそ》ったため、延期《えんき》になってしまったのです。

この地震《じしん》で江戸城《えどじょう》の石垣《いしがき》が崩《くず》れ、いくつかの櫓《やぐら》や門《もん》が倒壊《とうかい》。城下《じょうか》の大名屋敷《だいみょうやしき》や町家《まちや》なども次々《つぎつぎ》と崩《くず》れ、火事《かじ》も発生《はっせい》し、圧死《あっし》または焼死《しょうし》した者《もの》は二万《まん》五千《せん》を超《こ》えたという大災害《だいさいがい》でした。

芝《しば》の藩邸《はんてい》にいた篤《あつ》は庭《にわ》に避難《ひなん》し、なんとか無事《ぶじ》でしたが――。

「これでは、お嫁《よめ》に行《い》けない……」

さすがの篤《あつ》も泣《な》きそうになりました。建物《たてもの》は半壊《はんかい》し、これまでに用意《ようい》していた花嫁道具《はなよめどうぐ》がすべて使《つか》い物《もの》にならなくなってしまったのです。

(わたし、呪《のろ》われているのかしら……)

これまで気丈《きじょう》に耐《た》えてきましたが、こう何度《なんど》も嫁入《よめい》りを邪魔《じゃま》するようなことが起《お》きると、なにかに呪《のろ》われているとしか思《おも》えなくなってきます。

(弱気《よわき》になってはだめ！　これはきっと、今年中《ことしじゅう》に嫁《とつ》いではならぬ、ということよ。こういうときは、とにかく前向《まえむ》きに、そして冷静《れいせい》に――)

こうして落《お》ち着《つ》きを取《と》り戻《もど》した篤《あつ》は、そののち斉彬《なりあきら》の指示《しじ》で渋谷《しぶや》の藩邸《はんてい》に移《うつ》りました。

そして、篤《あつ》が渋谷《しぶや》に移《うつ》ってから約《やく》2か月後《げつご》の12月《がつ》16日《にち》、越前藩主《えちぜんはんしゅ》・松平春嶽《まつだいらしゅんがく》が渋谷《しぶや》の藩邸《はんてい》を訪《おとず》れました。

斉彬《なりあきら》と春嶽《しゅんがく》は大変気《たいへんき》が合《あ》うと同時《どうじ》に、幕府《ばくふ》が抱《かか》える〝ある問題《もんだい》〟についても、ともに憂《うれ》いを感《かん》じ、事《こと》に当《あ》たっているのです。

ふたりは人払《ひとばら》いをしてひとしきり話《はな》し合《あ》ったあと、英姫《ふさひめ》や篤《あつ》と食事《しょくじ》を摂《と》りました。

「春嶽殿《しゅんがくどの》、これが篤《あつ》です」

「篤《あつ》にございます。春嶽様《しゅんがくさま》、本日《ほんじつ》はようこそおいでくださいました」

慎《つつ》ましくあいさつをする篤《あつ》を見《み》て、

「ほう、これが斉彬殿《なりあきらどの》の自慢《じまん》の姫君《ひめぎみ》か。これまた背《せ》も高《たか》く、丈夫《じょうぶ》そうだ」

春嶽《しゅんがく》がこう言《い》いましたが、篤《あつ》はほめられている気《き》がせず、どういう顔《かお》をしていいかわからずに斉彬《なりあきら》をそっと見《み》ました。

「春嶽殿《しゅんがくどの》は、真面目《まじめ》にほめておられるのだ。御台所《みだいどころ》になるにふさわしい姫《ひめ》だと」

「ええ、なにしろ、家定公《いえさだこう》の前《まえ》の奥方様《おくがたさま》はおふたりとも身体《からだ》が弱《よわ》く、早死《はやじ》になさっていますからな。ふたり目《め》の寿明君様《すめぎみさま》は立《た》っていても首《くび》が襖《ふすま》の引《ひ》き手《て》の高《たか》さに届《とど》かぬような、とても身体《からだ》健康第一《けんこうだいいち》の小《ちい》さな御方《おかた》でしたし。それに比《くら》べて、お篤殿《あつどの》はなんとまあ、そのー……とにかく、健康《けんこう》であれば、お世継《よつ》ぎも期待《きたい》できますしなでござる。」

（お世継《よつ》ぎ……）

篤《あつ》は恥《は》ずかしくなってうつむきましたが、

「来年《らいねん》こそは、お城《しろ》へ上《あ》がれるだろう」

という斉彬《なりあきら》の言葉《ことば》に、パッと顔《かお》を上《あ》げ、

「ええ、そう願《ねが》います！」

と思《おも》わず強《つよ》く言《い》ってしまいました。

「ほう、やはり元気《げんき》な姫君《ひめぎみ》だ」

春嶽《しゅんがく》が楽《たの》しげに笑《わら》い、斉彬《なりあきら》もうなずきます。

将軍家《しょうぐんけ》との縁談《えんだん》は、この頃《ころ》の斉彬《なりあきら》と春嶽《しゅんがく》にとっては政治的《せいじてき》な駆《か》け引《ひ》きもありましたが、ここまで延《の》ばしに延《の》ばされた篤《あつ》にとっては、もう意地《いじ》に近《ちか》いものになっていました。

（こうなれば、なんとしても嫁《とつ》いでみせる！）

篤《あつ》は、ここで年《とし》を越《こ》し——。

そうして、江戸《えど》に来《き》て二度目《どめ》の正月《しょうがつ》があわただしく過《す》ぎて行《い》きました。

安政《あんせい》3年《ねん》（1856年《ねん》）2月《がつ》、ようやく家定《いえさだ》と篤《あつ》の縁組《えんぐみ》が定《さだ》まりました。

（いよいよだわ！　これでやっとお嫁《よめ》に行《い》ける！）

篤《あつ》はかねてからの申《もう》し合《あ》わせにより、右大臣《うだいじん》・近衛忠熙《このえただひろ》の養女《ようじょ》となって「近衛敬子《このえすみこ》」という名《な》になり、篤君《あつぎみ》の君号《くんごう》を賜《たまわ》りました。

こうして、幕府《ばくふ》の先例《せんれい》にならい〝公家《くげ》の姫《ひめ》〟として嫁《とつ》ぐ段取《だんど》りがついたのです。

江戸《えど》に来《き》て2年《ねん》、篤《あつ》は二十一になっていました。

大奥《おおおく》からの打診《だしん》を受《う》けてから6年《ねん》。これまで尽力《じんりょく》してきた斉彬《なりあきら》の喜《よろこ》びはひとしおで、

「最高《さいこう》の婚礼《こんれい》の道具《どうぐ》を調《ととの》えよ」

と、側近《そっきん》の西郷善兵衛《さいごうぜんべえ》（のちの隆盛《たかもり》）に命《めい》じて、お金《かね》をかけて篤《あつ》の婚礼衣装《こんれいいしょう》や道具類《どうぐるい》を揃《そろ》えさせ、首飾《くびかざ》りやかんざしなどは職人《しょくにん》を屋敷《やしき》に呼《よ》んで特注《とくちゅう》で作《つく》らせたりしました。

篤《あつ》が江戸城《えどじょう》に入《はい》るのは、11月《がつ》11日《にち》に決《き》まり、それに先駆《さきが》けてまず婚礼道具《こんれいどうぐ》が運《はこ》ばれたのですが、あまりの品数《しなかず》の多《おお》さに全部運《ぜんぶはこ》ぶのに6日《むいか》もかかってしまったほどでした。

次《つぎ》はいよいよ、篤《あつ》が城《しろ》へ向《む》かう番《ばん》です。

明日《あす》は出立《しゅったつ》という晩《ばん》、斉彬《なりあきら》は篤《あつ》を呼《よ》びました。

「篤《あつ》、いよいよだな」

篤《あつ》が背《せ》にした襖《ふすま》の向《む》こうには、老女《ろうじょ》の幾島《いくしま》が控《ひか》えています。斉彬《なりあきら》は篤《あつ》とともに明日《あす》、大奥《おおおく》へ上《あ》がる彼女《かのじょ》にも聞《き》こえるよう話《はなし》をはじめました。

「そちに折《お》り入《い》って話《はなし》がある。輿入《こしい》れの話《はなし》がなかなか進《すす》まぬ間《あいだ》に前将軍《ぜんしょうぐん》・家慶公《いえよしこう》が亡《な》くなられるなどして、ここに来《き》て少《すこ》し事情《じじょう》が変《か》わってきた」

そう言《い》って、斉彬《なりあきら》は越前《えちぜん》の松平春嶽《まつだいらしゅんがく》や水戸《みと》の徳川斉昭《とくがわなりあき》らと計《はか》り、家定《いえさだ》の次《つぎ》の将軍《しょうぐん》に御三卿《ごさんきょう》のひとつである一橋家《ひとつばしけ》の当主《とうしゅ》・一橋慶喜《ひとつばしよしのぶ》を推《お》していることを打《う》ち明《あ》けました。

「慶喜殿《よしのぶ》は水戸《みと》の斉昭公《なりあきこう》の七男《なん》だが、一橋家《ひとつばしけ》に後継《あとつ》ぎとして入《はい》った。それはすなわち、将軍《しょうぐん》になる可能性《かのうせい》があるということだ。嫁入《よめい》りのために徳川家《とくがわけ》の歴史《れきし》を学《まな》んだそちなら、わかるであろう」

「はい、御三卿《ごさんきょう》は徳川将軍家《とくがわしょうぐんけ》の分家《ぶんけ》で、田安《たやす》、一橋《ひとつばし》、清水《しみず》の三家《け》があります。将軍家《しょうぐんけ》に後継《あとつ》ぎがいない場合《ばあい》、この三家《け》のうちのどれかからふさわしい人物《じんぶつ》を選《えら》び、将軍家《しょうぐんけ》に入《い》れることもできる、という仕組《しく》みでございますね」

篤《あつ》がすらすら答《こた》えると、

「うむ、その通《とお》りだ。そして、ここからが本題《ほんだい》なのだが――」

満足《まんぞく》そうにうなずいた斉彬《なりあきら》は少《すこ》し眉《まゆ》をひそめました。

「嫁入《よめい》り前《まえ》のそちに言《い》うのは大変心苦《たいへんこころぐる》しいのだが……家定公《いえさだこう》は身体《からだ》が弱《よわ》く、そのせいで子作《こづく》りが難《むずか》しいと言《い》われておる」

家定《いえさだ》の最初《さいしょ》の夫人《ふじん》・有君《ありぎみ》は結婚《けっこん》して7年後《ねんご》に亡《な》くなり、二番目《ばんめ》の寿明君《すめぎみ》も結婚《けっこん》した翌年《よくとし》に亡《な》くなりました。ふたりは亡《な》くなるまで懐妊《かいにん》の兆《きざ》しもなく、家定《いえさだ》のただひとりの側室《そくしつ》、お志賀《しが》の方《かた》との間《あいだ》にも子《こ》ができていません。

「そちがお世継《よつ》ぎを産《う》むことができればよいが、異国《いこく》の脅威《きょうい》が迫《せま》りつつある中《なか》、また将軍様《しょうぐんさま》が急死《きゅうし》するという事態《じたい》が起《お》きれば国《くに》が乱《みだ》れる。万《まん》が一《いち》のために、先手《せんて》を打《う》ち、優秀《ゆうしゅう》な人物《じんぶつ》を次期《じき》将軍《しょうぐん》として定《さだ》めておこうと、わしらは考《かん》えていたのだ」

これは老中《ろうじゅう》の阿部正弘《あべまさひろ》も承知《しょうち》の話《はなし》ですが、反対《はんたい》する勢力《せいりょく》が幕府内《ばくふない》にありました。彦根《ひこね》の井伊《いい》直弼《なおすけ》を中心《ちゅうしん》とした、御三家《ごさんけ》のひとつ、紀州《きしゅう》の徳川慶福《とくがわよしとみ》（のちの家茂《いえもち》）を推《お》す一派《いっぱ》です。

慶喜《よしのぶ》は幼《おさな》い頃《ころ》から武芸《ぶげい》に優《すぐ》れ、「できないことは、ひとつもない」と言《い》われるほど優秀《ゆうしゅう》で評《ひょう》判《ばん》も高《たか》く、対《たい》する慶福《よしとみ》はまだ幼《おさな》いながらも聡明《そうめい》で、人柄《ひとがら》も優《すぐ》れているという話《はなし》でした。

こうして、いわゆる「将軍継嗣問題《しょうぐんけいしもんだい》」をめぐり、幕府《ばくふ》では一橋慶喜《ひとつばしよしのぶ》を推《お》す「一橋派《ひとつばしは》」と、徳《とく》川慶福《がわよしとみ》を推《お》す「南紀派《なんきは》」が対立《たいりつ》しているのです。

「養父上《ちちうえ》、それでは……」

ある種《しゅ》の予感《よかん》に、篤《あつ》の肩《かた》が思《おも》わず強張《こわば》ります。

(わたしが将軍家《しょうぐんけ》に嫁《とつ》ぐのは薩摩《さつま》のためであったはず。なのに、この話《はなし》の流《なが》れだと……)

斉彬《なりあきら》は篤《あつ》の考《かんが》えを読《よ》んだかのように、こう続《つづ》けました。

「日本《にほん》の——この国《くに》のために、そちの力《ちから》が必要《ひつよう》なのだ。嫁《とつ》ぎしのち〝次期将軍《じきしょうぐん》にふさわしいのは慶喜殿《よしのぶどの》である〟と、家定公《いえさだこう》を説得《せっとく》してほしい。まずは折《おり》を見《み》て、家定公《いえさだこう》に、後継者《こうけいしゃ》には一橋《ひとつばし》と紀州《きしゅう》、どちらをお望《のぞ》みなのか、探《さぐ》ってはもらえぬか」

「はい、承知《しょうち》つかまつりました」

大事《だいじ》な使命《しめい》を託《たく》され、覚悟《かくご》を決《き》めた篤《あつ》は改《あらた》めて手《て》をつき、斉彬《なりあきら》に深《ふか》くお辞儀《じぎ》をしました。

「養父上《ちちうえ》、今日《きょう》までありがとうございました。わたしはこの先《さき》、御台所《みだいどころ》としての務《つと》めを果《は》たしつつ、未来《みらい》の日本《にほん》のために成《な》すべきことを成《な》して参《まい》ります」

「うむ、よくぞ申《もう》した。このように賢《かしこ》き娘《むすめ》に育《そだ》ち、大変《たいへん》うれしく思《おも》う。わしは養父《ちち》として、そなたのしあわせを常《つね》に祈《いの》っておる。達者《たっしゃ》で暮《く》らせよ」

「……はい！」

斉彬《なりあきら》の愛情《あいじょう》を感《かん》じ、篤《あつ》の目《め》に熱《あつ》い涙《なみだ》がこみあげてきました。


そうして、翌日《よくじつ》――。篤《あつ》はきらびやかな輿《こし》に乗《の》り、渋谷《しぶや》の藩邸《はんてい》をあとにしました。

いよいよ江戸城《えどじょう》へ向《む》かうのです。

この花嫁行列《はなよめぎょうれつ》は先頭《せんとう》がすでに江戸城《えどじょう》の門《もん》に達《たっ》しているのに、後方《こうほう》はまだ渋谷《しぶや》の藩邸《はんてい》を出《で》ていないという豪華《ごうか》で長《なが》い長《なが》い行列《ぎょうれつ》でしたので、江戸《えど》の人々《ひとびと》はこぞって見物《けんぶつ》に出《で》かけました。

「すごい行列《ぎょうれつ》だねえ」

「新《あたら》しい将軍様《しょうぐんさま》の御台所様《みだいどころさま》だってさ」

「これで三人目《にんめ》だよ」

「今度《こんど》は丈夫《じょうぶ》な方《かた》だといいねえ」

こうして、篤《あつ》は無事《ぶじ》に江戸城《えどじょう》に入《はい》り――。

翌月《よくげつ》の12月《がつ》11日《にち》に結納《ゆいのう》の儀《ぎ》を行《おこな》ってから、18日《にち》に結婚式《けっこんしき》を挙《あ》げました。

家定《いえさだ》は三十三歳《さい》、篤《あつ》は二十一歳《さい》。

外様大名《とざまだいみょう》の、しかも分家《ぶんけ》の姫《ひめ》が、晴《は》れて将軍《しょうぐん》の御台所《みだいどころ》となったのです。

大奥《おおおく》の女《おんな》たち

将軍《しょうぐん》の正室《せいしつ》となった篤姫《あつひめ》は、「御台所《みだいどころ》」や「御台様《みだいさま》」と呼《よ》ばれるようになります。篤姫《あつひめ》は幾島《いくしま》を含《ふく》む五人《にん》の侍女《じじょ》たちを連《つ》れて大奥《おおおく》に入《はい》りましたが、この当時《とうじ》の大奥《おおおく》は三千人近《ぜんにんちか》くいたとか。このページでは、篤姫《あつひめ》に関《かか》わる主《おも》な女性《じょせい》を簡単《かんたん》にご紹介《しょうかい》しますね。

【本寿院《ほんじゅいん》】家定《いえさだ》の生母《せいぼ》。第《だい》十二代《だい》・家慶《いえよし》の側室《そくしつ》で、かつては「お美津《みつ》の方《かた》」と呼《よ》ばれていました。家定《いえさだ》が最《もっと》も信頼《しんらい》し、「日米修好通商条約《にちべいしゅうこうつうしょうじょうやく》」の件《けん》で、ふたりで密談《みつだん》したという話《はなし》も。大《だい》の水戸《みと》嫌《ぎら》いで「慶喜《よしのぶ》が将軍継嗣《しょうぐんけいし》になるなら自害《じがい》する」と迫《せま》ったこともあるとか。

【歌橋《うたはし》】上臈御年寄《じょうろうおとしより》。家定《いえさだ》の乳母《うば》。篤姫《あつひめ》が入《はい》った当時《とうじ》の大奥《おおおく》を牛耳《ぎゅうじ》っていたと言《い》われています。彼女《かのじょ》は家定《いえさだ》の死去《しきょ》に伴《ともな》い隠居《いんきょ》しました。

【滝山《たきやま》】御年寄《おとしより》。歌橋《うたはし》の隠居後《いんきょご》、篤姫《あつひめ》から信頼《しんらい》を寄《よ》せられ、和宮降嫁《かずのみやこうか》で混乱《こんらん》する大奥《おおおく》を取《と》り仕《し》切《き》りました。慶喜《よしのぶ》が将軍《しょうぐん》になった際《さい》、隠居《いんきょ》したと考《かんが》えられています。

ちなみに、篤姫《あつひめ》は大奥《おおおく》で「ミチ姫《ひめ》」と「サト姫《ひめ》」と名付《なづ》けた猫《ねこ》を飼《か》っていました。猫《ねこ》のエサ代《だい》は年間《ねんかん》で二十五両《りょう》（およそ二百五十万円相当《まんえんそうとう》）かかったそうですよ。

4 家定《いえさだ》の死《し》と斉彬《なりあきら》の死《し》――安政《あんせい》5年《ねん》（1858年《ねん》）――

安政《あんせい》4年《ねん》（1857年《ねん》）――江戸《えど》に来《き》て3年目《ねんめ》の正月《しょうがつ》は、江戸城大奥《えどじょうおおおく》にて迎《むか》えました。

「上様《うえさま》、新年《しんねん》おめでとうございます」

篤《あつ》も家定《いえさだ》の生母《せいぼ》・本寿院《ほんじゅいん》をはじめ、家定《いえさだ》の乳母《うば》・歌橋《うたはし》や、御年寄《おとしより》の滝山《たきやま》、側室《そくしつ》・お志賀《しが》の方《かた》など大奥《おおおく》の女《おんな》たちとともに、新年《しんねん》のお祝《いわ》いを述《の》べました。

「うむ、めでたい、めでたい」

家定《いえさだ》はにこやかに言《い》って、すぐに席《せき》を立《た》ちました。義務《ぎむ》は果《は》たしたとばかりに、さっさと出《で》て行《い》きます。

「あ、上様《うえさま》……」

篤《あつ》が呼《よ》び留《と》めようとしますと、歌橋《うたはし》や滝山《たきやま》に、さっ、と遮《さえぎ》られてしまいました。

「上様《うえさま》はお疲《つか》れのご様子《ようす》。では」

取《と》り付《つ》く島《しま》もなく夫《おっと》に去《さ》られ、自分《じぶん》の部屋《へや》に戻《もど》った篤《あつ》はため息《いき》をつきました。

「わたしは、いったいなにをしに来《き》たのだろう……」

いざ、大奥《おおおく》へ入《はい》ってみると、篤《あつ》が託《たく》された使命《しめい》を果《は》たすのは、大変難《たいへんむずか》しいということがわかりました。大奥《おおおく》のほとんどは南紀派《なんきは》だったのです。倹約第一《けんやくだいいち》で知《し》られる徳川斉昭《とくがわなりあき》の息子《むすこ》・慶喜《よしのぶ》が将軍《しょうぐん》になれば、大奥《おおおく》の経費《けいひ》は大幅《おおはば》に削減《さくげん》されるのでは、という懸念《けねん》が主《しゅ》たる理由《りゆう》でした。

「皮肉《ひにく》なものね、父親《ちちおや》は息子《むすこ》を将軍《しょうぐん》にしたいと思《おも》っているのに、自分《じぶん》のせいで思《おも》うようにいかなくなっているじゃないの」

「姫様《ひめさま》、急《せ》いては事《こと》をし損《そん》じると申《もう》します。まずは、大奥《おおおく》の暮《く》らしに慣《な》れることが肝要《かんよう》かと」

幾島《いくしま》にそう言《い》われ、

「そうね。こういうときこそ前向《まえむ》きに、冷静《れいせい》にならなくてはね」

と篤《あつ》は思《おも》い直《なお》しました。

けれど、夫婦《ふうふ》の仲《なか》を深《ふか》めたいと思《おも》っても、乳母《うば》の歌橋《うたはし》たちが邪魔《じゃま》しているのか、家定《いえさだ》のお渡《わた》りはなかなかなく、たわいもないことを話《はな》せる機会《きかい》すらありません。

(わたしは大奥《おおおく》から〝島津《しまづ》の姫《ひめ》〟をと、望《のぞ》まれて来《き》たはずなのに……)

本当《ほんとう》は分家《ぶんけ》の姫《ひめ》だからおもしろくないのか、養父《ちち》・斉彬《なりあきら》が一橋派《ひとつばしは》だからなのか――。様々《さまざま》なことが複雑《ふくざつ》に絡《から》み合《あ》って、身動《みうご》きが取《と》れなくなっているのです。

そうして、日々《ひび》は流《なが》れ――。篤《あつ》もようやく落《お》ち着《つ》いてきた頃《ころ》、家定《いえさだ》が突然《とつぜん》、いくつも碗《わん》を載《の》せた大《おお》きな盆《ぼん》をお供《とも》の者《もの》たちに持《も》たせて現《あらわ》れました。

「あずきを煮《に》たので、皆《みな》に振《ふ》る舞《ま》いに来《き》たのだ。さ、遠慮《えんりょ》せず、お食《た》べ」

「まあ、おいしそう」

「もったいのうございます」

と最初《さいしょ》のうちは、女《おんな》たちはこぞって碗《わん》を受《う》け取《と》りましたが、

「大変《たいへん》おいしゅうございました」

「もう、お腹《なか》いっぱいでございます」

少《すこ》し箸《はし》をつけただけで、そのあと「あ、わたくし用《よう》が――」と逃《に》げるように去《さ》って行《い》きます。

篤《あつ》は変《へん》に思《おも》いながらも、

(これは上様《うえさま》とお話《はな》しする絶好《ぜっこう》の機会《きかい》だわ！)

と嬉々《きき》として、碗《わん》を受《う》け取《と》りました。

「おう、御台《みだい》か」

「はい、いただきます！」

けれど、ひとくち食《た》べたとたん、篤《あつ》は「うっ」と眉根《まゆね》を寄《よ》せてしまいました。

（ま、まずい……）

女《おんな》たちが逃《に》げるように散《ち》っていった意味《いみ》がわかりました。お世辞《せじ》にも、おいしいとは言《い》えない出来《でき》なのです。

「どうだ？」

「は、はい……大変《たいへん》おいしゅう……」

ございます、と言《い》いかけて篤《あつ》はやめました。

「いえ、大変《たいへん》まずうございます」

そのとたん、大奥《おおおく》に衝撃《しょうげき》が走《はし》りました。将軍《しょうぐん》に向《む》かってなんてことを、と皆《みな》、目《め》を丸《まる》くしています。

ところが、家定《いえさだ》は気《き》を悪《わる》くすることもなく、

「ほう、まずいと申《もう》すか」

「はい。お世辞《せじ》にもおいしいとは言《い》えませせぬ」

篤《あつ》がきっぱり言《い》いますと、家定《いえさだ》はおもしろそうに目《め》を細《ほそ》めました。

「この私《わたし》が煮《に》たというのにか？」

「はい、まずいものはまずいです」

これを見《み》ていた女《おんな》たちは悲鳴《ひめい》に近《ちか》い声《こえ》を上《あ》げ、袖《そで》で口元《くちもと》を覆《おお》います。

「まあ……！」

「上様《うえさま》になんて口《くち》を！」

そんな女《おんな》たちをよそに、篤《あつ》は怯《ひる》むことなく続《つづ》けました。

「上様《うえさま》は料理《りょうり》が趣味《しゅみ》なのですか？」

「うむ、そうだが」

「では、このままでは上様《うえさま》のためになりませんので、正直《しょうじき》に申《もう》し上《あ》げます」

このとき、周《まわ》りの女《おんな》たちは誰《だれ》もが、「将軍《しょうぐん》らしからぬ振《ふ》る舞《ま》いをなさるとは嘆《なげ》かわしい」と篤《あつ》が忠告《ちゅうこく》すると思《おも》い、成《な》り行《ゆ》きを見守《みまも》っていました。

（これで決定的《けっていてき》ね）

（上様《うえさま》はもう二度《ど》と御台様《みだいさま》へお渡《わた》りにならないわね）

（さすがは分家《ぶんけ》の姫《ひめ》。口《くち》の利《き》き方《かた》も知《し》らないと見《み》えるわ）

ところが、篤《あつ》の言葉《ことば》は大方《おおかた》の予想《よそう》を裏切《うらぎ》るものでした。

「塩《しお》が入《はい》っておりません。だからおいしくないのです。あずきを煮《に》るときは、塩《しお》を入《い》れるもの

です。それに水《みず》も入《い》れ過《す》ぎで砂糖《さとう》も足《た》りませぬ。上様《うえさま》はちゃんと味見《あじみ》をされたのですか？」

しーん……。

誰《だれ》もがぽかんと口《くち》も目《め》も丸《まる》くしてしまったのち、ハッと我《われ》に返《かえ》った篤《あつ》はあわてて頭《あたま》を深《ふか》く下《さ》げました。

「お許《ゆる》しください！ 出過《です》ぎた真似《まね》を致《いた》しました」

幾島《いくしま》も篤《あつ》に続《つづ》き、床《ゆか》に額《ひたい》をこすりつけんばかりに頭《あたま》を下《さ》げます。

「御台様《みだいさま》には、わたくしからも、きつく申《もう》し上《あ》げますゆえ、どうかお許《ゆる》しくださいませ……！」

いったいどんな処分《しょぶん》を受《う》けるのかと、女《おんな》たちの間《あいだ》に緊張《きんちょう》した空気《くうき》がピリピリと走《はし》り――。

ですが、家定《いえさだ》は突然《とつぜん》、笑《わら》い出《だ》しました。

「そうか、塩《しお》か！ 私《わたし》もなにかひと味足《あじた》りぬと思《おも》うておったのだ。これはいいことを聞《き》いた。では、次《つぎ》からは塩《しお》を入《い》れることにしよう」

自分《じぶん》の部屋《へや》に戻《もど》った篤《あつ》は、へなへなと脇息《きょうそく》にもたれかかりました。

「つい、本当《ほんとう》のことを言《い》ってしまった……」

これまで塩《しお》が足《た》りないことに気《き》づいた女《おんな》たちも中《なか》にはいたはずです。けれど、皆《みな》、「上様《うえさま》に意見《いけん》するなど畏《おそ》れ多《おお》い」として、誰《だれ》も注意《ちゅうい》しなかったのでしょう。

「姫様《ひめさま》、お咎《とが》めもなく、ようございました。それにしても大胆《だいたん》なことをなさいましたね」

「自分《じぶん》でも驚《おどろ》いているわ。でも、これで完全《かんぜん》に嫌《きら》われてしまったわね」

ここからどうやって挽回《ばんかい》し、一橋慶喜《ひとつばしよしのぶ》を将軍《しょうぐん》の継嗣《けいし》にと薦《すす》めればいいのか——。

すっかり意気消沈《いきしょうちん》し、夕餉《ゆうげ》の膳《ぜん》もろくに箸《はし》をつけずにため息《いき》ばかりついていますと、突然《とつぜん》、呼《よ》び出《だ》しがありました。

家定《いえさだ》が篤《あつ》のもとへお渡《わた》りになったのです。

「いやあ、昼間《ひるま》は実《じつ》に愉快《ゆかい》であった。〝薩摩《さつま》おごじょ〟は芯《しん》が強《つよ》いと聞《き》いてはいたが、いや、なかなか」

「まことに恐《おそ》れ入《い》ります……」

「そう畏《かしこ》まらずともよい。私《わたし》たちは夫婦《めおと》なのだからな。それより、今度《こんど》は珍《めずら》しいものを作《つく》ってやろう。南蛮《なんばん》の菓子《かし》でな、かすてーらというのだ」

その瞬間《しゅんかん》、篤《あつ》は確信《かくしん》しました。

(この方《かた》は暗愚《あんぐ》などではない。少《すこ》し変《か》わっているだけなのだわ)

「どうした？　心配《しんぱい》せずとも、次《つぎ》はおいしいものを作《つく》ってみせるぞ」

「いえ、上様《うえさま》は本当《ほんとう》に料理《りょうり》がお好《す》きなのだな、と思《おも》いまして」

とっさに取《と》り繕《つくろ》って微笑《ほほえ》みますと、家定《いえさだ》も笑《わら》いました。

「料理《りょうり》はいいぞ。自分《じぶん》で作《つく》れば、毒殺《どくさつ》される心配《しんぱい》もない」

「毒殺《どくさつ》……」

「ははは、これは物騒《ぶっそう》なことを申《もう》した。とにかく、かすてーらはうまいぞ。黄色《きいろ》くて甘《あま》くて、ふわふわなのだ」

「まあ、おいしそう！　楽《たの》しみにしております！」

そうして、篤《あつ》と家定《いえさだ》は次第《しだい》に打《う》ち解《と》け、徐々《じょじょ》に夫婦《ふうふ》らしくなっていったのです。


けれど、家定《いえさだ》と打《う》ち解《と》けるようになったとはいえ、「将軍継嗣問題《しょうぐんけいしもんだい》」に関《かん》しては思《おも》うように動《うご》けませんでした。

寝所《しんじょ》をともにするときは、屏風《びょうぶ》の向《む》こうに必《かなら》ず数人《すうにん》控《ひか》えていますので、内密《ないみつ》の話《はなし》ができないのです。それは、正室《せいしつ》または側室《そくしつ》が懐妊《かいにん》した際《さい》、本当《ほんとう》に将軍《しょうぐん》の子《こ》であるかどうか、という証明《しょうめい》を立《た》てるためと、夜《よる》をともにする女《おんな》たちが金品《きんぴん》であれ、政治的《せいじてき》な思惑《おもわく》であれ、〝いらぬおねだり〟をしないよう見張《みは》るためでもありました。

（大奥《おおおく》というのは、なんと窮屈《きゅうくつ》なところでしょう）

江戸《えど》に来《き》たばかりの頃《ころ》に英姫《ふさひめ》から言《い》われた言葉《ことば》を、篤《あつ》は身《み》に染《し》みて感《かん》じていました。

（下手《へた》に動《うご》けば、棘《とげ》にやられて動《うご》けなくなる……）

あのとき、篤《あつ》は「もとより覚悟《かくご》の上《うえ》でございます」と答《こた》えましたが、今《いま》は自分《じぶん》の見通《みとお》しの甘《あま》さを痛感《つうかん》していました。

そうこうしているうちに、一橋派《ひとつばしは》にとって不利《ふり》な事態《じたい》が起《お》きました。6月《がつ》17日《にち》に、老中《ろうじゅう》の阿部正弘《あべまさひろ》が急死《きゅうし》してしまったのです。将軍継嗣問題《しょうぐんけいしもんだい》において、阿部《あべ》は斉《なり》彬《あきら》たちの味方《みかた》でしたので、これは一橋派《ひとつばしは》にとってはかなりの痛手《いたで》となりました。

しかし、参勤交代《さんきんこうたい》で薩摩《さつま》に帰《かえ》ったばかりの斉彬《なりあきら》はすぐには動《うご》けず……。

「西郷《さいごう》、わしの代《か》わりに江戸《えど》へ行《い》き、事《こと》に当《あ》たれ」

そうして、江戸詰《えどづ》めを命《めい》じられた西郷《さいごう》は、斉彬《なりあきら》から篤《あつ》に宛《あ》てた手紙《てがみ》を薩摩藩邸《さつまはんてい》の老女《ろうじょ》・小《お》の島《しま》に渡《わた》し、小《お》の島《しま》が大奥《おおおく》の幾島《いくしま》に出《だ》して、篤《あつ》のもとに届《とど》きました。将軍《しょうぐん》の御台所《みだいどころ》である篤《あつ》へ手《て》紙《がみ》を届《とど》けるには、家族《かぞく》であっても複雑《ふくざつ》な手続《てつづ》きが必要《ひつよう》で、このようなかたちを採《と》らざるを得《え》ないのです。

その手紙《てがみ》には斉彬《なりあきら》も幕府《ばくふ》に対《たい》して「国難《こくなん》にあたるために、慶喜公《よしのぶこう》を継嗣《けいし》に」と建白書《けんぱくしょ》を出《だ》したことや、篤《あつ》の力《ちから》を必要《ひつよう》としていることなどが書《か》かれてありました。

「養父上《ちちうえ》……」

篤《あつ》はなかなか期待《きたい》に応《こた》えられない自分《じぶん》を心苦《こころぐる》しく思《おも》いながら、薩摩《さつま》にいる斉彬《なりあきら》に、

――養父上《ちちうえ》の意向《いこう》は充分《じゅうぶん》に承知《しょうち》しておりますので、機会《きかい》があれば必《かなら》ず、上様《うえさま》に申《もう》し上《あ》げますゆえ、今《いま》しばらくお待《ま》ちくださいませ。


と返事《へんじ》を書《か》き、幾島《いくしま》を通《とお》して西郷《さいごう》にもその旨《むね》を伝《つた》えるように言《い》いました。

しかし、篤《あつ》は家定《いえさだ》となかなか会《あ》えませんでした。

篤《あつ》が家定《いえさだ》に対《たい》して、将軍継嗣問題《しょうぐんけいしもんだい》を持《も》ち出《だ》すのを警戒《けいかい》した南紀派《なんきは》の歌橋《うたはし》や滝山《たきやま》が、家定《いえさだ》が大奥《おおおく》に来《き》た際《さい》も、篤《あつ》を近《ちか》づけないようにしてしまったからです。

大奥《おおおく》において孤立無援《こりつむえん》の篤《あつ》は、

（養父上《ちちうえ》が江戸《えど》にいてくれれば、とても心強《こころづよ》いのに……）

と思《おも》いました。薩摩《さつま》は江戸《えど》から遠《とお》く、やりとりには時間《じかん》がかかります。

(こういうときこそ、前向《まえむ》きに、冷静《れいせい》に……)

ですが、斉彬《なりあきら》たちの焦《あせ》りを思《おも》うと、篤《あつ》はこのまま引《ひ》っ込《こ》むわけにもいきません。

篤《あつ》は考《かんが》えた末《すえ》、家定《いえさだ》の生母《せいぼ》・本寿院《ほんじゅいん》に相談《そうだん》することにしました。「将軍《しょうぐん》の正室《せいしつ》に〝島津《しまづ》の姫《ひめ》〟を」というのは、もともと本寿院《ほんじゅいん》から出《で》た話《はなし》でしたので、それにすがることにしたのです。

本寿院《ほんじゅいん》は篤《あつ》の話《はなし》を聞《き》いてくれ、家定《いえさだ》に話《はなし》をしてくれました。

返《かえ》ってきた答《こた》えは、

「どうして将軍家《しょうぐんけ》の問題《もんだい》に大名《だいみょう》が口《くち》を出《だ》すのだ」

と大変《たいへん》、怒《いか》りに満《み》ちたものでした。

この話《はなし》を聞《き》いた篤《あつ》は、すっかり動揺《どうよう》してしまいました。

「わたしはどんなに怒《おこ》られても構《かま》いません！　これはわたしの大事《だいじ》な仕事《しごと》なのです！　島津《しまづ》の養父《ちち》も徳川《とくがわ》のためを思《おも》って動《うご》いているのです！　どうか、お聞《き》き届《とど》けくださいませ！」

篤《あつ》が懇願《こんがん》すると、本寿院《ほんじゅいん》はキッと目《め》を吊《つ》り上《あ》げました。

「そなたは御台所《みだいどころ》——そのお役目《やくめ》を果《は》たす以上《いじょう》に、大事《だいじ》な仕事《しごと》などないはずですよ？」

「ですが、義母上様《ははうえさま》、これはこの国《くに》の将来《しょうらい》にとって大事《だいじ》なことで——」

「そなたも嫁《とつ》いできたのなら、わたくしと同《おな》じ徳川《とくがわ》の人間《にんげん》のはず。とにかく、この問題《もんだい》はもう控《ひか》えたほうがよろしいでしょう」

こう言《い》われては、篤《あつ》は引《ひ》き下《さ》がるしかなく――。

斉彬《なりあきら》に宛《あ》てて、無念《むねん》を綴《つづ》った手紙《てがみ》を送《おく》りました。

（養父上《ちちうえ》、申《もう》し訳《わけ》ございません。己《おのれ》の力《ちから》のなさが口惜《くちお》しゅうございます）

筆《ふで》を置《お》いたあと、篤《あつ》は誰《だれ》にも聞《き》かれないように袖《そで》で口《くち》を覆《おお》い、声《こえ》を殺《ころ》して泣《な》きました。

その一方《いっぽう》で、安政《あんせい》5年《ねん》（1858年《ねん》）3月初《がつはじ》めに京《きょう》へ入《はい》った西郷《さいごう》は松平春嶽《まつだいらしゅんがく》の腹心《ふくしん》、橋本左《はしもとさ》内《ない》とともに、「慶喜《よしのぶ》を継嗣《けいし》に」という勅命《ちょくめい》を朝廷《ちょうてい》から得《え》るよう働《はたら》きかけ、手《て》ごたえを得《え》ました。

「これで次期将軍《じきしょうぐん》は慶喜公《よしのぶこう》に決《き》まるだろう」

けれど、この計画《けいかく》は失敗《しっぱい》してしまいました。南紀派《なんきは》の井伊直弼《いいなおすけ》が巻《ま》き返《かえ》しをはかって大老《たいろう》の座《ざ》に就《つ》き、幕政《ばくせい》の頂点《ちょうてん》に立《た》ってしまったからです。

南紀派《なんきは》の井伊《いい》が大老《たいろう》になったことにより、一橋派《ひとつばしは》は不利《ふり》になり――。

歌橋《うたはし》をはじめ南紀派《なんきは》の警戒《けいかい》が解《と》けたのか、4月《がつ》のある日《ひ》、篤《あつ》は久《ひさ》しぶりに家定《いえさだ》に会《あ》うことができました。

「篤《あつ》、病《やまい》が治《なお》ってよかった。心配《しんぱい》しておったのだぞ。私《わたし》が作《つく》った菓子《かし》はいかがであった？　きっとあれで元気《げんき》がでたのだろう？　な？　そうであろう」

家定《いえさだ》はうれしそうに篤《あつ》に語《かた》りかけましたが、反対《はんたい》に篤《あつ》は愕然《がくぜん》としていました。

（わたしは病《やまい》で倒《たお》れたことになっていて、上様《うえさま》から遠《とお》ざけられていたのね！）

家定《いえさだ》が見舞《みま》いに来《こ》なかったのは、「上様《うえさま》は大事《だいじ》なお身体《からだ》。病《やまい》が感染《うつ》っては大変《たいへん》です」とでも言《い》われ、歌橋《うたはし》たちに阻《はば》まれていたからでしょう。

（しかも、上様《うえさま》がお見舞《みま》いに作《つく》ってくださった菓子《かし》まで止《と》められていたなんて）

けれど、本当《ほんとう》のことを訴《うった》えるつもりは、篤《あつ》にはありません。そんなことをすれば、また大奥《おおおく》での立場《たちば》が危《あや》うくなってしまうからです。

「はい、とてもおいしゅうございました。おかげさまで、すっかりよくなりました」

「そうかそうか。今日《きょう》は篤《あつ》のために、かすてーらを作《つく》ってきたのだ。一緒《いっしょ》に食《た》べよう」

そうして、篤《あつ》は庭《にわ》を愛《め》でながら、家定《いえさだ》とともにお菓子《かし》をいただきました。

春《はる》の陽差《ひざ》しはあたたかく、花《はな》や木《き》に降《ふ》り注《そそ》いでいます。

「ふわふわで、とてもおいしゅうございます……」

家定《いえさだ》のやさしさに、篤《あつ》の目《め》に涙《なみだ》がこみあげてきました。

思《おも》わずうつむいてしまった篤《あつ》を見《み》て、家定《いえさだ》が心配《しんぱい》そうに顔《かお》をのぞき込《こ》みます。

「どうした？　また具合《ぐあい》が悪《わる》くなったのか？」

「いえ……ちょっと、まぶしかっただけです」

けれど「大丈夫《だいじょうぶ》です」と顔《かお》を上《あ》げた瞬間《しゅんかん》、篤《あつ》はふと訊《き》いてしまいました。

「上様《うえさま》は、次《つぎ》の将軍《しょうぐん》をどうお考《かんが》えなのですか？　島津《しまづ》の養父《ちち》より、慶喜公《よしのぶこう》はとても英明《えいめい》な御方《おかた》とお聞《き》きしておりますが――」

斉彬《なりあきら》の役《やく》に少《すこ》しでも立《た》ちたいという気持《きも》ちが、篤《あつ》の口《くち》を開《ひら》かせてしまったのです。

「……――」

家定《いえさだ》は黙《だま》り、じっと篤《あつ》の目《め》を見《み》つめてきました。

(きっと怒《おこ》られる！)

そう思《おも》って、ぎゅっと目《め》をつぶった瞬間《しゅんかん》、

「一橋《ひとつばし》は好《す》かぬ。あれは〝いい男《おとこ》〟すぎる」

と家定《いえさだ》が答《こた》えました。

（〝いい男《おとこ》〟……？）

それが容姿《ようし》を指《さ》すのか、男《おとこ》としての器《うつわ》を指《さ》すのか、どちらなのか篤《あつ》が悩《なや》んでいると、

「その話《はなし》はもういい。それより、ほら」

家定《いえさだ》が「もうひとつどうだ」と勧《すす》めてきたので、篤《あつ》はおとなしく、かすてーらをもう一切《ひとき》れ、いただきました。

その夜《よる》――。家定《いえさだ》は誰《だれ》も召《め》さず、ひとりで床《とこ》についていました。

（篤《あつ》には悪《わる》いが……）

将軍継嗣問題《しょうぐんけいしもんだい》は、家定《いえさだ》にとっても実《じつ》はずっと悩《なや》みの種《たね》でした。

自分《じぶん》には子《こ》ができないこと、そして、あまり長生《なが い》きできないであろうことを悟《さと》っていたので、「次《つぎ》の将軍《しょうぐん》を誰《だれ》にするか」を決《き》めることは将軍《しょうぐん》として大事《だいじ》な仕事《しごと》である、と就任《しゅうにん》してからずっと思《おも》っていたのです。

（確《たし》かに慶喜《よしのぶ》は頭《あたま》がいい。国難《こくなん》にあたるには慶福《よしとみ》より慶喜《よしのぶ》のほうが適《てき》している……が、長《なが》い目《め》で見《み》ればどうだ？　すでに大人《おとな》の慶喜《よしのぶ》よりは、まだ若《わか》い慶福《よしとみ》のほうが、幕府《ばくふ》の老中《ろうじゅう》たちと歩《あゆ》み

を揃《そろ》えて幕政《ばくせい》にあたれるのではないか?)

そう考《かんが》えた家定《いえさだ》はその年《とし》の1月《がつ》16日《にち》、密《ひそ》かに老中《ろうじゅう》に対《たい》し、「継嗣《けいし》は慶福《よしとみ》とする」という内意《ないい》を示《しめ》していました。

つまり、篤《あつ》や本寿院《ほんじゅいん》ら大奥《おおおく》の女《おんな》たちが知《し》らないうちに、すでに結論《けつろん》は出《で》ていたのです。

6月《がつ》24日《か》、徳川斉昭《とくがわなりあき》や松平春嶽《まつだいらしゅんがく》ら一橋《ひとつばし》派《は》の大名《だいみょう》たちが、登城日《とじょうび》でもないのに、江戸城《えどじょう》に詰《つ》めかけるという事件《じけん》が起《お》きました。

これは翌《よく》25日《にち》に、慶福《よしとみ》が「将軍継嗣《しょうぐんけいし》」と定《さだ》められることと、去《さ》る6月《がつ》19日《にち》に「日米修好通商《にちべいしゅうこうつうしょう》条約《じょうやく》」に調印《ちょういん》したことが正式《せいしき》に発表《はっぴょう》されることを事前《じぜん》に察知《さっち》した斉昭《なりあき》や春嶽《しゅんがく》の、井伊《いい》に対《たい》する抗議行動《こうぎこうどう》でした。彼らには将軍継嗣問題《しょうぐんけいしもんだい》も、勅許《ちょっきょ》もなしに実行《じっこう》した条約《じょうやく》の調印《ちょういん》も、すべて井伊《いい》の独断《どくだん》としか思《おも》えなかったのです。

しかし、翌日《よくじつ》の25日《にち》、井伊《いい》は予定《よてい》どおり、このふたつの件《けん》を正式《せいしき》に発表《はっぴょう》。

その後《ご》、斉昭《なりあき》や春嶽《しゅんがく》らに謹慎《きんしん》または隠居処分《いんきょしょぶん》を下《くだ》すことにし、一橋慶喜《ひとつばしよしのぶ》も登城停止処分《とじょうていししょぶん》にしました。これで一橋派《ひとつばしは》は完全《かんぜん》に敗北《はいぼく》したのです。

政《まつりごと》に関《かか》わる男《おとこ》たちが血《ち》を流《なが》さないまでも、こうした政争《せいそう》を繰《く》り広《ひろ》げる中《なか》、大奥《おおおく》の篤《あつ》はなにも知《し》らずに鬱々《うつうつ》とした日々《ひび》を送《おく》っていました。

あれから家定《いえさだ》のお渡《わた》りはまったくなく、大奥《おおおく》へ来《く》ることもなかったのです。

「上様《うえさま》は、お加減《かげん》がすぐれぬゆえ」

という話《はなし》が流《なが》れてきましたが、大奥《おおおく》から出《で》ることができない篤《あつ》は見舞《みま》いに行《い》くこともできません。

(上様《うえさま》は本当《ほんとう》に具合《ぐあい》が悪《わる》いのかしら……？　本当《ほんとう》はわたしに会《あ》ったらまた将軍継嗣問題《しょうぐんけいしもんだい》を持《も》ち出《だ》すと思《おも》って、敬遠《けいえん》されているのではないかしら……？)

いらだつまいと己《おのれ》を制《せい》しながら過《す》ごしていた7月末《がつすえ》、篤《あつ》のもとに薩摩《さつま》から驚《おどろ》く報《しら》せが届《とど》きました。

「なんですって!?　養父上《ちちうえ》が!?」

斉彬《なりあきら》はいざとなれば御所《ごしょ》の警護《けいご》を大義名分《たいぎめいぶん》に掲《かか》げて大軍《たいぐん》を率《ひき》いて上洛《じょうらく》し、その圧力《あつりょく》で朝廷《ちょうてい》から「慶喜《よしのぶ》を次期将軍《じきしょうぐん》に」という勅許《ちょっきょ》を得《え》ようと考《かんが》えていたのですが、炎天下《えんてんか》の中《なか》、自《みずか》ら軍《ぐん》を指《し》揮《き》している最中《さいちゅう》に倒《たお》れ、そのまま手当《てあ》ての甲斐《かい》もなく、7月《がつ》16日《にち》に亡《な》くなってしまったのです。

「養父上《ちちうえ》がお亡《な》くなりになるなんて……」

心《こころ》の支《ささ》えを失《うしな》った篤《あつ》は、愕然《がくぜん》としました。

そして、月《つき》が変《か》わり——。

8月《がつ》の半《なか》ばにさしかかろうという頃《ころ》、悲《かな》しみに暮《く》れる篤《あつ》にさらに追《お》い打《う》ちをかける報《しら》せが入《はい》りました。

なんと、7月6日《がつむいか》にすでに家定《いえさだ》が亡《な》くなっていたのです。政治的《せいじてき》な影響《えいきょう》を考《かんが》え、これまでその事実《じじつ》が伏《ふ》せられていたのでした。

「わたしは御台所《みだいどころ》ですよ!?　なのに、なにも知《し》らされていなかったなんて……!」

(ああ、上様《うえさま》……どうして？　どうして、そんなに早《はや》く……)

家定《いえさだ》はまだ三十五歳《さい》。生来《せいらい》、身体《からだ》が弱《よわ》いと聞《き》いていましたが——。

あまりに突然《とつぜん》すぎる死《し》でした。

❖家定《いえさだ》は本当《ほんとう》に暗愚《あんぐ》な将軍《しょうぐん》だったのか？❖

庭《にわ》でガチョウを追《お》いかけたり、お菓子《かし》作《づく》りが好《す》きだったり。なにかと将軍《しょうぐん》らしからぬ奇行《きこう》が多《おお》く見《み》られたという、第十三代将軍《だいじゅうさんだいしょうぐん》・家定《いえさだ》。下田《しもだ》に赴任《ふにん》したアメリカ総領事《そうりょうじ》ハリスとの会見《かいけん》では、「足《あし》を踏《ふ》み鳴《な》らし、頭《あたま》を揺《ゆ》らしたあと、きちんと口上《こうじょう》を述《の》べた」という話《はなし》が残《のこ》っており、これは脳性《のうせい》マヒの症状《しょうじょう》（精神障害《せいしんしょうがい》ではなく思考能力《しこうのうりょく》は正常《せいじょう》）に近《ちか》いので、「単《たん》に持病《じびょう》があっただけ」とも言《い》われていますが、当時仕《とうじつか》えていた家臣《かしん》の回顧録《かいころく》によると、「同時代《どうじだい》の斉彬《なりあきら》や春嶽《しゅんがく》の優秀《ゆうしゅう》さが目立《めだ》つので、暗愚《あんぐ》という噂《うわさ》が立《た》ったが、家定公《いえさだこう》の器《うつわ》ぐらいの大名《だいみょう》ならば全国各地《ぜんこくかくち》に大勢《おおぜい》いた。だから、取《と》り立《た》ててうつけだったということはない」とか。

慶福《よしとみ》（家茂《いえもち》）の将軍継嗣決定《しょうぐんけいしけってい》と、「日米修好通商条約《にちべいしゅうこうつうしょうじょうやく》」の締結《ていけつ》の発表《はっぴょう》を同日《どうじつ》に行《おこな》ったため、歴史《れきし》を断片的《だんぺんてき》に見《み》ると、つい「全部《ぜんぶ》、井伊大老《いいたいろう》の独断《どくだん》だ！」と思《おも》いがちですが、これはその発表《はっぴょう》の直後《ちょくご》に家定《いえさだ》が亡《な》くなったために家定《いえさだ》の影《かげ》が薄《うす》れ、井伊《いい》の存在《そんざい》が悪目立《わるめだ》ちしたせいかもしれません。

5 第《だい》十四代将軍《だいしょうぐん》・家茂《いえもち》の養母《はは》となる
――安政《あんせい》5年《ねん》(1858年《ねん》)――

安政《あんせい》5年《ねん》(1858年《ねん》)8月《がつ》。

家定《いえさだ》の死《し》を知《し》った篤《あつ》は落飾《らくしょく》し、天璋院《てんしょういん》と号《ごう》することになりました。

そして、その年《とし》の10月《がつ》25日《にち》、徳川慶福《とくがわよしとみ》が家茂《いえもち》と名《な》を改《あらた》め、正式《せいしき》に第《だい》十四代将軍《だいしょうぐん》に就任《しゅうにん》。

篤《あつ》は大奥《おおおく》の女《おんな》たちとともに、お祝《いわ》いを述《の》べました。

「家茂様《いえもちさま》、おめでとうございます」

「ありがとうございます、養母上様《ははうえさま》」

家茂《いえもち》は篤《あつ》より十一歳年下《さいとししした》の十三歳《さい》。初々《ういうい》しい将軍《しょうぐん》の誕生《たんじょう》です。

亡《な》くなった家定《いえさだ》と家茂《いえもち》は、第《だい》十一代将軍《だいしょうぐん》・家斉《いえなり》の孫《まご》。つまり、従兄弟同士《いとこどうし》です。

こうして家茂《いえもち》を見《み》ていると、胸《むね》が詰《つ》まります。

(家定様《いえさださま》は子《こ》どもの頃《ころ》、こんな感《かん》じだったのかしら……?)

思《おも》えば、わずか1年半《ねんはん》の短《みじか》い結婚生活《けっこんせいかつ》でした。

(わたしは家定様《いえさださま》のお心《こころ》を理解《りかい》できず、充分《じゅうぶん》にお支《ささ》えすることができなかった……。その分《ぶん》、この若《わか》い将軍様《しょうぐんさま》を支《ささ》え、盛《も》り立《た》てなくては)

家定《いえさだ》や斉彬《なりあきら》を失《うしな》った悲《かな》しみはまだ癒《い》えてはいませんが、篤《あつ》は家茂《いえもち》の養母《はは》として、気《き》を強《つよ》く持《も》ち、生《い》きて行《い》くことを誓《ちか》ったのです。

その後《ご》、幕府《ばくふ》は揺《ゆ》れに揺《ゆ》れました。

大老《たいろう》の井伊《いい》が敵対勢力《てきたいせいりょく》の排除《はいじょ》を狙《ねら》って行《おこな》った「安政《あんせい》の大獄《たいごく》」と呼《よ》ばれる弾圧《だんあつ》の嵐《あらし》が吹《ふ》き荒《あ》れるまま年《とし》は変《か》わり……。

安政《あんせい》7年《ねん》(1860年《ねん》)3月3日《がつみっか》。春《はる》には珍《めずら》しい大雪《おおゆき》が降《ふ》る中《なか》、井伊《いい》が江戸城《えどじょう》への登城途中《とじょうとちゅう》、浪士《ろうし》たちに行列《ぎょうれつ》を襲《おそ》われ、殺《ころ》されるという事件《じけん》が起《お》きました。

世《よ》にいう「桜田門外《さくらだもんがい》の変《へん》」です。

天下《てんか》の大老《たいろう》が白昼堂々襲撃《はくちゅうどうどうしゅうげき》され、暗殺《あんさつ》されたというこの事件《じけん》は幕府《ばくふ》の権威《けんい》を失墜《しっつい》させ、幕府《ばくふ》は威信《いしん》を回復《かいふく》しようと、「公武合体政策《こうぶがったいせいさく》」を打《う》ち出《だ》しました。

「家茂様《いえもちさま》……公方様《くぼうさま》の奥方《おくがた》に、天皇《てんのう》の妹宮《いもうとみや》を?」

この話《はなし》を聞《き》いた篤《あつ》は大変驚《たいへんおどろ》きました。

幕府《ばくふ》が家茂《いえもち》の妻《つま》にと望《のぞ》んだのは、孝明天皇《こうめいてんのう》の異母妹《いもうと》・和宮《かずのみや》です。これは井伊《いい》が生前《せいぜん》から考《かんが》えていたことで、井伊《いい》亡《な》きあとは老中《ろうじゅう》の安藤信正《あんどうのぶまさ》が引《ひ》き継《つ》いで進《すす》めていた話《はなし》だといいます。

(それが実現《じつげん》すれば、幕府《ばくふ》と朝廷《ちょうてい》が協力《きょうりょく》し合《あ》い、まさに挙国一致《きょこくいっち》で国難《こくなん》に立《た》ち向《む》かえる!)

この縁談《えんだん》はもともと和宮《かずのみや》に婚約者《こんやくしゃ》がいたこともあり、天皇《てんのう》と和宮《かずのみや》がなかなか承知《しょうち》せず、そう簡単《かんたん》には進《すす》みませんでしたが、朝廷側《ちょうていがわ》が幕府《ばくふ》に「必《かなら》ず攘夷《じょうい》の実行《じっこう》をする」ことを約束《やくそく》させ、ようやくまとまりました。

結婚《けっこん》が決《き》まったのはめでたいことですが、

(宮様《みやさま》のほうが身分《みぶん》が上《うえ》……。大丈夫《だいじょうぶ》であろうか)

そのことも心配《しんぱい》でしたが、篤《あつ》は同《おな》じ女《おんな》として和宮《かずのみや》の心中《しんちゅう》を思《おも》いました。

(わたしは亡《な》き上様《うえさま》と結婚《けっこん》するまでに、ずいぶん時間《じかん》がかかった……。あの頃《ころ》はいろいろ不安《ふあん》だったし、焦《あせ》りもいっぱい感《かん》じた。でも、逆《ぎゃく》に言《い》えば、心構《こころがま》えは薩摩《さつま》にいるときに充分持《じゅうぶんも》てたし、江戸《えど》で暮《く》らす2年《ねん》の間《あいだ》に江戸《えど》に慣《な》れることもできたということ……。けど、宮様《みやさま》は違《ちが》う。急《きゅう》に結婚《けっこん》が決《き》まって、しかも京《きょう》を遠《とお》く離《はな》れた江戸《えど》に下《くだ》るなんて、とても心細《こころぼそ》いでしょうね)

和宮《かずのみや》をあたたかく迎《むか》えてあげねば、と篤《あつ》がいろいろと心《こころ》を砕《くだ》いていたある日《ひ》、老中《ろうじゅう》の安藤《あんどう》の意《い》を受《う》けたという薩摩藩《さつまはん》の江戸家老《えどがろう》が篤《あつ》に目通《めどお》りを願《ねが》い出《で》てきました。

「和宮様《かずのみやさま》が降嫁《こうか》されますと、天璋院様《てんしょういんさま》は宮様《みやさま》の姑《しゅうとめ》ということになります。そこでしばらく薩摩《さつま》藩邸《はんてい》にお下《さ》がりいただければ、皇室《こうしつ》を穢《けが》し奉《たてまつ》ることもないかと――」

「無礼《ぶれい》な！　身分《みぶん》がどうあれ、嫁《よめ》は夫《おっと》に仕《つか》え、夫《おっと》の親《おや》を敬《うやま》うものぞ！　それにわたしはすでに徳川《とくがわ》の人間《にんげん》。いくら江戸《えど》市中《しちゅう》とはいえ、薩摩《さつま》に帰《かえ》る気《き》は毛頭《もうとう》ありませぬ！」

将軍《しょうぐん》の養母《はは》としての誇《ほこ》りを深《ふか》く傷《きず》つけられた篤《あつ》は大変憤慨《たいへんふんがい》し、その申《もう》し出《で》を断《ことわ》りました。

（老中《ろうじゅう》がそのような考《かんが》えでは、朝廷《ちょうてい》に付《つ》け込《こ》まれる隙《すき》を作《つく》ってしまう。それに公方様《くぼうさま》は素直《すなお》でやさしい方《かた》……。京《きょう》の者《もの》たちに取《と》り込《こ》まれるやもしれぬ）

来《きた》るべき日《ひ》のために、篤《あつ》は自分《じぶん》の立場《たちば》を見《み》つめ直《なお》しました。


文久元年《ぶんきゅうがんねん》（１８６１年《ねん》）12月《がつ》、10月《がつ》に京《きょう》を発《た》った和宮《かずのみや》がついに江戸城《えどじょう》に入《はい》りました。

「まずは無事《ぶじ》のご到着《とうちゃく》、安心《あんしん》したわ。お目《め》にかかる日《ひ》が楽《たの》しみね」

「天璋院様《てんしょういんさま》、ひとつご報告《ほうこく》が」

御年寄《おとしより》の滝山《たきやま》が篤《あつ》の前《まえ》にあるものを差《さ》し出《だ》しました。滝山《たきやま》は以前《いぜん》、一橋派《ひとつばしは》だった篤《あつ》を警戒《けいかい》していましたが、今《いま》はともに家茂《いえもち》を支《ささ》える同志《どうし》のような存在《そんざい》で、篤《あつ》はとても頼《たよ》りにしています。

「和宮様《かずのみやさま》から天璋院様《てんしょういんさま》への、おみやげだそうでございます」

みやげものの包《つつ》み紙《がみ》を見《み》たとたん、篤《あつ》は軽《かる》く眉《まゆ》をはね上《あ》げました。

そこには、「天璋院《てんしょういん》へ」と書《か》いてあったのです。

大奥《おおおく》の女《おんな》たちは、

「いくら宮様《みやさま》でも、これは許《ゆる》せませんわ！」

「ええ、義母《はは》となる御方《おかた》を呼《よ》び捨《す》てにするとは！」

と、皆《みな》かなり憤慨《ふんがい》し、あっというまに大奥中《おおおくじゅう》に話《はなし》が広《ひろ》まりました。

篤《あつ》も驚《おどろ》きましたが、

(ここでわたしが取《と》り乱《みだ》しては、ますます大奥中《おおおくじゅう》の空気《くうき》が悪《わる》くなる)

と思《おも》い、怒《いか》り出《だ》しそうな自分《じぶん》の心《こころ》をなだめました。

「これは和宮様《かずのみやさま》自《みずか》らお書《か》きになったわけではないでしょう？　おそらく宮様付《みやさまづ》きの祐筆《ゆうひつ》が独断《どくだん》で行《おこな》ったこと。騒《さわ》ぎ立《た》ててはなりません」

「しかし、このままでは――」

「皆《みな》の気持《きも》ちもよくわかります。わたしは姑《しゅうとめ》としての立場《たちば》を充分《じゅうぶん》に自覚《じかく》していますよ。向《む》こうが向《む》こうの常識《じょうしき》でくるなら、こちらもこちらの常識《じょうしき》を示《しめ》し、嫁《よめ》という立場《たちば》を宮様《みやさま》にわかっていただきましょう」

そうして後日《ごじつ》、和宮《かずのみや》と対面《たいめん》する日《ひ》を迎《むか》えた篤《あつ》は、それを実行《じっこう》しました。

篤《あつ》が上座《かみざ》につき、茵《しとね》（敷物《しきもの》）の上《うえ》に座《すわ》ったのに対《たい》し、和宮《かずのみや》は篤《あつ》の左側《ひだりがわ》の下座《しもざ》で、茵《しとね》もない床《ゆか》の上《うえ》に座《すわ》るようにしたのです。

「宮様《みやさま》が下座《しもざ》につくなど！」

「しかも、茵《しとね》もなしに⁉　これはどういうことじゃ⁉」

和宮《かずのみや》についてきた女官《にょかん》の庭田嗣子《にわたつぐこ》や生母《せいぼ》の観行院《かんぎょういん》は目《め》の色《いろ》を変《か》え、騒《さわ》ぎ出《だ》しました。

しかし、さすがに和宮《かずのみや》は皇女《こうじょ》だけあって、顔色《かおいろ》ひとつ変《か》えません。

（内心《ないしん》ではかなり驚《おどろ》いていらっしゃるでしょうけれど……）

篤《あつ》は心苦《こころぐる》しく思《おも》いながらも、嫁《よめ》と姑《しゅうとめ》の立場《たちば》をはっきり示《しめ》し、終始《しゅうし》、毅然《きぜん》とした態度《たいど》で和宮《かずのみや》との対面《たいめん》を終《お》わらせました。

そして、年《とし》が明《あ》けて、文久《ぶんきゅう》2年《ねん》（1862年《ねん》）2月《がつ》11日《にち》、家茂《いえもち》と和宮《かずのみや》の結婚式《けっこんしき》が予定《よてい》どおり江戸城《えどじょう》で行《おこな》われたのです。

❖早《はや》わかり激動《げきどう》の幕末《ばくまつ》❖

篤姫《あつひめ》と和宮《かずのみや》は最初《さいしょ》、仲《なか》が悪《わる》かったと伝《つた》わっています。篤姫《あつひめ》と和宮《かずのみや》についている女中《じょちゅう》たちがそれぞれ些細《ささい》なことで揉《も》めて、ことごとくいがみ合《あ》ったので、そう言《い》われるようになったとか。幕臣《ばくしん》・勝海舟《かつかいしゅう》も「すべてはお付《つ》きの者《もの》たちのせいだよ」とのちに言《い》っています。京《きょう》から来《き》たことを鼻《はな》にかけ、江戸《えど》はいかにも田舎《いなか》だと馬鹿《ばか》にして笑《わら》う者《もの》もいたらしく、篤姫《あつひめ》が和宮《かずのみや》にいろいろと教《おし》えてあげようとしても、なかなかうまくいかなかったそうです。

けれど、その後《ご》、ふたりは次第《しだい》に信頼関係《しんらいかんけい》を築《きず》き上《あ》げていきます。

篤姫《あつひめ》と和宮《かずのみや》の話《はなし》は、次《つぎ》に収録《しゅうろく》した「和宮《かずのみや》」の物語《ものがたり》で綴《つづ》るとして、ここでは、このあとの「和《かず》宮《みや》」と「徳川美賀子《とくがわみかこ》」の物語《ものがたり》でもガイドラインとして役《やく》に立《た》つよう、「和宮降嫁《かずのみやこうか》」後《ご》から「鳥《と》羽《ば》・伏見《ふしみ》の戦《たたか》い」に至《いた》るまでの幕末《ばくまつ》の流《なが》れを簡単《かんたん》にふれていきますね。

【島津久光《しまづひさみつ》が大軍《たいぐん》を率《ひき》いて上洛《じょうらく》する】（文久《ぶんきゅう》2年《ねん》／1862年《ねん》3月《がつ》〜5月《がつ》）

この頃《ころ》、薩摩《さつま》は斉彬《なりあきら》の異母弟《おとうと》・久光《ひさみつ》が実権《じっけん》を握《にぎ》っていました。斉彬《なりあきら》の遺志《いし》を継《つ》いだ久光《ひさみつ》は兵《へい》を率《ひき》いて上洛《じょうらく》。幕政《ばくせい》に介入《かいにゅう》するため、朝廷《ちょうてい》を動《うご》かすことに成功《せいこう》します。

【文久《ぶんきゅう》の幕政改革《ばくせいかいかく》】（文久《ぶんきゅう》2年《ねん》／1862年《ねん》7月《がつ》）
朝廷《ちょうてい》の使者《ししゃ》を護衛《ごえい》するという大義名分《たいぎめいぶん》を掲《かか》げ、久光《ひさみつ》が江戸《えど》に下《くだ》り、「一橋慶喜《ひとつばしよしのぶ》を将軍後見職《しょうぐんこうけんしょく》に、松平春嶽《まつだいらしゅんがく》を政事総裁職《せいじそうさいしょく》（大老《たいろう》とほぼ同《おな》じ役職《やくしょく》）につける」ことに成功《せいこう》。

【生麦事件《なまむぎじけん》】（文久《ぶんきゅう》2年《ねん》／1862年《ねん》8月《がつ》21日《にち》）
久光《ひさみつ》の江戸《えど》からの帰《かえ》り道《みち》、生麦村《なまむぎむら》にて行列《ぎょうれつ》を乱《みだ》した外国人《がいこくじん》四人《にん》を薩摩藩士《さつまはんし》が殺傷《さっしょう》。これは薩《さつ》摩《ま》からすれば殿様行列《とのさまぎょうれつ》を乱《みだ》された「無礼討《ぶれいう》ち」で「攘夷《じょうい》」ではありませんでした。

【家茂《いえもち》、上洛《じょうらく》す】（文久《ぶんきゅう》3年《ねん》／1863年《ねん》2月《がつ》）
家茂《いえもち》に対《たい》し「上洛《じょうらく》して、攘夷《じょうい》についての建議《けんぎ》をせよ」と「文久《ぶんきゅう》の幕政改革《ばくせいかいかく》」時《じ》に朝廷《ちょうてい》が要請《ようせい》していたのですが、これ以上《いじょう》の引《ひ》き延《の》ばしは無理《むり》になり、家茂《いえもち》と慶喜《よしのぶ》が上洛《じょうらく》。

【長州藩《ちょうしゅうはん》が外国船《がいこくせん》を砲撃《ほうげき》する】（文久《ぶんきゅう》3年《ねん》／1863年《ねん》5月《がつ》～6月《がつ》）
朝廷《ちょうてい》に迫《せま》られて窮《きゅう》した慶喜《よしのぶ》が「攘夷《じょうい》の決行《けっこう》は5月10日《がつとおか》にする」と朝廷《ちょうてい》に約束《やくそく》。この期日《きじつ》に従《したが》って、長州《ちょうしゅう》が下関《しものせき》を航行《こうこう》する外国船《がいこくせん》を砲撃《ほうげき》。最初《さいしょ》は勝利《しょうり》するものの、翌月《よくげつ》、報復《ほうふく》され惨敗《ざんぱい》。

【薩英戦争《さつえいせんそう》】（文久《ぶんきゅう》3年《ねん》／1863年《ねん》7月《がつ》）
「生麦事件《なまむぎじけん》」の報復《ほうふく》のため、イギリス艦隊《かんたい》が錦江湾《きんこうわん》に押《お》し寄《よ》せ、鹿児島城下《かごしまじょうか》に砲撃《ほうげき》。

【八月《がつ》十八日《にち》の政変《せいへん》】（文久《ぶんきゅう》3年《ねん》／1863年《ねん》8月《がつ》18日《にち》）

会津藩《あいづはん》と薩摩藩《さつまはん》が朝廷内《ちょうていない》の公武合体派《こうぶがったいは》の公家《くげ》と組《く》み、尊王攘夷派《そんのうじょういは》の公家《くげ》と長州藩《ちょうしゅうはん》を御所《ごしょ》から追《お》い出《だ》すことに成功《せいこう》。尊攘派《そんじょうは》の公家《くげ》七人《にん》は長州《ちょうしゅう》へ下《くだ》りました（七卿落《しちきょうお》ち）。

【池田屋事件《いけだやじけん》】（元治元年《げんじがんねん》／1864年《ねん》6月5日《がついつか》）

長州藩士《ちょうしゅうはんし》らが京《きょう》に火《ひ》を放《はな》ち、その混乱《こんらん》に乗《じょう》じて京都守護職《きょうとしゅごしょく》の松平容保《まつだいらかたもり》を暗殺《あんさつ》し、孝明天皇《こうめいてんのう》を長州《ちょうしゅう》へ移《うつ》すことを計画《けいかく》。事前《じぜん》に察知《さっち》した会津藩《あいづはん》預《あず》かりの「新撰組《しんせんぐみ》」が志士《しし》らを襲撃《しゅうげき》。

【禁門《きんもん》の変《へん》】（元治元年《げんじがんねん》／1864年《ねん》7月《がつ》19日《にち》）

「池田屋事件《いけだやじけん》」を機《き》に長州藩《ちょうしゅうはん》が汚名《おめい》を雪《そそ》ぐため、挙兵《きょへい》。御所周辺《ごしょしゅうへん》で戦闘《せんとう》が起《お》き、蛤御門《はまぐりごもん》がいちばんの激戦地《げきせんち》に。会津藩《あいづはん》と薩摩藩《さつまはん》が武名《ぶめい》を上《あ》げ、長州《ちょうしゅう》は御所《ごしょ》を襲撃《しゅうげき》したとして以後《いご》、朝敵《ちょうてき》に。

【第一次長州征伐《だいじちょうしゅうせいばつ》】（元治元年《げんじがんねん》／1864年《ねん》7月《がつ》〜12月《がつ》）

孝明天皇《こうめいてんのう》が幕府《ばくふ》に対《たい》し「長州征伐《ちょうしゅうせいばつ》」の勅令《ちょくれい》を下《くだ》し、二十三藩《ぱん》からなる連合軍《れんごうぐん》で長州《ちょうしゅう》へ向《む》けて進軍《しんぐん》。のちに8月《がつ》の「下関戦争《しものせきせんそう》」で弱《よわ》っていた長州側《ちょうしゅうがわ》が恭順《きょうじゅん》の意《い》を示《しめ》し、降伏《こうふく》。

【四国艦隊下関砲撃事件《しこくかんたいしものせきほうげきじけん》】（元治元年《げんじがんねん》／1864年《ねん》8月《がつ》）

文久《ぶんきゅう》3年《ねん》（1863年《ねん》）の長州《ちょうしゅう》による外国船砲撃事件《がいこくせんほうげきじけん》の報復《ほうふく》で、英《イギリス》、仏《フランス》、蘭《オランダ》、米《アメリカ》の四か国《こく》連合艦隊《れんごうかんたい》が長州《ちょうしゅう》に砲撃《ほうげき》。欧米《おうべい》の列強諸国《れっきょうしょこく》に敗《やぶ》れた長州《ちょうしゅう》は、攘夷《じょうい》は不可能《ふかのう》だと悟《さと》りました。

【薩長同盟《さっちょうどうめい》】（慶応《けいおう》2年《ねん》／1866年《ねん》1月《がつ》21日《にち》）

「禁門《きんもん》の変《へん》」以降《いこう》、犬猿《けんえん》の仲《なか》だった薩摩《さつま》と長州《ちょうしゅう》を、土佐浪士《とさろうし》・坂本龍馬《さかもとりょうま》と中岡慎太郎《なかおかしんたろう》が仲介《ちゅうかい》して成立《せいりつ》。反幕府《はんばくふ》の意志《いし》を明確《めいかく》にしました。

【第二次長州征伐《だいじちょうしゅうせいばつ》】（慶応《けいおう》2年《ねん》／1866年《ねん》6月《がつ》～8月《がつ》）

幕府側《ばくふがわ》は十五万《まん》もの大軍《たいぐん》で長州《ちょうしゅう》を攻《せ》めましたが、やる気《き》のない藩《はん》が多《おお》く、次々《つぎつぎ》と敗北《はいぼく》。

【家茂《いえもち》、死去《しきょ》】（慶応《けいおう》2年《ねん》／1866年《ねん》7月20日《がつはつか》）

家茂《いえもち》は幕府軍《ばくふぐん》の総大将《そうだいしょう》として三度目《どめ》の上洛《じょうらく》をし、大坂城《おおさかじょう》で指揮《しき》を執《と》っていましたが、敗戦《はいせん》の報《ほう》ばかり入《はい》る中《なか》、急死《きゅうし》。家茂《いえもち》の死《し》を1か月《げつ》伏《ふ》せたのち、幕府軍《ばくふぐん》は10月《がつ》に撤兵完了《てっぺいかんりょう》。

【徳川慶喜《とくがわよしのぶ》、第《だい》十五代将軍《だいしょうぐん》に就任《しゅうにん》】（慶応《けいおう》2年《ねん》／1866年《ねん》12月5日《がついっか》）

家茂《いえもち》の死後《しご》、8月《がつ》に徳川宗家《とくがわそうけ》を継《つ》いだ慶喜《よしのぶ》が将軍《しょうぐん》に就任《しゅうにん》。

【孝明天皇崩御《こうめいてんのうほうぎょ》】（慶応《けいおう》2年《ねん》／1866年《ねん》12月25日《がつにち》）

孝明天皇《こうめいてんのう》が急死《きゅうし》。公武合体派《こうぶがったいは》の天皇《てんのう》の死《し》は幕府《ばくふ》にとっては、かなりの痛手《いたで》でした。

【大政奉還《たいせいほうかん》】（慶応《けいおう》3年《ねん》／1867年《ねん》10月14日《がつか》）

慶喜《よしのぶ》が朝廷《ちょうてい》に政権《せいけん》を返上《へんじょう》する旨《むね》の「大政奉還《たいせいほうかん》」を奏上《そうじょう》。薩摩《さつま》の西郷《さいごう》たちが同日《どうじつ》、朝廷《ちょうてい》から「討《とう》幕《ばく》の密勅《みっちょく》」を得《え》ていましたが、タッチの差《さ》で慶喜《よしのぶ》のほうが先《さき》でした。

【王政復古《おうせいふっこ》の大号令《だいごうれい》】（慶応《けいおう》3年《ねん》／1867年《ねん》12月9日《がつここのか》）

「大政奉還《たいせいほうかん》」がなされたものの、徳川慶喜《とくがわよしのぶ》の権力《けんりょく》は依然《いぜん》として強《つよ》く……。西郷《さいごう》は岩倉具視《いわくらともみ》らと謀《はか》り、朝廷《ちょうてい》から親幕派《しんばくは》を一掃《いっそう》することを計画《けいかく》。「江戸幕府《えどばくふ》の廃止《はいし》」などを掲《かか》げた「王政復古《おうせいふっこ》の大《だい》号令《ごうれい》」が下《くだ》されました。

【江戸薩摩藩邸《えどさつまはんてい》焼《や》き討《う》ち事件《じけん》】（慶応《けいおう》3年《ねん》／1867年《ねん》12月《がつ》25日《にち》）

「大政奉還《たいせいほうかん》」で挙兵《きょへい》の名目《めいもく》を失《うしな》った討幕派《とうばくは》の西郷《さいごう》が浪士《ろうし》たちを使《つか》って江戸市中《えどしちゅう》で放火《ほうか》や強盗《ごうとう》などをさせて挑発工作《ちょうはつこうさく》を行《おこな》い、これに怒《おこ》った旧幕府側《きゅうばくふがわ》が浪士《ろうし》たちの拠点《きょてん》となっていた三田《みた》の薩摩《さつま》藩邸《はんてい》を焼《や》き討《う》ち。西郷《さいごう》は武力《ぶりょく》で討幕《とうばく》する名目《めいもく》を得《え》ました。

【鳥羽《とば》・伏見《ふしみ》の戦《たたか》い】（慶応《けいおう》4年《ねん》／1868年《ねん》1月3日《がつみっか》〜6日《むいか》）

旧幕府側《きゅうばくふがわ》で「薩摩討《さつまう》つべし」の声《こえ》が高《たか》まり、慶喜《よしのぶ》が挙兵《きょへい》。京《きょう》の郊外《こうがい》、鳥羽《とば》と伏見《ふしみ》で新政府軍《しんせいふぐん》と激突《げきとつ》。新政府軍《しんせいふぐん》が「錦《にしき》の御旗《みはた》」を掲《かか》げ、旧幕府軍《きゅうばくふぐん》は戦意《せんい》を喪失《そうしつ》。慶喜《よしのぶ》は大坂城《おおさかじょう》を密《ひそ》かに抜《ぬ》け出《だ》し、海路《かいろ》を使《つか》って江戸《えど》へ帰還《きかん》しました。

こうして、薩長《さっちょう》を中心《ちゅうしん》とする新政府軍《しんせいふぐん》が「官軍《かんぐん》（朝廷《ちょうてい》の軍隊《ぐんたい》）」となり、「賊軍《ぞくぐん》（朝廷《ちょうてい》に歯向《はむ》かう勢力《せいりょく》）」に落《お》ちた旧幕府勢力《きゅうばくふせいりょく》を掃討《そうとう》すべく、本拠地《ほんきょち》の江戸城《えどじょう》を目指《めざ》して進軍《しんぐん》を開始《かいし》しました。

それでは「篤姫《あつひめ》」の物語《ものがたり》に戻《もど》り、「鳥羽《とば》・伏見《ふしみ》の戦《たたか》い」が終《お》わったあとから見《み》ていきましょう。

6　江戸城無血開城《えどじょうむけつかいじょう》——慶応《けいおう》4年《ねん》（1868年《ねん》）——

（この男《おとこ》は、いったいなにを言《い》っているのだろう……）

篤《あつ》はあきれも怒《いか》りも通《とお》り越《こ》して、目《め》の前《まえ》にいる慶喜《よしのぶ》の話《はなし》を聞《き》いていました。

「和宮降嫁《かずのみやこうか》」による「公武合体政策《こうぶがったいせいさく》」が実現《じつげん》したのは、6年前《ねんまえ》。

その後《ご》、御所《ごしょ》を攻撃《こうげき》した罪《つみ》で長州藩《ちょうしゅうはん》が〝朝敵《ちょうてき》〟とみなされ、二度《ど》にわたる「長州征伐《ちょうしゅうせいばつ》」が行《おこな》われました。その二度目《どめ》の出陣《しゅつじん》の際《さい》、大坂城《おおさかじょう》で指揮《しき》を執《と》っていた家茂《いえもち》が亡《な》くなったのです。まだ二十一歳《さい》の若《わか》すぎる死《し》でした。

家茂《いえもち》と和宮《かずのみや》の間《あいだ》に子《こ》はなく、後継《あとつ》ぎが決《き》まっていなかった幕府《ばくふ》は一橋慶喜《ひとつばしよしのぶ》を担《かつ》ぎ出《だ》すことにし、慶応《けいおう》3年《ねん》（1867年《ねん》）12月《がつ》、徳川慶喜《とくがわよしのぶ》が第《だい》十五代将軍《だいしょうぐん》の座《ざ》に就《つ》いたのです。

そのとき、かつて「慶喜《よしのぶ》を次期将軍《じきしょうぐん》に」とあれほど懸命《けんめい》になって動《うご》いていた篤《あつ》の気持《きも》ちは、なんとも乾《かわ》いたものでした。

家茂《いえもち》が将軍《しょうぐん》になって以後《いご》、慶喜《よしのぶ》が補佐《ほさ》についていたのですが、その政治手腕《せいじしゅわん》は「二枚舌《にまいじた》」と言《い》ってもいいものだったからです。とにかく、相手《あいて》を煙《けむ》に巻《ま》くのがうまいのです。

(この男《おとこ》を将軍《しょうぐん》にしたのは間違《まちが》いだった)

慶喜《よしのぶ》が将軍職《しょうぐんしょく》に就《つ》いたあとの流《なが》れはひどいものでした。

時勢《じせい》は討幕《とうばく》にどんどん傾《かたむ》き、慶喜《よしのぶ》はついに「大政奉還《たいせいほうかん》」に踏《ふ》み切《き》り、政権《せいけん》を朝廷《ちょうてい》に返上《へんじょう》。挙兵《きょへい》せんと動《うご》いていた討幕派《とうばくは》の出鼻《でばな》をくじいたまではよかったのですが、「王政復古《おうせいふっこ》の大号令《だいごうれい》」を朝廷《ちょうてい》が発《はっ》し、徳川幕府《とくがわばくふ》は正式《せいしき》に廃止《はいし》に追《お》い込《こ》まれたのです。

その後《ご》、朝廷《ちょうてい》は新政府《しんせいふ》を樹立《じゅりつ》しましたが、それで討幕派《とうばくは》がおとなしくなるはずもなく……。

慶応《けいおう》4年《ねん》(1868年《ねん》)1月3日《がつみっか》、京《きょう》の南《みなみ》——鳥羽《とば》と伏見《ふしみ》で旧幕府軍《きゅうばくふぐん》と薩長《さっちょう》が中心《ちゅうしん》となった新政府軍《しんせいふぐん》が激突《げきとつ》。

兵力《へいりょく》は、旧幕府軍《きゅうばくふぐん》一万《まん》五千《せん》。新政府軍《しんせいふぐん》五千《せん》。

4日間《よっかかん》にわたるこの戦《いくさ》は、三倍《ばい》もの兵力差《へいりょくさ》があったにもかかわらず、新政府軍《しんせいふぐん》の勝利《しょうり》に終《お》わりました。旧幕府軍《きゅうばくふぐん》が旧式《きゅうしき》の武器《ぶき》ばかりだったこともありますが、銃《じゅう》や大砲《たいほう》より、新政府軍《しんせいふぐん》がもっと威力《いりょく》のあるものを出《だ》してきたことがいちばんの要因《よういん》でした。

新政府軍《しんせいふぐん》に「錦《にしき》の御旗《みはた》」が翻《ひるがえ》り、これを見《み》た旧幕府軍《きゅうばくふぐん》が敗走《はいそう》をはじめてしまったのです。

錦《にしき》の御旗《みはた》は、赤《あか》い錦《にしき》の長旗《ながばた》に皇室《こうしつ》を表《あらわ》す菊《きく》の御紋《ごもん》を金糸《きんし》で縫《ぬ》い取《と》ったもので、この旗《はた》を掲《かか》げた軍《ぐん》を攻撃《こうげき》することは、すなわち、天皇《てんのう》を敵《てき》に回《まわ》すことを意味《いみ》するのです。

6日《むいか》の夜《よる》、大勢《おおぜい》の兵《へい》たちを残《のこ》して大坂城《おおさかじょう》を密《ひそ》かに抜《ぬ》け出《だ》した慶喜《よしのぶ》は、8日《ようか》に軍艦《ぐんかん》「開陽丸《かいようまる》」に乗《の》り、今日《きょう》――12日《にち》の早朝《そうちょう》、江戸《えど》へ帰《かえ》ってきました。

そして、ぬけぬけと篤《あつ》に目通《めどお》りを願《ねが》い出《で》て、立《た》て板《いた》に水《みず》のごとく話《はなし》をはじめたのです。

「もともと、此度《こたび》の戦《いくさ》は、新政府側《しんせいふがわ》が挑発《ちょうはつ》してきたことからはじまりました。私《わたし》は最初《さいしょ》から戦《たたか》うつもりなどなかったのです」

「錦《にしき》の御旗《みはた》を掲《かか》げられては、もうどうすることもできません。朝敵《ちょうてき》でないことを表《あらわ》すために、私《わたし》は戦《たたか》いを捨《す》て、こうして戻《もど》ってきました」

「私《わたし》の家《いえ》は、もともとは水戸《みと》。第二代藩主《だいにだいはんしゅ》・光圀公《みつくにこう》以来《いらい》、水戸学《みとがく》……すなわち、代々培《だいだいつちか》われてきた尊王思想《そんのうしそう》を大事《だいじ》にする家柄《いえがら》です。幕府《ばくふ》がどうなろうと天皇家《てんのうけ》を敬《うやま》えと、小《ちい》さな頃《ころ》から教《おし》えられてきました。そんな私《わたし》がこれ以上《いじょう》、朝廷《ちょうてい》に刃《やいば》を向《む》けられましょうか」

(なにをどう取《と》り繕《つくろ》おうと、この男《おとこ》が自軍《じぐん》の兵《へい》を置《お》き去《ざ》りにし、江戸《えど》に逃《に》げ帰《かえ》ってきたのは事実《じじつ》……)

篤《あつ》はふと、家定《いえさだ》が慶喜《よしのぶ》のことを「〝いい男《おとこ》〟すぎる」と言《い》っていたのを思《おも》い出《だ》しました。

戦《いくさ》を放棄《ほうき》し、京《きょう》の都《みやこ》をこれ以上《いじょう》、戦火《せんか》にさらさなかったのは賢明《けんめい》な判断《はんだん》と言《い》えるのかもしれません。大将《たいしょう》を失《うしな》った軍《ぐん》は崩壊《ほうかい》します。自分《じぶん》が悪者《わるもの》になるとわかっていて逃《に》げ出《だ》してきたのなら、並々《なみなみ》ならぬ覚悟《かくご》と言《い》えるでしょう。

(その覚悟《かくご》があったのか、それとも命《いのち》が惜《お》しくてあわてて逃《に》げたのか……見当《けんとう》がつかぬ)

慶喜《よしのぶ》のこういったわかりにくいところを、家定《いえさだ》は「〝いい男《おとこ》〟すぎる」と言《い》ったのかもしれません。

「和宮様《かずのみやさま》にも、本当《ほんとう》のところをお話《はな》ししたく思《おも》います。お取《と》り次《つ》ぎ願《ねが》えませんでしょうか」

慶喜《よしのぶ》は皇女《こうじょ》の力《ちから》を借《か》りて、新政府《しんせいふ》に弁明《べんめい》し、助命《じょめい》を願《ねが》おうというのでしょう。

(武士《ぶし》ならば、腹《はら》を切《き》って責任《せきにん》を取《と》るものではないの？　しかも、将軍《しょうぐん》の座《ざ》にまで就《つ》いた者《もの》がみじめに命乞《いのちご》いなど……)

篤《あつ》はそう思《おも》いましたが、今《いま》は政治的《せいじてき》な処理《しょり》のほうが先《さき》です。

「朝敵《ちょうてき》の汚名《おめい》をかぶった責任《せきにん》は重《おも》いですよ？　皇女《こうじょ》である宮様《みやさま》がそなたに会《あ》うかどうか——」

「そこをどうか！」

慶喜《よしのぶ》のことは正直《しょうじき》好《す》きではありませんが、見捨《みす》てるわけにもいきません。

篤《あつ》は和宮《かずのみや》につなぎを取《と》ることを約束《やくそく》し、慶喜《よしのぶ》を下《さ》がらせました。

2月《がつ》12日《にち》、慶喜《よしのぶ》を討《う》つべく五万《まん》もの大軍《たいぐん》が京《きょう》を出発《しゅっぱつ》しました。

その軍《ぐん》の大総督《だいそうとく》は有栖川宮熾仁親王《ありすがわのみやたるひとしんのう》、大参謀《だいさんぼう》は薩摩《さつま》の西郷《さいごう》です。

戦《たたか》うつもりのない慶喜《よしのぶ》は謹慎《きんしん》の意《い》を表《あらわ》すため、江戸城《えどじょう》を出《で》て上野《うえの》の寛永寺《かんえいじ》に入《はい》りました。

「このままでは、江戸《えど》はどうなるのじゃ……？」

「開府《かいふ》して260年余《ねんあま》り。このようなことは一度《ど》もなかったのに」

城内《じょうない》は不安《ふあん》に満《み》ちあふれ、市中《しちゅう》にも混乱《こんらん》は広《ひろ》がっていました。

そんな折《おり》、幕府《ばくふ》の中《なか》から「天璋院様《てんしょういんさま》を薩摩《さつま》に帰《かえ》して、徳川家《とくがわけ》の存続《そんぞく》を願《ねが》おう」という動《うご》きがでました。これを聞《き》いた篤《あつ》は断固《だんこ》として拒否《きょひ》し、

「わたしになんの罪《つみ》があって、里《さと》へ帰《かえ》れというのですか。わたしは徳川《とくがわ》の人間《にんげん》……一歩《いっぽ》もここを動《うご》きませぬ。無理《むり》に出《だ》そうとするなら自害《じがい》します！」

と昼夜《ちゅうや》、懐剣《かいけん》を離《はな》さず、部屋《へや》に立《た》てこもりました。お付《つ》きの女中《じょちゅう》たちまで自害《じがい》するというので、誰《だれ》も手《て》が出《だ》せません。

それを知《し》った幕臣《ばくしん》の勝海舟《かつかいしゅう》が「だったら、自分《じぶん》が行《い》こう」と説得《せっとく》を買《か》って出《で》ました。勝《かつ》は荒《あら》っぽいことで知《し》られていたので、彼《かれ》が行《い》けば説《と》き伏《ふ》せられるだろうと周《まわ》りの者《もの》たちは期待《きたい》しました。

「明日《あす》、うかがいます」と大奥《おおおく》へ話《はなし》を通《とお》し、翌日《よくじつ》、予告《よこく》どおりに勝《かつ》が向《む》かうと、女中《じょちゅう》がずらりと並《なら》んでいて、上座《かみざ》には茵《しとね》があるばかりで篤《あつ》がいません。

「天璋院様《てんしょういんさま》は、どうなすったんで？」

しばらくすると、女《おんな》たちの中《なか》から、ひとり進《すす》み出《で》てきました。

「わたしが天璋院《てんしょういん》です」

なんと、篤《あつ》は女中《じょちゅう》の中《なか》に紛《まぎ》れ、様子《ようす》をうかがっていたのです。

「こいつあ、びっくりした。いや、一本取《いっぽんと》られましたな」

勝《かつ》は長丁場《ながちょうば》を覚悟《かくご》して座《すわ》り、こわごわとこちらを見《み》ている女中《じょちゅう》たちに言《い》いました。

「あなた方《がた》が自害《じがい》するなどとおっしゃっても、私《わたし》が飛《と》び込《こ》んでいって、懐剣《かいけん》なんぞすぐにひったくりますよ」

「死《し》のうと思《おも》えば、どうしたって死《し》ねます」

「ええ、覚悟《かくご》はできています！」

女《おんな》たちが声《こえ》を上《あ》げると、

「天璋院様《てんしょういんさま》が御自害《ごじがい》なされば、私《わたし》だってただじゃあすみませんから、この場《ば》で腹《はら》を切《き》ります。お気《き》の毒《どく》ですが、そうしたら、私《わたし》と心中《しんじゅう》したとかなんとか騒《さわ》がれますよ？」

と勝《かつ》が冗談《じょうだん》を言《い》いました。

このおかげで緊張感《きんちょうかん》がやわらぎ、

「心中《しんじゅう》……？」

「まあ」

みんな笑《わら》い出《だ》してしまったのです。

篤《あつ》はすっかり勝《かつ》が気《き》に入《い》り、勝《かつ》から3日間《みっかかん》にわたって話《はなし》を聞《き》きました。大奥《おおおく》にはすべての情報《じょうほう》が入《はい》ってきているわけではなかったからです。

「勝《かつ》、そなたのおかげで、今《いま》なにが起《お》きているのか、すべて知《し》ることができました。わたしは徳川《とくがわ》の人間《にんげん》として最後《さいご》まで徳川《とくがわ》を守《まも》ります」

「そうですか。薩摩生《さつまう》まれの姫様《ひめさま》にこうまで言《い》われちゃあ、江戸生《えどう》まれの私《わたし》の顔《かお》が立《た》たないってもんです。私《わたし》も江戸《えど》を守《まも》るために力《ちから》を尽《つ》くしますよ」

勝《かつ》はそう言《い》い、篤《あつ》の前《まえ》を辞《じ》しました。

官軍《かんぐん》は進軍《しんぐん》の途中《とちゅう》、駿府《すんぷ》にて「3月《がつ》15日《にち》に江戸《えど》総攻撃《そうこうげき》を開始《かいし》する」旨《むね》を決定《けってい》しました。

そして、3月《がつ》11日《にち》、西郷《さいごう》が江戸《えど》に入《はい》りました。

その2日後《ふつかご》の13日《にち》。江戸《えど》高輪《たかなわ》の薩摩藩邸《さつまはんてい》に勝《かつ》が西郷《さいごう》を訪《たず》ね、この日《ひ》は万一《まんいち》のとき、皇女《こうじょ》である和宮《かずのみや》の保護《ほご》をどうするかだけを話《はな》し、翌日《よくじつ》の会談《かいだん》を約束《やくそく》して帰《かえ》って行《い》きました。

勝《かつ》との会談《かいだん》ののち、今度《こんど》はかつて篤《あつ》の老女《ろうじょ》を務《つと》めていた幾島《いくしま》が西郷《さいごう》を訪《たず》ねてきました。齢《よわい》六十を超《こ》えた幾島《いくしま》は今《いま》は隠居《いんきょ》の身《み》でしたが、江戸城《えどじょう》にいる篤《あつ》の代《か》わりに西郷《さいごう》のもとへやってきたのです。

「西郷様《さいごうさま》、お久《ひさ》しゅうございます」

「幾島殿《いくしまどの》……」

なんとも言《い》えない顔《かお》で、西郷《さいごう》は幾島《いくしま》を見《み》ました。西郷《さいごう》は「慶喜《よしのぶ》の首《くび》はなんとしても取《と》るべき」と考《かんが》えていましたが、篤《あつ》まで滅《ほろ》ぼしたいなどとはまったく思《おも》っていないのです。

幾島《いくしま》は心中複雑《しんちゅうふくざつ》な西郷《さいごう》の顔《かお》を見《み》てから、すっ、と目《め》の前《まえ》に一通《いっつう》の書状《しょじょう》を差《さ》し出《だ》しました。

「姫様《ひめさま》からの手紙《てがみ》でございます」

それは篤《あつ》から西郷《さいごう》に宛《あ》てた、長《なが》い長《なが》い手紙《てがみ》でした（ここに意訳《いやく》します）。


天皇陛下《てんのうへいか》に対《たい》し、慶喜《よしのぶ》の不忠《ふちゅう》を深《ふか》くお詫《わ》びいたします。開祖《かいそ》・家康公《いえやすこう》に対《たい》してこれ以上《いじょう》、大《おお》きな不孝《ふこう》はなく、このようなことになるとは思《おも》ってもみなかった徳川一門《とくがわいちもん》の皆《みな》をはじめ、家中《かちゅう》の者隅々《ものすみずみ》に至《いた》るまで、罪《つみ》のない者《もの》に苦渋《くじゅう》を味《あじ》わわせるのは、わたしはとても我慢《がまん》ができません。

あなた様《さま》に、わたしの一命《いちめい》をかけてお願《ねが》い申《もう》し上《あ》げます。

慶喜《よしのぶ》はどのような天罰《てんばつ》を受《う》けようが仕方《しかた》のないことですが、ただただ徳川家《とくがわけ》の安堵《あんど》だけは朝廷《ちょうてい》にとりなしていただけるよう、心《こころ》を込《こ》めてお願《ねが》い申《もう》し上《あ》げます。

わたしは徳川《とくがわ》に嫁《か》した以上《いじょう》、徳川《とくがわ》の土《つち》となるのは当然《とうぜん》です。わたしが生《い》きていながら、徳川《とくがわ》に万一《まんいち》のことがあれば、亡《な》き家定公《いえさだこう》に申《もう》し訳《わけ》が立《た》ちません。

日夜《にちや》、悲嘆《ひたん》に暮《く》れている心中《しんちゅう》をお察《さっ》しいただき、徳川家存続《とくがわけそんぞく》の旨《むね》、取《と》り計《はか》らっていただければ、わたしひとりの命《いのち》を救《すく》ってくださるよりもありがたく、これ以上《いじょう》の喜《よろこ》びはございません。

この困難《こんなん》をお救《すく》いくださいましたら、島津《しまづ》の御先祖様《ごせんぞさま》や亡《な》き斉彬公《なりあきらこう》への孝行《こうこう》となるばかりでなく、徳川家《とくがわけ》への義理《ぎり》も立《た》ち、あなた様《さま》の武人《ぶじん》としての徳《とく》も、この上《うえ》ないものとなるでしょう。本来《ほんらい》ならば、薩摩藩主《さつまはんしゅ》・忠義殿《ただよしどの》か国父《こくふ》・久光殿《ひさみつどの》へお頼《たの》み申《もう》し上《あ》げるべきところかもしれませんが、火急《かきゅう》の時《とき》であり、薩摩《さつま》へは遠路《えんろ》のため間《ま》に合《あ》いませんので、重《かさ》ね重《がさ》ね、あなた様《さま》へお頼《たの》みする次第《しだい》です。

「姫様《ひめさま》……」

(なんとも皮肉《ひにく》な状況《じょうきょう》になったものだ)

読《よ》み終《お》わった西郷《さいごう》は、目《め》に涙《なみだ》を浮《う》かべました。西郷《さいごう》と篤《あつ》は、かつて慶喜《よしのぶ》を将軍職《しょうぐんしょく》に就《つ》けようと互《たが》いに奔走《ほんそう》した時期《じき》がありました。なのに今《いま》は、篤《あつ》は慶喜《よしのぶ》の助命嘆願《じょめいたんがん》はせず「徳川家《とくがわけ》の存続《そんぞく》」だけを願《ねが》い、西郷《さいごう》は慶喜《よしのぶ》を討《う》つべく江戸《えど》へやってきているのです。

幾島《いくしま》は手《て》をつき、深《ふか》く頭《あたま》を下《さ》げました。

「西郷様《さいごうさま》、姫様《ひめさま》がここまでおっしゃっているのです！　江戸総攻撃《えどそうこうげき》は、どうかおやめくださいませ！」

西郷《さいごう》は泣《な》きながら首《くび》を振《ふ》りました。

「しかし、徳川《とくがわ》を滅《ほろ》ぼさねば、この国《くに》は本当《ほんとう》の意味《いみ》で生《う》まれ変《か》わることはできん！」

西郷《さいごう》は西郷《さいごう》で、相当《そうとう》の覚悟《かくご》を持《も》って大軍《たいぐん》を率《ひき》いてきているのです。

けれど、この篤《あつ》の手紙《てがみ》が功《こう》を奏《そう》したのか——。

翌《よく》14日《か》に行《おこな》われた西郷《さいごう》と勝《かつ》の会談《かいだん》にて、15日《にち》に予定《よてい》されていた総攻撃《そうこうげき》は中止《ちゅうし》となりました。

4月《がつ》4日《よっか》に「江戸城無血開城《えどじょうむけつかいじょう》」が決定《けってい》し、江戸《えど》は戦火《せんか》から免《まぬか》れたのです。


開城後《かいじょうご》、江戸城《えどじょう》の引《ひ》き渡《わた》しは4月《がつ》11日《にち》と決《き》まりました。

けれど、あと7日《なのか》で出《で》て行《い》け、というのは急《きゅう》すぎます。

そこで大奥《おおおく》の女《おんな》たちの混乱《こんらん》を最小限《さいしょうげん》に抑《おさ》えるため、徳川《とくがわ》の家臣《かしん》たちが「3日間《みっかかん》だけ立《た》ち退《の》いていただきたい」と願《ねが》い出《で》ましたが、

「徳川幕府《とくがわばくふ》の象徴《しょうちょう》である江戸城《えどじょう》に、そのまま徳川《とくがわ》の人間《にんげん》を住《す》まわせるはずもない」

というのは明白《めいはく》でしたので、急《きゅう》な引《ひ》っ越《こ》しの準備《じゅんび》で城内《じょうない》は大騒《おおさわ》ぎになりました。

篤《あつ》は混乱《こんらん》を最小限《さいしょうげん》にしようと考《かんが》え、皆《みな》に「持《も》ち出《だ》す荷物《にもつ》は長持《ながもち》ひとつだけにせよ」と命《めい》じましたが、解雇《かいこ》されると思《おも》った女《おんな》たちは、実家《じっか》から人《ひと》を呼《よ》んで着物《きもの》や道具類《どうぐるい》を片《かた》っ端《ぱし》から長持《ながもち》に

詰《つ》め、次《つぎ》から次《つぎ》へと運《はこ》び出《だ》して行《い》きます。

それでも皆《みな》を動揺《どうよう》させまいと、篤《あつ》は落《お》ち着《つ》き払《はら》い、

「3日後《みっかご》に戻《もど》れるならば、少《すこ》しの荷物《にもつ》でこと足《た》ります」

と言《い》って、着替《きが》えと化粧道具《けしょうどうぐ》だけをまとめさせました。

「天璋院様《てんしょういんさま》、本当《ほんとう》によろしいのですか？」

「ええ、だって全部運《ぜんぶはこ》び出《だ》そうとしたら、6日《むいか》はかかってしまいますもの」

冗談《じょうだん》めかして笑《わら》って言《い》ってから、篤《あつ》は輿《こし》入《い》れのときのことを思《おも》い出《だ》しました。花嫁道具《はなよめどうぐ》は6日間《むいかかん》かけて江戸城《えどじょう》に運《はこ》んだのです。

「そうだわ……。あれは忘《わす》れずに持《も》っていかねば」

篤《あつ》が取《と》りだしたのは、一枚《いちまい》の掛《か》け軸《じく》でした。

磯《いそ》の屋敷《やしき》を囲《かこ》むように満開《まんかい》の桜《さくら》が咲《さ》き誇《ほこ》り、浜辺《はまべ》では緋毛氈《ひもうせん》の上《うえ》で人々《ひとびと》がお花見《はなみ》をしています。錦江湾《きんこうわん》には帆《ほ》かけ船《ぶね》が浮《う》かび、その向《む》こうに噴煙《ふんえん》を薄《うす》くたなびかせる桜島《さくらじま》が見《み》えました。

それは「薩州桜島真景図《さつしゅうさくらじましんけいず》」といって、斉彬《なりあきら》が篤《あつ》のために特別《とくべつ》に描《か》かせたものです。

篤《あつ》は嫁入《よめい》り前《まえ》に一度《いちど》見《み》たきりで、ずっとしまっておいたのでした。嫁入《よめい》り後《ご》に見《み》てしまうと里心《さとごころ》がつき、泣《な》いてしまうと思《おも》ったからです。

とてつもない覚悟《かくご》で嫁《とつ》いできた若《わか》き日《ひ》の自分《じぶん》を、篤《あつ》は今《いま》、ほめてあげたいと思《おも》いました。

(養父上《ちちうえ》……わたしは将軍《しょうぐん》の妻《つま》としての役目《やくめ》を立派《りっぱ》に果《は》たしたでしょうか)

篤《あつ》はこみあげてくる涙《なみだ》を抑《おさ》え、掛《か》け軸《じく》をしまい、そばにいる女《おんな》たちに言《い》いました。

「さあ、徳川《とくがわ》の女《おんな》の意地《いじ》を官軍《かんぐん》の男《おとこ》たちに見《み》せてやりましょう」

そして、4月《がつ》11日《にち》。

大奥《おおおく》に踏《ふ》み込《こ》んだ官軍《かんぐん》の男《おとこ》たちは、目《め》をみはりました。

急《きゅう》な立《た》ち退《の》きで城内《じょうない》が荒《あ》れているだろうと思《おも》っていたら、塵《ちり》ひとつなく掃除《そうじ》が行《い》き届《とど》き、きらびやかな道具類《どうぐるい》が整然《せいぜん》と並《なら》べてあったからです。

そこには、徳川家《とくがわけ》の将軍《しょうぐん》を三代《だい》にわたって支《ささ》え、大奥《おおおく》で過《す》ごしたひとりの女《おんな》の12年分《ねんぶん》の人生《じんせい》が詰《つ》まっていました。

その後《ご》の篤姫《あつひめ》

大奥《おおおく》を出《で》た篤姫《あつひめ》は、本寿院《ほんじゅいん》（家定生母《いえさだせいぼ》）、実成院《じつじょういん》（家茂生母《いえもちせいぼ》）を引《ひ》き取《と》り、ともに暮《く》らしていたと考《かんが》えられています。そのことから「子《こ》は親《おや》に尽《つ》くすもの」という篤姫《あつひめ》の信条《しんじょう》が見《み》て取《と》れるような気《き》がします。のちに、勝海舟《かつかいしゅう》の息子《むすこ》の嫁《よめ》となったクララという外国人女性《がいこくじんじょせい》が遊《あそ》びに行《い》ったとき、この家《いえ》には三人《にん》の老女《ろうじょ》と十五歳《さい》になる一匹《いっぴき》の老《お》いた猫《ねこ》がいる、と日記《にっき》に書《か》いています。この猫《ねこ》はもしかしたら、コラムでも書《か》いた「サト姫《ひめ》」かもしれません。

篤姫《あつひめ》たちの住《す》まいは安定《あんてい》せず、様々《さまざま》な都合《つごう》で東京《とうきょう》のあちこちへ転々《てんてん》とすることを余儀《よぎ》なくされたようですが、一時期《いちじき》、篤姫《あつひめ》の家《いえ》と勝海舟《かつかいしゅう》の家《いえ》は目《め》と鼻《はな》の先《さき》にあったらしく、親《した》しく交流《こうりゅう》があったとか。

勝《かつ》は篤姫《あつひめ》を自分《じぶん》の姉《あね》ということにして、鰻《うなぎ》を食《た》べたり、吉原《よしわら》へ出《で》かけたり、庶民《しょみん》の暮《く》らしをいろいろ見《み》せてあげたそうです。

篤姫《あつひめ》と和宮《かずのみや》がふたりで勝《かつ》の家《いえ》を訪問《ほうもん》したこともあるそうで、そのとき、ご飯《はん》をどちらがよそうかで揉《も》め、勝《かつ》が「それなら、いいことがあります」と、おひつをふたつ用意《ようい》し、篤姫《あつひめ》が和宮《かずのみや》に、和宮《かずのみや》が篤姫《あつひめ》に、それぞれご飯《はん》をよそうことで解決《かいけつ》。帰《かえ》りは仲良《なかよ》くひとつの馬車《ばしゃ》に乗《の》って帰《かえ》ったという話《はなし》もあります。

篤姫《あつひめ》は徳川家《とくがわけ》を守《まも》るため、家茂《いえもち》の遺命《いめい》で一度《ど》、次期将軍候補《じきしょうぐんこうほ》となっていた田安亀之助《たやすかめのすけ》（のちの徳川家達《とくがわいえさと》）を引《ひ》き取《と》り、跡取《あとと》りとして養育《よういく》。家達《いえさと》がイギリス留学中《りゅうがくちゅう》、婚約者《こんやくしゃ》の近衛泰子《このえひろこ》を引《ひ》き取《と》り、徳川《とくがわ》の嫁《よめ》としての教育《きょういく》をはじめています。泰子《ひろこ》は篤姫《あつひめ》の養父《ちち》・近衛忠熙《このえただひろ》の孫娘《まごむすめ》です。

やがて帰国《きこく》した家達《いえさと》と泰子《ひろこ》が結婚式《けっこんしき》を挙《あ》げ、それを見《み》て安心《あんしん》したのか、篤姫《あつひめ》は翌年《よくとし》の明治《めいじ》16年《ねん》（１８８３年《ねん》）11月20日《がつはつか》、四十八歳《さい》の人生《じんせい》を終《お》えました。亡《な》くなったとき、篤姫《あつひめ》は家達《いえさと》が贈《おく》った老眼鏡《ろうがんきょう》をかけていたそうです。

篤姫《あつひめ》の死《し》は当時《とうじ》の新聞《しんぶん》にも載《の》り、一万人《まんにん》もの人々《ひとびと》が上野《うえの》の寛永寺《かんえいじ》へ運《はこ》ばれていく棺《ひつぎ》を見送《みおく》りました。

亡《な》くなる前《まえ》、篤姫《あつひめ》は「徳川《とくがわ》の後継《あとつ》ぎには島津《しまづ》から嫁《よめ》をもらうように」と遺言《ゆいごん》。後年《こうねん》、それに従《したが》い、家達《いえさと》は息子《むすこ》・家正《いえまさ》の嫁《よめ》に、旧薩摩藩主《きゅうさつまはんしゅ》・島津忠義《しまづただよし》（斉彬《なりあきら》の甥《おい》）の娘《むすめ》、正子《なおこ》を迎《むか》えました。

徳川家《とくがわけ》では、篤姫《あつひめ》の月命日《つきめいにち》には必《かなら》ず、篤姫《あつひめ》の好《す》きだった「あんかけ豆腐《どうふ》、きがら茶《ちゃ》のご飯《はん》（茶飯《ちゃめし》）、白《しろ》インゲンの甘煮《あまに》」をお供《そな》えしたそうです。子孫《しそん》の方々《かたがた》は、御家《おいえ》を救《すく》った恩人《おんじん》として、篤姫《あつひめ》に対《たい》して感謝《かんしゃ》の気持《きも》ちを持《も》ち続《つづ》けたのですね。

篤姫《あつひめ》は今《いま》、上野《うえの》の寛永寺《かんえいじ》で、夫《おっと》・家定《いえさだ》のそばで静《しず》かに眠《ねむ》っています。

幕末姫《ばくまつひめ》

―葵《あおい》の章《しょう》―

和宮《かずのみや》

第《だい》十四代《だい》将軍《しょうぐん》・徳川《とくがわ》家茂《いえもち》の
正室《せいしつ》となった皇女《こうじょ》

■和宮《かずのみや》（1846～1877）

1846年《ねん》（弘化《こうか》3年《ねん》）京《きょう》に生《う》まれる（1歳《さい》）。

1851年《ねん》（嘉永《かえい》4年《ねん》）有栖川宮熾仁親王《ありすがわのみやたるひとしんのう》と婚約《こんやく》（6歳《さい》）。

1860年《ねん》（万延元年《まんえんがんねん》）熾仁親王《たるひとしんのう》との婚約解消《こんやくかいしょう》。第《だい》十四代将軍《だいしょうぐん》・家茂《いえもち》と婚約《こんやく》（15歳《さい》）。

1862年《ねん》（文久《ぶんきゅう》2年《ねん》）家茂《いえもち》と結婚《けっこん》（17歳《さい》）。

1866年《ねん》（慶応《けいおう》2年《ねん》）家茂《いえもち》、死去《しきょ》（21歳《さい》）。

1867年《ねん》（慶応《けいおう》3年《ねん》）王政復古《おうせいふっこ》の大号令《だいごうれい》。江戸幕府滅亡《えどばくふめつぼう》（22歳《さい》）。

1868年《ねん》（慶応《けいおう》4年《ねん》）江戸城無血開城《えどじょうむけつかいじょう》（23歳《さい》）。

1877年《ねん》（明治《めいじ》10年《ねん》）箱根塔ノ沢《はこねとうのさわ》にて死去《しきょ》（32歳《さい》）。

幕末姫《ばくまつひめ》「和宮《かずのみや》」関係図《かんけいず》

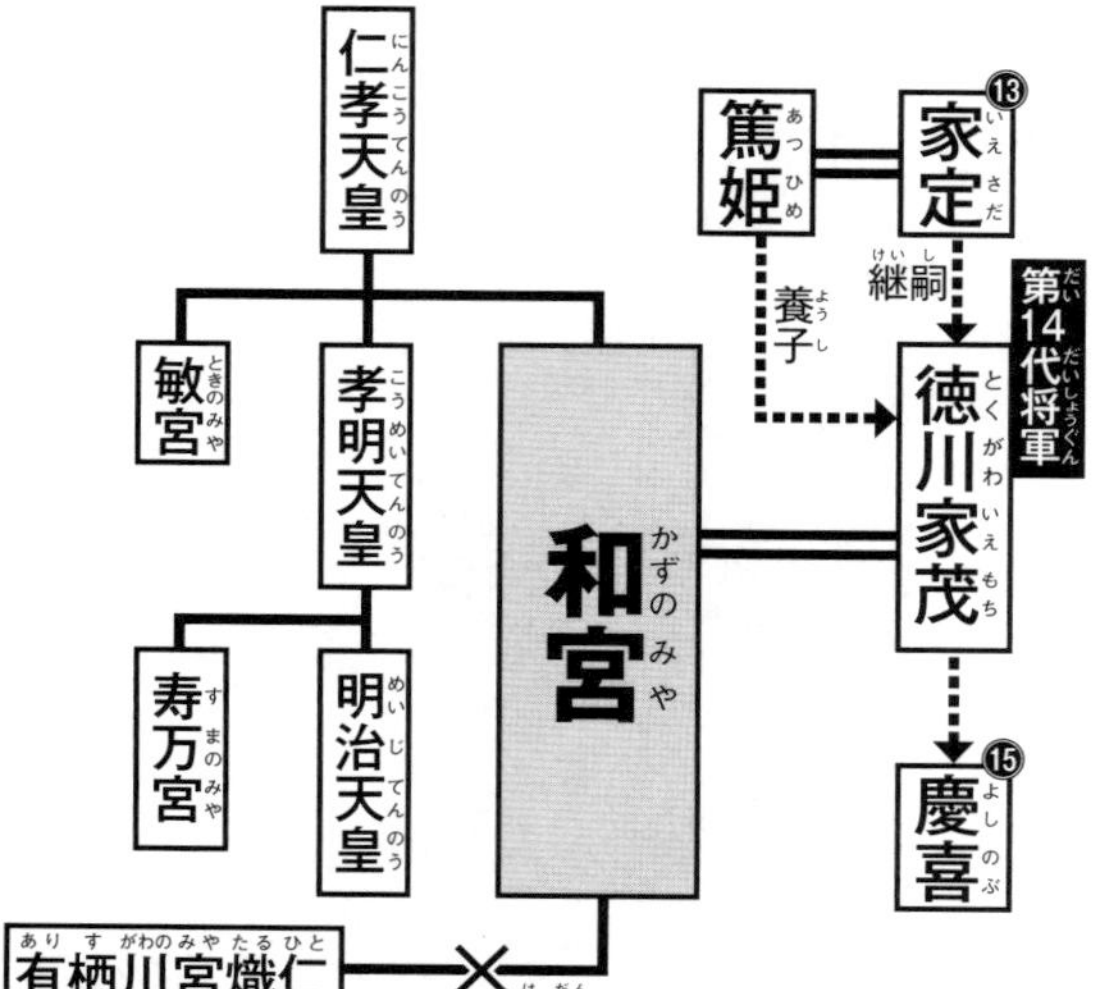

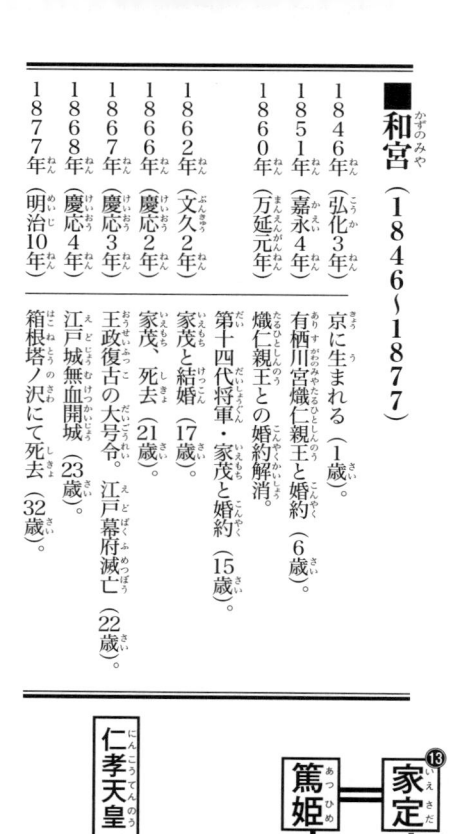

1 和宮《かずのみや》の誕生《たんじょう》——弘化《こうか》3年《ねん》（1846年《ねん》）——

弘化《こうか》3年《ねん》（1846年《ねん》）閏《うるう》5月《がつ》10日《とおか》。

天皇《てんのう》のおわす京《きょう》の御所《ごしょ》の東側《ひがしがわ》、建春門《けんしゅんもん》のほぼ正面《しょうめん》に位置《いち》する橋本邸《はしもとてい》で、ひとりの女《おんな》の赤《あか》ちゃんが生《う》まれました。

生《う》まれた子《こ》を見《み》て、母《はは》の経子《つねこ》は思《おも》わず涙《なみだ》しました。

「なんと愛《あい》らしい……。亡《な》き御上《おかみ》にも、一度《ど》でいいからお目《め》にかけたかった……」

赤《あか》ちゃんの父親《ちちおや》は、この年《とし》の1月《がつ》26日《にち》に崩御《ほうぎょ》した仁孝天皇《にんこうてんのう》です。経子《つねこ》は御所《ごしょ》で典侍《すけ》として務《つと》め、天皇《てんのう》のおそばに上《あ》がり、子《こ》を授《さず》かったのでした。

経子《つねこ》は2年前《ねんまえ》に産《う》んだ胤宮《たねのみや》を昨年《さくねん》亡《な》くしたばかりですので、亡《な》き天皇《てんのう》の形見《かたみ》として生《う》まれたこの赤《あか》ちゃんには丈夫《じょうぶ》に育《そだ》ってほしい、と心《こころ》から願《ねが》いました。

赤《あか》ちゃんは、お七夜《しちや》にあたる同月《どうげつ》16日《にち》、異母兄《あに》である孝明天皇《こうめいてんのう》より「和宮《かずのみや》」という名《な》を賜《たまわ》りました。これまでの例《れい》ですと、命名後《めいめいご》は産後《さんご》の忌《い》み明《あ》けを待《ま》って宮中《きゅうちゅう》に入《はい》るはずでしたが、和宮《かずのみや》の場合《ばあい》はそのまま橋本家《はしもとけ》で育《そだ》てられることになりました。

嘉永《かえい》2年《ねん》（1849年《ねん》）5月《がつ》23日《にち》。

和宮《かずのみや》は初《はじ》めて御所《ごしょ》に参内《さんだい》し、孝明天皇《こうめいてんのう》に対面《たいめん》しました。若《わか》き孝明天皇《こうめいてんのう》は御年《おんとし》十九歳《さい》。数《かぞ》えで四歳《さい》の和宮《かずのみや》より十五歳上《さいうえ》の異母兄《あに》です。

「和宮《かずのみや》か。このように愛《あい》らしい姫《ひめ》が妹《いもうと》にいて、大変《たいへん》うれしく思《おも》う。今後《こんご》とも身体《からだ》を大事《だいじ》にするように」

亡《な》き仁孝天皇《にんこうてんのう》にはたくさんの御子《みこ》がおりましたが、幼《おさな》い頃《ころ》に病《やまい》を得《え》て亡《な》くなってしまった例《れい》が多《おお》かったので、孝明天皇《こうめいてんのう》は妹《いもうと》の和宮《かずのみや》の健康《けんこう》と長寿《ちょうじゅ》を特《とく》に願《ねが》ったのでした。

そして、嘉永《かえい》4年《ねん》（1851年《ねん》）7月《がつ》12日《にち》、和宮《かずのみや》が六歳《さい》のときに、孝明天皇《こうめいてんのう》のはからいにより、有栖川宮《ありすがわのみや》熾仁親王《たるひとしんのう》との婚約《こんやく》が決《き》まりました。熾仁親王《たるひとしんのう》はこのとき十七歳《さい》。和宮《かずのみや》は熾仁親王《たるひとしんのう》の父《ちち》・幟仁親王《たかひとしんのう》から書《しょ》や文章表現《ぶんしょうひょうげん》を学《まな》んでいましたので、その縁《えん》でした。

「このように幼《おさな》いときに婚約《こんやく》が決《き》まるとは、大変喜《たいへんよろこ》ばしいこと」

異母姉《あね》の敏宮《ときのみや》や母《はは》の観行院《かんぎょういん》（経子《つねこ》の落飾後《らくしょくご》の号《ごう》）をはじめ、たくさんの人《ひと》がこの話《はなし》を喜《よろこ》びました。

この時代《じだい》、皇女《こうじょ》は宮家《みやけ》か五摂家《せっけ》の中《なか》に良縁《りょうえん》があれば嫁《とつ》ぎ、なければ生涯独身《しょうがいどくしん》で、尼僧《にそう》となる例《れい》が多《おお》かったのです。ちなみに和宮《かずのみや》より十七歳上《さいうえ》の敏宮《ときのみや》の場合《ばあい》は婚約者《こんやくしゃ》が亡《な》くなってしまい、その後《ご》、ずっと独身《どくしん》を通《とお》していました。

そして、嘉永《かえい》6年《ねん》（1853年《ねん》）11月《がつ》24日《か》、八歳《さい》のときに、和宮《かずのみや》は「紐直《ひもなおし》の儀《ぎ》」を迎《むか》えました。これは幼児《ようじ》の帯《おび》から普通《ふつう》の帯《おび》に替《か》えるお祝《いわ》いです。

御所《ごしょ》に参内《さんだい》した和宮《かずのみや》は孝明天皇《こうめいてんのう》と対面《たいめん》して、お祝《いわ》いの盃《さかずき》を交《か》わしたあと、お菓子《かし》や人形《にんぎょう》をお祝《いわ》いにいただきました。

「このように大《おお》きくなって……。本当《ほんとう》にうれしく思《おも》うぞ」

孝明天皇《こうめいてんのう》は妹《いもうと》の成長《せいちょう》に目《め》を細《ほそ》めました。

その翌年《よくとし》の嘉永《かえい》7年《ねん》（1854年《ねん》）4月6日《がつむいか》、正午頃《しょうごごろ》。内裏《だいり》の北《きた》にある御殿《ごてん》の湯殿《ゆどの》あたりから火《ひ》が出《で》ました。この日《ひ》は晴《は》れていましたが、東南《とうなん》の風《かぜ》が強《つよ》く、北《きた》から西《にし》へとあっというまに燃《も》え広《ひろ》がってしまい……。

孝明天皇《こうめいてんのう》は熾仁親王《たるひとしんのう》に供奉《ぐぶ》されて難《なん》を逃《のが》れ、和宮《かずのみや》もいったん避難《ひなん》し、18日《にち》になってやっと橋《はし》本邸《もとてい》へ戻《もど》ることができました。火事《かじ》は大変怖《たいへんこわ》かったのですが、和宮《かずのみや》は孝明天皇《こうめいてんのう》が避難《ひなん》する際《さい》、婚約者《こんやくしゃ》の熾仁親王《たるひとしんのう》が供奉《ぐぶ》したことをちょっと誇《ほこ》らしく思《おも》いました。

(熾仁《たるひと》さんは御上《おかみ》の信頼《しんらい》も厚《あつ》い方《かた》なのね)

十一歳上《さいうえ》の熾仁親王《たるひとしんのう》は落《お》ち着《つ》いた人柄《ひとがら》で、孝明天皇《こうめいてんのう》も頼《たよ》りに思《おも》っています。

(お嫁《よめ》に行《い》くのは、いつかしら)

乙女《おとめ》が結婚《けっこん》を夢見《ゆめみ》るのは、いつの時代《じだい》も変《か》わりませんし、皇女《こうじょ》である和宮《かずのみや》も例外《れいがい》ではありません。

和宮《かずのみや》はその後《ご》も、輿入《こしい》れに備《そな》えて日々《ひび》、教養《きょうよう》を積《つ》み……。

そして、安政《あんせい》6年《ねん》(1859年《ねん》)、翌年《よくとし》の冬《ふゆ》に有栖川宮家《ありすがわのみやけ》に嫁《とつ》ぐことが決《き》まったのです。

宮中《きゅうちゅう》は儀式《ぎしき》だらけ？

皇女《こうじょ》・和宮《かずのみや》は生《う》まれてから十六歳《さい》で江戸《えど》に向《む》かうまで、「箸初《はしぞめ》の祝《いわい》」（生涯食《しょうがいた》べ物《もの》に困《こま》らないように願《ねが》う）、「髪置《かみおき》の祝《いわい》」（頭髪《とうはつ》を蓄《たくわ》えて子《こ》どもの長寿《ちょうじゅ》を願《ねが》う）、「色直《いろなおし》の儀《ぎ》」（生《う》まれて初《はじ》めて色《いろ》のついた服《ふく》を着《き》る儀式《ぎしき》）、「深曽木《ふかそぎ》の儀《ぎ》」（穢《けが》れを払《はら》い身《み》を清《きよ》らかにする儀式《ぎしき》）、「有卦入《うけいり》の祝《いわい》」（生《う》まれた干支《えと》による吉年《きちどし》を迎《むか》えたことを祝《いわ》う）、「紐直《ひもなおし》の儀《ぎ》」（幼児《ようじ》の帯《おび》から普通《ふつう》の帯《おび》に替《か》える祝《いわ》い）、「鉄漿始《かねはじめ》の儀《ぎ》」（筆《ふで》に水《みず》をつけて歯《は》に鉄漿《かね》を塗《ぬ》る真似《まね》をする）、「月見《つきみ》の儀《ぎ》」（女子《じょし》の成人《せいじん》式《しき》）など多《おお》くの儀式《ぎしき》を経験《けいけん》しています。

ちなみに、「月見《つきみ》の儀《ぎ》」は、月《つき》に数多《かずおお》くの菓子《かし》を供《そな》え、その中《なか》から饅頭《まんじゅう》を取《と》り、萩《はぎ》の名所《めいしょ》の宮《みや》城野萩《ぎのはぎ》で作《つく》った箸《はし》で穴《あな》を開《あ》け、その穴《あな》から月《つき》をのぞき見《み》るという儀式《ぎしき》です。

現在《げんざい》でも、「七五三《しちごさん》」や「成人式《せいじんしき》」などいろんな行事《ぎょうじ》がありますが、いつの時代《じだい》も子《こ》どもの健《すこ》やかな成長《せいちょう》を願《ねが》う気持《きも》ちは変《か》わらないのですね。

2 和宮降嫁《かずのみやこうか》が決定《けってい》する――万延元年《まんえんがんねん》（1860年《ねん》）――

嘉永《かえい》6年《ねん》（1853年《ねん》）6月《がつ》、和宮《かずのみや》が八歳《はっさい》の頃《ころ》に「黒船来航《くろふねらいこう》」があり、アメリカが日本《にほん》に対《たい》して開国《かいこく》するよう求《もと》めてきました。

日本《にほん》は第《だい》三代将軍《だいしょうぐん》・家光《いえみつ》の時代《じだい》からオランダや中国《ちゅうごく》など一部《いちぶ》の国《くに》だけと国交《こっこう》を結《むす》ぶ以外《いがい》は「鎖国《さこく》」をしていて、200年以上他国《ねんいじょうたこく》とのつながりを持《も》たなかったので、これは大変《たいへん》な事件《じけん》でした。

その後《ご》、幕府《ばくふ》は外圧《がいあつ》に負《ま》け、アメリカだけでなく、イギリスやロシアなど次々《つぎつぎ》と外国《がいこく》と条約《じょうやく》を結《むす》ぶに至《いた》り――。

孝明天皇《こうめいてんのう》はこの時勢《じせい》を大変憂《たいへんうれ》えていました。天皇《てんのう》は外国人《がいこくじん》が日本《にほん》の地《ち》に入《はい》ることを嫌《きら》う「攘《じょう》夷派《いは》」だったからです。

そんな中《なか》、万延元年《まんえんがんねん》（1860年《ねん》）5月《がつ》に、幕府《ばくふ》から孝明天皇《こうめいてんのう》に対《たい》し、「和宮降嫁《かずのみやこうか》」が奏上《そうじょう》されました。

幕府《ばくふ》は第《だい》十四代将軍《だいしょうぐん》・家茂《いえもち》の正室《せいしつ》に皇女《こうじょ》を迎《むか》え、幕府《ばくふ》と朝廷《ちょうてい》が手《て》を取《と》り合《あ》って国難《こくなん》に立《た》ち向《む》かう「公武合体政策《こうぶがったいせいさく》」を推《お》し進《すす》めようとしたのです。天皇家《てんのうけ》と将軍家《しょうぐんけ》が姻戚関係《いんせきかんけい》になれば公武《こうぶ》一和《いちわ》となり、公家《くげ》も武家《ぶけ》も一丸《いちがん》となって国難《こくなん》にあたろうという意識《いしき》が高《たか》まります。

ですが、孝明天皇《こうめいてんのう》は考《かんが》えた末《すえ》にこれを断《ことわ》りました。

「和宮《かずのみや》は有栖川宮熾仁親王《ありすがわのみやたるひとしんのう》とすでに婚約《こんやく》している。それに和宮《かずのみや》は母《はは》の違《ちが》う妹《いもうと》であり、自分《じぶん》の娘《むすめ》ではないので思《おも》うとおりにはできない。今《いま》さら破談《はだん》などできない。その上《うえ》、まだ幼《おさな》いので、異人《いじん》が多《おお》くいるという関東《かんとう》の地《ち》を恐《おそ》れている」

しかし、幕府《ばくふ》はなかなかあきらめず、

「この縁組《えんぐみ》が調《ととの》えば、公武一和《こうぶいちわ》は国内《こくない》はもとより、外国《がいこく》にも明示《めいじ》されることとなり、国家《こっか》のためになることです」

と、その後《ご》も和宮降嫁《かずのみやこうか》が攘夷《じょうい》の決行《けっこう》に必要《ひつよう》だと強《つよ》く言《い》ってきましたので、「国《くに》のため」と思《おも》い、天皇《てんのう》はふたたび考《かんが》えた末《すえ》、和宮《かずのみや》に話《はなし》をすることにしました。

「兄《あに》としてこのような話《はなし》を、かわいい妹《いもうと》のそなたにするのは、本当《ほんとう》に心苦《こころぐる》しいのだが……。国《くに》のために、将軍家《しょうぐんけ》に嫁《とつ》いではくれぬか？」

（そんな！　わたくしには熾仁《たるひと》さんという方《かた》がおりますのに……！）

もちろん、婚約者《こんやくしゃ》がいる和宮《かずのみや》は承知《しょうち》できるはずがありません。

「わたくしはこの冬《ふゆ》、有栖川宮《ありすがわのみや》に嫁《とつ》ぐことになっているはずです。恐《おそ》れ入《い》りますが、なにとぞ今回《こんかい》のことはお断《ことわ》りしてください。御上《おかみ》のおそばを離《はな》れ、はるばる関東《かんとう》へ参《まい》るのは、まことに心細《こころぼそ》く……わたくしの気持《きも》ちをどうか察《さっ》してください」

政治的《せいじてき》なことを考《かんが》えれば、「公武合体《こうぶがったい》」は国《くに》のためになることですが、妹《いもうと》に無理《むり》に関東《かんとう》に行《い》けとはそれ以上言《いじょうい》えず……。

今《いま》、皇女《こうじょ》は和宮《かずのみや》を含《ふく》め、三人《にん》。けれど、異母姉《あね》の敏宮《ときのみや》はすでに三十路《みそじ》を超《こ》え、自分《じぶん》の姫《ひめ》である寿万宮《すまのみや》はまだ赤《あか》ちゃんです。

そこで孝明天皇《こうめいてんのう》は「寿万宮《すまのみや》ではどうか」と考《かんが》え、朝廷《ちょうてい》から幕府《ばくふ》に内々《うちうち》に問《と》い合《あ》わせましたが、幕府《ばくふ》が応《おう》ずる気配《けはい》はありませんでした。幕府《ばくふ》の望《のぞ》みは、将軍《しょうぐん》・家茂《いえもち》と同《おな》い年《どし》で年齢的《ねんれいてき》な釣《つ》り合《あ》いのとれる和宮《かずのみや》なのです。

孝明天皇《こうめいてんのう》は仕方《しかた》なく、観行院《かんぎょういん》や橋本家《はしもとけ》の人《ひと》たちに働《はたら》きかけ、和宮《かずのみや》の説得《せっとく》にあたらせましたが、和宮《かずのみや》は頑《がん》として承知《しょうち》しません。

（和宮《かずのみや》の気持《きも》ちは痛《いた》いほどわかる……。が、やはり、国《くに》のためを考《かんが》えると……）

兄《あに》として妹《いもうと》の気持《きも》ちはわかりますが、孝明天皇《こうめいてんのう》はこちらの気持《きも》ちを察《さっ》してくれない和宮《かずのみや》にもそのうち腹《はら》を立《た》て、

「いっそのこと尼《あま》にして寺《てら》に入《い》れてしまおう」

「反対《はんたい》する観行院《かんぎょういん》やその家族《かぞく》を幕府《ばくふ》に処罰《しょばつ》させてしまえ」

などと言《い》い出《だ》しました。

和宮《かずのみや》は乳母《うば》から、

「このままでは母上様《ははうえさま》や橋本家《はしもとけ》の方々《かたがた》が処罰《しょばつ》されてしまいます」

と、天皇《てんのう》が大変《たいへん》ご立腹《りっぷく》であると聞《き》き及《およ》び、青《あお》ざめてしまいました。

「嘘《うそ》……」

自分《じぶん》のせいで母《はは》が処罰《しょばつ》されるなど、とても耐《た》えられません。

和宮《かずのみや》は泣《な》く泣《な》く、

「御上《おかみ》の御為《おんため》と思《おも》い、関東《かんとう》へ行《い》きます」

と婚約《こんやく》を受《う》け入《い》れました。

そして、その後《ご》、有栖川宮熾仁親王《ありすがわのみやたるひとしんのう》との婚約《こんやく》は正式《せいしき》に解消《かいしょう》されてしまったのです。

家茂《いえもち》にも婚約者《こんやくしゃ》はいた？

　幼《おさな》い頃《ころ》に婚約《こんやく》が決《き》まり、結婚《けっこん》を待《ま》つばかりだった和宮《かずのみや》にとって、婚約者《こんやくしゃ》と引《ひ》き裂《さ》かれ、将軍《しょうぐん》に嫁《とつ》げという命令《めいれい》はとてもショックなことでした。「お国《くに》のため」と説《と》かれても、そう簡単《かんたん》に決《けっ》意《い》できるはずがありません。ですので、婚約《こんやく》が決《き》まったあとも、亡《な》き父《ちち》の十七回忌《かいき》を理由《りゆう》になんとか江戸《えど》に行《い》くのを引《ひ》き延《の》ばそうとしています。そんな彼女《かのじょ》にとって幸運《こううん》だったのは、家茂《いえもち》がとてもやさしく、よい夫《おっと》だったことでしょう。

　さて、その家茂《いえもち》にも、紀州藩主時代《きしゅうはんしゅじだい》から進《すす》んでいた縁談《えんだん》がありました。相手《あいて》はやはり宮家《みやけ》の姫《ひめ》でしたが、和宮降嫁《かずのみやこうか》が持《も》ち上《あ》がった頃《ころ》にこの話《はなし》が打《う》ち切《き》られています。もし、先《さき》にこの話《はなし》がまとまっていて、将軍就任前《しょうぐんしゅうにんまえ》に結婚《けっこん》していたら、和宮《かずのみや》との話自体《はなしじたい》、持《も》ち上《あ》がることはなかったでしょう。そういう意味《いみ》では、和宮《かずのみや》にとって家茂《いえもち》はまさに運命《うんめい》の人《ひと》だったのかも？

　ちなみに、婚約者《こんやくしゃ》だった有栖川宮熾仁親王《ありすがわのみやたるひとしんのう》はその後《ご》、水戸徳川家《みとtokugawaけ》の姫《ひめ》・貞子《さだこ》と結婚《けっこん》。貞子《さだこ》は一橋慶喜《ひとつばしよしのぶ》の異母妹《いもうと》にあたるので、慶喜《よしのぶ》と熾仁親王《たるひとしんのう》は義理《ぎり》の兄弟《きょうだい》ということになります。

3 和宮《かずのみや》、第《だい》十四代《だい》将軍《しょうぐん》・家茂《いえもち》と結婚《けっこん》する――文久《ぶんきゅう》2年《ねん》（1862年《ねん》）――

文久元年《ぶんきゅうがんねん》（1861年《ねん》）10月20日《がつはつか》、和宮《かずのみや》は江戸《えど》に向《む》けて京《きょう》を出発《しゅっぱつ》しました。母《はは》の観行院《かんぎょういん》や女官《にょかん》の庭田嗣子《にわたつぐこ》などをはじめ、供奉《ぐぶ》には今出川実順《いまでがわさねあや》、岩倉具視《いわくらともみ》など大勢《おおぜい》の公家《くげ》が付《つ》き従《したが》い、たくさんの人々《ひとびと》がともに東《ひがし》へ向《む》かいます。

孝明天皇《こうめいてんのう》は御所《ごしょ》の鬼門《きもん》にある猿カ辻《さるがつじ》の小《ち》さな門《もん》までおいでになり、すぐ近《ちか》くを通《とお》る和宮《かずのみや》の行列《ぎょうれつ》を見送《みおく》りました。

（和宮《かずのみや》、すまぬ……。道中《どうちゅう》、くれぐれも無事《ぶじ》であるよう……）

外国《がいこく》との貿易《ぼうえき》が開《ひら》かれている今《いま》、東海道《とうかいどう》は人《ひと》や物資《ぶっし》の行《い》き来《き》が多《おお》く危険《きけん》であるとして、和宮《かずのみや》の行列《ぎょうれつ》は中山道《なかせんどう》を通《とお》ることになり、幕府《ばくふ》は御輿《みこし》の警護《けいご》に十二藩《はん》、沿道《えんどう》の警備《けいび》に二十九藩《はん》を動員《どういん》。一万《まん》五千人《せんにん》もの花嫁行列《はなよめぎょうれつ》を仕立《した》てました。これは、幕府《ばくふ》の権威《けんい》を世《よ》に知《し》らしめるためのものです。

旅《たび》の途中《とちゅう》、和宮《かずのみや》は折《おり》にふれて歌《うた》を詠《よ》み、心境《しんきょう》を綴《つづ》りました。

惜《お》しましな君《きみ》と民《たみ》とのためならば　身《み》は武蔵野《むさしの》の露《つゆ》と消《き》ゆとも

(皇女《こうじょ》として、御上《おかみ》と国民《こくみん》のためなら、わたくしの命《いのち》など惜《お》しくはないとは思《おも》うけれど……。東男《あずまおとこ》は荒《あら》くれ者《もの》が多《おお》いと聞《き》く。将軍《しょうぐん》は特《とく》に鬼《おに》のようだとも聞《き》いたわ。本当《ほんとう》は江戸《えど》になど行《い》きたくない……将軍《しょうぐん》の妻《つま》になど、本当《ほんとう》はなりたくない……)

行列《ぎょうれつ》は粛々《しゅくしゅく》と紅葉《こうよう》に美《うつく》しく彩《いろど》られた山道《さんどう》を東《ひがし》へと進《すす》んでいき——……。

12月《がつ》11日《にち》、和宮《かずのみや》は江戸《えど》城《じょう》本丸《ほんまる》の大奥《おおおく》に入《はい》り、夫《おっと》となる家茂《いえもち》と初《はじ》めて会《あ》いました。

(この方《かた》が……将軍《しょうぐん》?)

肌《はだ》は色白《いろじろ》で目《め》は鈴形《すずがた》で大《おお》きく、口《くち》は小《ちい》さく鼻《はな》は高《たか》くて鼻筋《はなすじ》の通《とお》った家茂《いえもち》は、公家《くげ》の美男子《びなんし》にも劣《おと》らぬ涼《すず》やかな容姿《ようし》の持《も》ち主《ぬし》でしたので和宮《かずのみや》は驚《おどろ》きました。

「和宮様《かずのみやさま》。長旅《ながたび》、大変《たいへん》でしたでしょう? 今日《きょう》は祝宴《しゅくえん》が予定《よてい》されていますが、ご無理《むり》なさらず、つらいときは遠慮《えんりょ》なく休《やす》んでください」

「はい……。お気遣《きづか》い恐《おそ》れ入《い》ります」

そう答《こた》えながら、和宮《かずのみや》の胸《むね》はどきどきしていました。

この時代《じだい》の男《おとこ》は、妻《つま》になる女《おんな》を呼《よ》び捨《す》てにするのが普通《ふつう》です。ですが、家茂《いえもち》は自身《じしん》が幕府《ばくふ》の頂点《ちょうてん》に立《た》つというのに、なんのためらいもなく和宮《かずのみや》に敬意《けいい》を込《こ》めて、「様《さま》」をつけたのです。

(鬼《おに》のようだなんて、とんでもない。家茂様《いえもちさま》はやさしい方《かた》だわ)

家茂《いえもち》の対応《たいおう》で関東《かんとう》に対《たい》する印象《いんしょう》が少《すこ》しやわらいだ和宮《かずのみや》でしたが、家茂《いえもち》の養母《はは》で前将軍《ぜんしょうぐん》の御台所《みだいどころ》——天璋院篤姫《てんしょういんあつひめ》との対面《たいめん》は、厳《きび》しい面《めん》を持《も》ったものになりました。

上座《かみざ》に篤姫《あつひめ》が座《すわ》り、和宮《かずのみや》は左側《ひだりがわ》の下座《しもざ》に座《すわ》らされたのです。しかも、篤姫《あつひめ》には茵《しとね》が敷《し》いてありますが、和宮《かずのみや》の席《せき》にはありません。

「宮様《みやさま》が下座《しもざ》につくなど！」

「しかも、茵《しとね》もなしに!?　これはどういうことじゃ!?」

庭田嗣子《にわたつぐこ》や観行院《かんぎょういん》は目《め》の色《いろ》を変《か》え、騒《さわ》ぎ出《だ》しました。

(皇女《こうじょ》であるわたくしに対《たい》して、なんと無礼《ぶれい》な！)

和宮《かずのみや》も当然驚《とうぜんおどろ》き、憤慨《ふんがい》しました。

(けれど、ここでわたくしが騒《さわ》げば、わたくしの覚悟《かくご》や御上《おかみ》の気持《きも》ちが無駄《むだ》になってしまう……)

この場《ば》は顔色《かおいろ》ひとつ変《か》えず、乗《の》り切《き》りましたが……。

部屋《へや》に戻《もど》ったあと、和宮《かずのみや》は悔《くや》しさと悲《かな》しさで大粒《おおつぶ》の涙《なみだ》をぼろぼろとこぼしてしまいました。

その後《ご》も和宮《かずのみや》の希望《きぼう》している「御所風《ごしょふう》」がすべて通《とお》っていないことに対《たい》し、和宮《かずのみや》に付《つ》き従《したが》って大奥《おおおく》に入《はい》った女《おんな》たちは、元《もと》からいる江戸《えど》の女《おんな》たちとことごとく対立《たいりつ》。なにかととげとげしい空気《くうき》が流《なが》れる中《なか》、和宮《かずのみや》の救《すく》いは夫《おっと》となる家茂《いえもち》のやさしさでした。

そして、翌年《よくとし》の文久《ぶんきゅう》2年《ねん》（1862年《ねん》）2月《がつ》11日《にち》、和宮《かずのみや》は家茂《いえもち》と結婚《けっこん》し、将軍《しょうぐん》の妻《つま》となったのです。

女《おんな》たちの対立《たいりつ》

和宮《かずのみや》は嫁《とつ》ぐ際《さい》の条件《じょうけん》として「万事《ばんじ》、御所風《ごしょふう》を守《まも》ること」を挙《あ》げていましたが、大奥《おおおく》にはその通達《つうたつ》が届《とど》いていなかったこともあり、女《おんな》たちはなにかにつけて対立《たいりつ》しました。

ある儀式《ぎしき》の際《さい》、和宮《かずのみや》が無理《むり》やり足袋《たび》を穿《は》かされたことに憤慨《ふんがい》した女官《にょかん》の記録《きろく》が残《のこ》っていますし、家茂《いえもち》の葬儀《そうぎ》の際《さい》も、和宮《かずのみや》サイドは御所風《ごしょふう》の服装《ふくそう》で通《とお》しています。

とはいえ、嫁《とつ》ぐ前《まえ》はあんなにお嫁《よめ》に行《い》くのを嫌《いや》がっていた和宮《かずのみや》も、家茂《いえもち》とふれあううちに次第《しだい》に心《こころ》が溶《と》かされていきます。

実際《じっさい》、家茂《いえもち》は人柄《ひとがら》がよく、若《わか》いのにすごく人望《じんぼう》があったようで、勝海舟《かつかいしゅう》は「真《しん》に英主《えいしゅ》の風格《ふうかく》あり」と家茂《いえもち》を称《たた》え、「将軍継嗣問題《しょうぐんけいしもんだい》」の際《さい》、一橋派《ひとつばしは》だった松平春嶽《まつだいらしゅんがく》に至《いた》っては「この君《きみ》のためなら死《し》んでもいい」「この君《きみ》のために泣《な》かないのは木《き》や石《いし》に等《ひと》しい」とまで言《い》っています。

そんな家茂《いえもち》だからこそ、和宮《かずのみや》も好《す》きになったのでしょうね。

4 家茂《いえもち》、上洛《じょうらく》する——文久《ぶんきゅう》3年《ねん》（1863年《ねん》）——

結婚後《けっこんご》、和宮《かずのみや》は家茂《いえもち》にどんどん惹《ひ》かれていきました。聡明《そうめい》な家茂《いえもち》は「第《だい》八代将軍《だいしょうぐん》・吉宗公《よしむねこう》の再来《さいらい》」と謳《うた》われ、家臣《かしん》たちの人望《じんぼう》も厚《あつ》く、かつ、気配《きくば》りのできる人《ひと》でした。

たとえば、結婚《けっこん》して約《やく》2か月後《げつご》の文久《ぶんきゅう》2年《ねん》（1862年《ねん》）4月9日《がつここのか》と10日《とおか》のこと。城内《じょうない》の馬場《ばば》にて乗馬《じょうば》をしている家茂《いえもち》を高台《たかだい》から和宮《かずのみや》が拝見《はいけん》した際《さい》、家茂《いえもち》が和宮《かずのみや》を召《め》して夜《よる》をともに過《す》ごしたのですが、翌日《よくじつ》、家茂《いえもち》は表向《おもてむ》きへ戻《もど》ったあと、急《きゅう》にまた大奥《おおおく》へやってきて和宮《かずのみや》のもとへ訪《おとず》れました。

「昨日《きのう》、馬場《ばば》まで見《み》に来《き》てくださったお礼《れい》です。珍《めずら》しい金魚《きんぎょ》が手《て》に入《はい》ったので、ぜひ」

「なんと美《うつく》しい金魚《きんぎょ》でしょう」

「やはり来《き》てよかった。あなたの喜《よろこ》ぶ顔《かお》を見《み》たかったのです」

「まあ……」

家茂《いえもち》は和宮《かずのみや》だけでなく、嗣子《つぐこ》や女中《じょちゅう》たちにもおみやげを持《も》ってきていました。

また、これは6月6日《がつむいか》のことですが、家茂《いえもち》が和宮《かずのみや》の歌《うた》を望《のぞ》み、和宮《かずのみや》がさっそく短冊《たんざく》に書《か》きつけて贈《おく》ると、そのお礼《れい》として家茂《いえもち》がべっ甲《こう》のかんざしを自《みずか》ら持参《じさん》したこともありました。

こうした夫《おっと》の心遣《こころづか》いがうれしく、和宮《かずのみや》は家茂《いえもち》と会《あ》うのを心待《こころま》ちにするようになったのです。

10月8日《がつようか》の「玄猪《げんちょ》の日《ひ》」には、ふたりで仲良《なかよ》く猪子餅《いのこもち》を食《た》べました。これは多産《たさん》である猪《いのしし》にあやかり、子宝《こだから》に恵《めぐ》まれるよう願《ねが》って食《た》べる餅《もち》です。

(早《はや》く、家茂様《いえもちさま》のお子《こ》を授《さず》かりたいものだわ)

和宮《かずのみや》は、まさに恋《こい》をしていました。

その年《とし》の12月4日《がつよっか》、朝廷《ちょうてい》から「攘夷《じょうい》の決行《けっこう》」を促《うなが》す旨《むね》を使命《しめい》に帯《お》びた勅使《ちょくし》が登城《とじょう》しました。

和宮降嫁《かずのみやこうか》の際《さい》、幕府《ばくふ》が「必《かなら》ず攘夷《じょうい》を決行《けっこう》する」ことが条件《じょうけん》のひとつに入《はい》っていましたので、それを要請《ようせい》しにきたのです。

翌日《よくじつ》の5日《いつか》、家茂《いえもち》は「上洛《じょうらく》して委細《いさい》を申《もう》し上《あ》げる」とし、その返書《へんしょ》に「臣家茂《しんいえもち》」と花押《かおう》とともに署名《しょめい》しました。家茂《いえもち》は自分《じぶん》が「孝明天皇《こうめいてんのう》の臣下《しんか》である」と明言《めいげん》したのです。和宮降嫁《かずのみやこうか》による朝廷《ちょうてい》の影響力《えいきょうりょく》は、これまでの幕府《ばくふ》の歴史《れきし》を考《かんが》えるとかつてないものでした。

徳川将軍《とくがわしょうぐん》が上洛《じょうらく》するのは、第三代《だいさんだい》の家光公《いえみつこう》以来《いらい》、229年《ねん》ぶりです。

そうして、翌年《よくとし》の文久《ぶんきゅう》3年《ねん》(1863年《ねん》)の2月《がつ》に、家茂《いえもち》が上洛《じょうらく》することが決《き》まり――。

江戸《えど》を発《た》つ2月《がつ》12日《にち》の夜明《よあ》け前《まえ》、家茂《いえもち》は絹《きぬ》でできた小《ちい》さな這《は》い這《は》い人形《にんぎょう》や遠眼鏡《とおめがね》、磁石《じしゃく》、硯石《すずりいし》、水入《みずい》れなどの贈《おく》り物《もの》を持《も》って、和宮《かずのみや》に会《あ》いにきました。

「この人形《にんぎょう》は凶事《きょうじ》を払《はら》うとされています。私《わたし》のいない間《あいだ》、和宮様《かずのみやさま》がお健《すこ》やかに過《す》ごされることを願《ねが》っています」

「ありがとうございます。道中《どうちゅう》くれぐれもお気《き》をつけくださいませ」

家茂《いえもち》としばらく会《あ》えなくなるのはさみしいですが、兄《あに》の孝明天皇《こうめいてんのう》や和宮《かずのみや》にとって攘夷《じょうい》はかねてからの念願《ねんがん》でしたので、旅《たび》の安全《あんぜん》を祈《いの》って、和宮《かずのみや》は夫《おっと》を送《おく》り出《だ》しました。

家茂《いえもち》が旅立《たびだ》ったあと、和宮《かずのみや》は篤姫《あつひめ》と相談《そうだん》し、芝《しば》の増上寺《ぞうじょうじ》の黒本尊《くろほんぞん》を勧請《かんじょう》して夫《おっと》の安全《あんぜん》を願《ねが》い、お百度《ひゃくど》を踏《ふ》みました。

といっても、将軍《しょうぐん》の御台所《みだいどころ》で皇女《こうじょ》である和宮《かずのみや》はそう簡単《かんたん》に外出《がいしゅつ》できないので、7日間《なのかかん》、お札《ふだ》を上段《じょうだん》に上《あ》げ、四方《しほう》の御椽座敷《ごえんざしき》を回《まわ》るという方法《ほうほう》が採《と》られたのです。

（どうかどうか、家茂様《いえもちさま》の道中《どうちゅう》、何事《なにごと》もなきようお守《まも》りくださいませ）

和宮《かずのみや》の願《ねが》いが通《つう》じたおかげか、家茂《いえもち》は無事《ぶじ》に東海道《とうかいどう》を下《くだ》って2月24日《か》に京《きょう》へ入《はい》り、3月7日《がつなのか》に御所《ごしょ》へ参内《さんだい》しました。

そして、3月《がつ》11日《にち》には、天皇《てんのう》の希望《きぼう》で家茂《いえもち》や在京中《ざいきょうちゅう》の大名《だいみょう》たちが供奉《ぐぶ》して、賀茂上下両社《かもかみしもりょうしゃ》への行幸《ぎょうこう》が行《おこな》われました。これはもちろん攘夷《じょうい》を祈念《きねん》するものです。

（本当《ほんとう》に幕府《ばくふ》が強《つよ》ければ、外国《がいこく》などとっくに打《う》ち払《はら》っている。攘夷《じょうい》など、しょせん無理《むり》な話《はなし》なのに……）

重《おも》い気持《きも》ちを抱《かか》える家茂《いえもち》でしたが、そんなことを天皇《てんのう》に面《めん》と向《む》かって言《い》えるわけがなく――。

将軍《しょうぐん》という立場《たちば》と天皇《てんのう》の義弟《ぎてい》であるという立場《たちば》の間《あいだ》で揺《ゆ》れた家茂《いえもち》はとても悩《なや》みました。

しかし、朝廷《ちょうてい》の圧力《あつりょく》をかわすことはできず、家茂《いえもち》の代《か》わりに矢面《やおもて》に立《た》った将軍後見職《しょうぐんこうけんしょく》の一橋《ひとつばし》慶喜《よしのぶ》が、ついに、「攘夷《じょうい》の期日《きじつ》を5月10日《がつとおか》にする」と約束《やくそく》してしまいました。

そのことを幕閣《ばっかく》たちと話《はな》し合《あ》うために慶喜《よしのぶ》は先《さき》に江戸《えど》に戻《もど》ってきましたが、家茂《いえもち》はなかなか帰《かえ》れず、6月《がつ》16日《にち》にやっと江戸《えど》に帰《かえ》ってきました。

「いろいろと大変《たいへん》でしたが、こうして和宮様《かずのみやさま》のお顔《かお》を拝見《はいけん》すると、疲《つか》れが吹《ふ》き飛《と》びました。私《わたし》の無事《ぶじ》を祈《いの》って、お百度《ひゃくど》を踏《ふ》んでくださり、ありがとうございます」

家茂《いえもち》は和宮《かずのみや》の手《て》を取《と》り、感謝《かんしゃ》を伝《つた》えました。

「いえ……。ご無事《ぶじ》でなによりでございました」

家茂《いえもち》の無事《ぶじ》を喜《よろこ》び、和宮《かずのみや》はさっそくお礼《れい》のお百度《ひゃくど》を踏《ふ》みました。


けれど、無事《ぶじ》の帰還《きかん》を喜《よろこ》んだのもつかの間《ま》——。

2か月後《げつご》の8月《がつ》29日《にち》、孝明天皇《こうめいてんのう》が家茂《いえもち》に対《たい》し、「ふたたび上洛《じょうらく》せよ」と内意《ないい》を出《だ》しました。

京《きょう》では「八月《がつ》十八日《にち》の政変《せいへん》」が起《お》きたばかりです。長州藩《ちょうしゅうはん》と尊王攘夷派《そんのうじょういは》の公家《くげ》たちが京《きょう》から追放《ついほう》されたので、「公武合体《こうぶがったい》」体制《たいせい》を固《かた》めたい幕府《ばくふ》はこれを受《う》け、家茂《いえもち》の二度目《どめ》の上洛《じょうらく》が決《き》まりました。

「帰《かえ》ってきたばかりだというのに、また京《きょう》へ向《む》かうのですか」

家茂《いえもち》はあまり身体《からだ》が丈夫《じょうぶ》なほうではありませんので、和宮《かずのみや》はとても心配《しんぱい》しました。

「これは疫病除《えきびょうよ》けのお守《まも》りです。どうか、お身体《からだ》にだけはくれぐれもお気《き》をつけくださいまし」

「和宮様《かずのみやさま》、ありがとうございます。肌身離《はだみはな》さず持《も》っていますね」

うれしそうに笑《わら》って懐《ふところ》にお守《まも》りをしまう家茂《いえもち》に、和宮《かずのみや》はつい訊《き》いてしまいました。

「家茂様《いえもちさま》……攘夷《じょうい》は必《かなら》ず行《おこな》われるのでしょうか」

幕府《ばくふ》は「5月10日《がつとおか》に決行《けっこう》する」と約束《やくそく》したものの、それをうやむやにしたままです。

その5月10日《がつとおか》には長州藩《ちょうしゅうはん》が下関《しものせき》を通過《つうか》する外国船《がいこくせん》に砲撃《ほうげき》し、逆《ぎゃく》に反撃《はんげき》に遭《あ》って惨敗《ざんぱい》するという事件《じけん》がありました。これを見《み》ても、外国《がいこく》を打《う》ち払《はら》う、というのはとても無理《むり》な話《はなし》です。

(和宮様《かずのみやさま》は幕府《ばくふ》ならばできる、と信《しん》じておられるのか……)

もしかしたら、和宮《かずのみや》は心《こころ》の奥底《おくそこ》では無理《むり》だとわかっているのかもしれません。けれど、降嫁《こうか》した意味《いみ》がそこにある以上《いじょう》、攘夷《じょうい》は彼女《かのじょ》の悲願《ひがん》なのです。

「攘夷《じょうい》の件《けん》は、いろいろと深《ふか》い事情《じじょう》がありますが……もちろん、努力《どりょく》します」

結局《けっきょく》、家茂《いえもち》はあいまいな返事《へんじ》しかできず──。

和宮《かずのみや》のほうも、夫《おっと》の困《こま》った顔《かお》を見《み》ると、それ以上《いじょう》は強《つよ》く言《い》えませんでした。

(本当《ほんとう》は行《い》ってほしくありません。でも、御上《おかみ》のお召《め》しであるし、御上《おかみ》のお気持《きも》ちを考《かんが》えると、わたくしには止《と》めることはできない……)

「御用《ごよう》が済《す》み次第《しだい》、すみやかに江戸《えど》にお帰《かえ》しくださるよう、京《きょう》には伝《つた》えておきました」

そう言《い》って、微笑《ほほえ》んだ和宮《かずのみや》を家茂《いえもち》は思《おも》わず抱《だ》きしめました。

「和宮様《かずのみやさま》……ありがとうございます」

愛《いと》しい人《ひと》とまた遠《とお》くに離《はな》れ離《ばな》れにならなくてはいけないこと、確《かく》たる約束《やくそく》ができず困《こま》らせていること、将軍《しょうぐん》なのになにかと力不足《ちからぶそく》な自分《じぶん》のこと……。

家茂《いえもち》はいろいろと複雑《ふくざつ》な思《おも》いを呑《の》み込《こ》み、ふたたび上洛《じょうらく》したのでした。


翌年《よくとし》の元治元年《げんじがんねん》（1864年《ねん》）5月7日《がつなのか》、家茂《いえもち》は京《きょう》を発《た》ち、江戸《えど》へと戻《もど》りました。

今回《こんかい》の上洛《じょうらく》では孝明天皇《こうめいてんのう》から右大臣《うだいじん》に任命《にんめい》されましたが、家茂《いえもち》は攘夷《じょうい》についてはどうすることもできないまま帰《かえ》ってきました。

(官位《かんい》が上《あ》がってもなにも成《な》せない……私《わたし》は無力《むりょく》な将軍《しょうぐん》だ)

そんな家茂《いえもち》にとって和宮《かずのみや》と過《す》ごす時間《じかん》は安《やす》らぎでした。

「和宮様《かずのみやさま》からいただいたお守《まも》りのおかげで、此度《こたび》も無事《ぶじ》に帰《かえ》ってくることができました」

「わたくしもこうしてお元気《げんき》なお顔《かお》を拝見《はいけん》できて、大変《たいへん》うれしく思《おも》います」

そうして、ふたりは愛《あい》を育《はぐく》み――。

6月末頃《がつすえごろ》から和宮《かずのみや》が体調《たいちょう》を崩《くず》しはじめました。

胸《むね》がむかつき、7月《がつ》に入《はい》ってからは何度《なんど》もえずくようになり、

「これはご懐妊《かいにん》かもしれません」

と医者《いしゃ》が言《い》い出《だ》したので、女官《にょかん》の嗣子《つぐこ》が懐妊《かいにん》にまつわる儀式《ぎしき》や支度《したく》のための役人《やくにん》をどうしたらいいか尋《たず》ねているうちに、あっというまに「和宮様《かずのみやさま》ご懐妊《かいにん》」の噂《うわさ》が広《ひろ》まりました。

「お子《こ》ができたかもしれません」

「そうですか！　とにもかくにも身体《からだ》を大事《だいじ》にしてください」

和宮《かずのみや》も家茂《いえもち》も喜《よろこ》びましたが、その後《ご》も体調不良《たいちょうふりょう》が続《つづ》くものの、妊娠《にんしん》の兆候《ちょうこう》がでず……。

そうした中《なか》、京《きょう》では攘夷派《じょういは》と公武合体派《こうぶがったいは》が火花《ひばな》を散《ち》らしていました。

6月5日《がついつか》には「池田屋事件《いけだやじけん》」が、7月19日《がつにち》には「禁門の変《きんもんへん》」が起《お》きたのです。「禁門の変《きんもんへん》」は御所《ごしょ》の周《まわ》りで起《お》きた戦《いくさ》でしたので、孝明天皇《こうめいてんのう》は大変激怒《たいへんげきど》しました。

「御所《ごしょ》に向《む》かって発砲《はっぽう》した長州《ちょうしゅう》を討《う》て！」

8月2日《がつふつか》、家茂《いえもち》は「長州征伐《ちょうしゅうせいばつ》」の命令《めいれい》を各藩《かくはん》に出《だ》し、幕府軍《ばくふぐん》を編成《へんせい》。

しかし、これはほどなく長州《ちょうしゅう》が恭順《きょうじゅん》の意《い》を示《しめ》したので、12月《がつ》には兵《へい》を引《ひ》くことになりました。

ですが、長州《ちょうしゅう》はふたたび不穏《ふおん》な動《うご》きを見《み》せ、幕府《ばくふ》に対《たい》して抗戦的《こうせんてき》な態度《たいど》を取《と》ったため、翌年《よくとし》、家茂《いえもち》は三度目《どめ》の上洛《じょうらく》をすることになったのです。


慶応元年《けいおうがんねん》（1865年《ねん》）5月《がつ》16日《にち》、家茂《いえもち》は大坂《おおさか》へ向《む》けて出発《しゅっぱつ》することになりました。

出発前《しゅっぱつまえ》に、和宮《かずのみや》は家茂《いえもち》としばらく話《はなし》をすることができました。

「また西《にし》へ向《む》かうことになりました。おそばにいられず、申《もう》し訳《わけ》ありません」

「いえ……将軍《しょうぐん》として当然《とうぜん》のお勤《つと》めです。どうかお身体《からだ》にお気《き》をつけて」

「和宮様《かずのみやさま》も、お身体《からだ》をどうぞ大切《たいせつ》に」

ふたりは見《み》つめ合《あ》い、そっと抱《だ》きしめ合《あ》いました。

愛《いと》しい人《ひと》のぬくもりを感《かん》じながら、和宮《かずのみや》は目《め》を閉《と》じました。

（こうしているだけで、しあわせ……。なのにまた、この方《かた》は遠《とお》くへ行《い》ってしまうのね）

今夜《こんや》も明日《あす》も明後日《あさって》も、その次《つぎ》の日《ひ》もその次《つぎ》の日《ひ》も……。

こうしてぬくもりを確《たし》かめ合《あ》いたくても、夫《おっと》はそばにいないのです。

家茂《いえもち》のあたたかな胸《むね》に寄《よ》り添《そ》いながら、和宮《かずのみや》は泣《な》きそうになりました。

(本当《ほんとう》に子《こ》ができていたらよかったのに……)

昨年《さくねん》の秋《あき》、結局《けっきょく》、和宮《かずのみや》は「血《ち》の道《みち》(女性特有《じょせいとくゆう》の病気《びょうき》の総称《そうしょう》)」と診断《しんだん》されました。本当《ほんとう》に妊娠《にんしん》していたならば、今頃《いまごろ》、ふたりで愛《あい》らしい赤子《あかご》の顔《かお》を見《み》て微笑《ほほえ》み合《あ》っていたかと思《おも》うと、悲《かな》しくてなりません。

そんな和宮《かずのみや》の心中《しんちゅう》を察《さっ》したのか、家茂《いえもち》が明《あか》るい口調《くちょう》で言《い》い出《だ》しました。

「そうだ、みやげはなにがいいですか?」

「そうですね……。では、西陣織《にしじんおり》をお願《ねが》いします」

「どのような柄《がら》がいいですか、色《いろ》は——」

「ふふ、あなた様《さま》におまかせします」

それはとても楽《たの》しい時間《じかん》でした。

結婚《けっこん》して、約《やく》3年《ねん》。和宮《かずのみや》はますます夫《おっと》に恋《こい》をしていたのです。

「わかりました。では、楽《たの》しみに待《ま》っていてください」

そして、家茂《いえもち》は和宮《かずのみや》に笑顔《えがお》を残《のこ》し、京《きょう》へと旅立《たびだ》っていきました。

このときは、これが今生《こんじょう》の別《わか》れになるとは思《おも》いもしていなかったのです。

大奥《おおおく》では姑《しゅうとめ》と嫁《よめ》の同居《どうきょ》は珍《めずら》しかった？

将軍《しょうぐん》が結婚《けっこん》したら、大奥《おおおく》の主《あるじ》は御台所《みだいどころ》になりますので、その際《さい》、前将軍《ぜんしょうぐん》の正室《せいしつ》、側室《そくしつ》、生母《せいぼ》がいれば皆《みな》、住《す》まいを移動《いどう》します。けれど、篤姫《あつひめ》は本丸《ほんまる》から動《うご》きませんでした。そのため、お付《つ》きの女官《にょかん》たちがなにかと衝突《しょうとつ》し、いがみ合《あ》ったのです。

さて、姑《しゅうとめ》の天璋院《てんしょういん》こと篤姫《あつひめ》ですが、文久《ぶんきゅう》3年《ねん》（1863年《ねん》）の夏《なつ》、大奥《おおおく》から二の丸《まる》に移《うつ》りたいと和宮《かずのみや》に申《もう》し出《で》ました。そのとき、和宮《かずのみや》はあわてて「まだこちらに留《とど》まって、なにかとお世《せ》話《わ》してください」と篤姫《あつひめ》を引《ひ》き留《と》め、なんと孝明天皇《こうめいてんのう》にも篤姫《あつひめ》を止《と》めるよう頼《たの》んでいます。孝《こう》明天皇《めいてんのう》は「八月《がつ》十八日《にち》の政変《せいへん》」でバタバタしている最中《さいちゅう》でしたが、かわいい妹《いもうと》の頼《たの》みを聞《き》き、正式《せいしき》に通達《つうたつ》を出《だ》しました。

篤姫《あつひめ》としては、武家《ぶけ》の風習《ふうしゅう》に不慣《ふな》れな和宮《かずのみや》がいきなり大奥《おおおく》の主《あるじ》となって差配《さはい》するのは難《むずか》しいこと、家茂《いえもち》もまだ若《わか》いことなどを考《かんが》え、それまで本丸《ほんまる》に留《とど》まっていたのですが、和宮《かずのみや》と家茂《いえもち》が結婚《けっこん》して半年《はんとし》経《た》ったのを見《み》て、移居《いきょ》しようと思《おも》ったのでしょうね。

5 家茂《いえもち》の死《し》——慶応《けいおう》2年《ねん》（1866年《ねん》）——

（家茂様《いえもちさま》、どうか無事《ぶじ》のお帰《かえ》りを——）

家茂《いえもち》が旅立《たびだ》ったあと、和宮《かずのみや》は夫《おっと》の武運長久《ぶうんちょうきゅう》、戦勝《せんしょう》を祈《いの》り、お百度《ひゃくど》を踏《ふ》みました。

（これまでも無事《ぶじ》にお帰《かえ》りになったのですもの。此度《こたび》もきっと大丈夫《だいじょうぶ》）

もし長州《ちょうしゅう》へ征伐軍《せいばつぐん》が向《む》かうことになっても、総大将《そうだいしょう》である家茂《いえもち》が前線《ぜんせん》に出《で》ることはありません。大将《たいしょう》は後方《こうほう》で大《おお》きく構《かま》えて指揮《しき》を執《と》るものだからです。

一方《いっぽう》、大坂城《おおさかじょう》でも幕臣《ばくしん》たちは今回《こんかい》の長州《ちょうしゅう》の件《けん》を楽観視《らっかんし》していました。

「将軍様《しょうぐんさま》がわざわざ大坂《おおさか》までいらしたのだから、長州《ちょうしゅう》の者《もの》どもは恐《おそ》れをなして降伏《こうふく》してくるでしょう」

「ここはひとつ、どーんと構《かま》えて待《ま》っていればいい」

けれど、時勢《じせい》は幕府《ばくふ》をますます追《お》い詰《つ》める方向《ほうこう》に傾《かたむ》いていました。

家茂《いえもち》が上洛《じょうらく》した慶応元年《けいおうがんねん》（１８６５年《ねん》）９月《くがつ》には長州征伐《ちょうしゅうせいばつ》の勅許《ちょっきょ》が下《お》りたのですが、同《おな》じ月《つき》、英《イギリス》、仏《フランス》、蘭《オランダ》、米《アメリカ》の四か国《こく》の公使《こうし》が艦隊《かんたい》を率《ひき》いて兵庫《ひょうご》に入港《にゅうこう》し、

「幕府《ばくふ》が以前《いぜん》、開港《かいこう》を確約《かくやく》した兵庫《ひょうご》がいつまで経《た》っても開港《かいこう》しないのはどういうことだ。いつになったら修好条約《しゅうこうじょうやく》の勅許《ちょっきょ》が下《お》りるのか。こうなれば京《きょう》へ行《い》き、朝廷《ちょうてい》と直接話《ちょくせつはなし》をする」

と脅《おど》しをかけてきたのです。

幕府《ばくふ》の威信《いしん》にかけても、それは阻止《そし》せねばなりません。そこで、老中《ろうじゅう》ふたりが勝手《かって》に兵庫開《ひょうごかい》港《こう》を決《き》めてしまい……。

その後《ご》、この問題《もんだい》をめぐって幕閣内《ばっかくない》でいろいろと揉《も》め、家茂《いえもち》は自分《じぶん》の力《ちから》のなさを痛感《つうかん》し、将《しょう》軍職《ぐんしょく》を下《お》りようとまで考《かんが》えました。最近《さいきん》では京《きょう》に詰《つ》めている慶喜《よしのぶ》の朝廷《ちょうてい》への発言権《はつげんけん》が増《ま》し、それによって「日本《にほん》にはふたり将軍《しょうぐん》がいる。ひとりは江戸《えど》の家茂《いえもち》で、ひとりは京《きょう》にいる慶喜《よしのぶ》だ」という中傷《ちゅうしょう》が世間《せけん》でささやかれてもいたのです。

結局《けっきょく》、兵庫開港問題《ひょうごかいこうもんだい》は朝廷《ちょうてい》から勅許《ちょっきょ》が下《お》りずに流《なが》れることになりましたが、修好条約《しゅうこうじょうやく》の勅許《ちょっきょ》を慶喜《よしのぶ》が朝廷《ちょうてい》から取《と》り付《つ》けてきました。

江戸《えど》でこれを知《し》った和宮《かずのみや》は、攘夷《じょうい》からますます遠《とお》のいたこの出来事《できごと》に、

「わたくしがいやいやながら関東《かんとう》へ赴《おもむ》いたのは、攘夷《じょうい》のためではなかったの？　なぜ、慶喜《よしのぶ》は

勅許《ちょっきょ》を取《と》ったのか！」

と怒《いか》りに震《ふる》えました。

（しかも、家茂様《いえもちさま》は一度《ど》、将軍職《しょうぐんしょく》を退《ひ》こうと思《おも》ったとか……お身体《からだ》が心配《しんぱい》だわ）

家茂《いえもち》の心労《しんろう》を思《おも》うと、和宮《かずのみや》は心配《しんぱい》でたまりません。

そうして、その年《とし》は家茂《いえもち》が不在《ふざい》のまま、暮《く》れていきました。


慶応元年《けいおうがんねん》（１８６５年《ねん》）11月《がつ》、幕府《ばくふ》は連合軍《れんごうぐん》に参加《さんか》する三十二藩《はん》に「長州征伐《ちょうしゅうせいばつ》」の具体的《ぐたいてき》な内容《ないよう》を示《しめ》しました。しかし、薩摩《さつま》は出兵《しゅっぺい》を拒否《きょひ》し――。

そうして、薩摩《さつま》は裏《うら》で密《ひそ》かに長州《ちょうしゅう》と組《く》み、慶応《けいおう》２年《ねん》（１８６６年《ねん》）１月《がつ》、薩摩《さつま》からは西郷吉《さいごうきち》之助《のすけ》（のちの隆盛《たかもり》）と小松帯刀《こまつたてわき》が、長州《ちょうしゅう》からは桂小五郎《かつらこごろう》が参加《さんか》し、土佐浪士《とさろうし》・坂本龍馬《さかもとりょうま》の仲介《ちゅうかい》のもと、「薩長同盟《さっちょうどうめい》」が結《むす》ばれました。

そんなことが水面下《すいめんか》で動《うご》いているとは知《し》らない幕府《ばくふ》は、６月７日《がつなのか》、長州《ちょうしゅう》への攻撃《こうげき》を開始《かいし》。

「第二次長州征伐《だいじちょうしゅうせいばつ》」がはじまったのです。

大坂城《おおさかじょう》にいる家茂《いえもち》のもとには戦況《せんきょう》を報《しら》せる報告《ほうこく》が次々《つぎつぎ》と入《はい》ってきますが、どれもこれもはかばかしくない戦況《せんきょう》でした。幕府軍《ばくふぐん》は大軍《たいぐん》で向《む》かったのにもかかわらず、最新式《さいしんしき》の武器《ぶき》を揃《そろ》えた長州藩《ちょうしゅうはん》を相手《あいて》に苦戦《くせん》を余儀《よぎ》なくされてしまったからです。

家茂《いえもち》は次第《しだい》に具合《ぐあい》が悪《わる》くなり、胸痛《きょうつう》に悩《なや》まされ、ほとんど食事《しょくじ》も摂《と》れなくなりました。

(倒《たお》れている場合《ばあい》ではないというのに……!)

胸《むね》を押《お》さえ、苦《くる》しい息《いき》の中《なか》、布団《ふとん》に寝《ね》かされた家茂《いえもち》は和宮《かずのみや》の顔《かお》を思《おも》い浮《う》かべました。

(和宮様《かずのみやさま》……今《いま》すぐ、あなたのそばに行《い》きたい。あなたのそばで眠《ねむ》れたら、胸《むね》の痛《いた》みもすぐに治《おさ》まるかもしれないのに……)

家茂《いえもち》は目《め》を閉《と》じ、愛《いと》しい人《ひと》を抱《だ》き寄《よ》せるように、天《てん》に向《む》かって手《て》を伸《の》ばしました。

家茂《いえもち》の容態《ようだい》が悪《わる》いという報《しら》せを聞《き》いた大奥《おおおく》では、和宮《かずのみや》も篤姫《あつひめ》も大変心配《たいへんしんぱい》し、

「治療《ちりょう》の仕方《しかた》を変《か》えてみてはいかがでしょう」

と、篤姫《あつひめ》が蘭方医《らんぽうい》から漢方医《かんぽうい》に替《か》えるよう指示《しじ》を出《だ》し、すぐさま江戸《えど》から船《ふね》で医者《いしゃ》を三名派遣《めいはけん》しました。

和宮《かずのみや》は湯島《ゆしま》の霊雲寺《れいうんじ》に祈禱《きとう》を命《めい》じ、家茂《いえもち》の快復《かいふく》を心《こころ》から願《ねが》い……。

そして、7月《がつ》19日《にち》、6日前《むいかまえ》の13日《にち》の巳《み》の刻《こく》（午前《ごぜん》10時頃《じごろ》）までの家茂《いえもち》の病状報告《びょうじょうほうこく》が届《とど》きました。それを見《み》て、和宮《かずのみや》は、ほっと息《いき》をつきました。

「よかった……今《いま》のところ落《お》ち着《つ》いているようです」

さっそく篤姫《あつひめ》にも報《しら》せ、ふたりで家茂《いえもち》の無事《ぶじ》を喜《よろこ》んだのですが――。

7月《がつ》25日《にち》。その日《ひ》、大坂《おおさか》から届《とど》いた報《しら》せは和宮《かずのみや》たちを悲《かな》しみの底《そこ》に沈《しず》めるものでした。5日前《いつかまえ》の7月20日《がつはつか》、家茂《いえもち》が息《いき》を引《ひ》き取《と》ったというのです。

家茂《いえもち》は二十一歳《さい》。若《わか》すぎる死《し》でした。

（家茂様《いえもちさま》が……）

信《しん》じられない気持《きも》ちでいっぱいでしたが、泣《な》いてばかりはいられません。

幕府《ばくふ》という組織《そしき》は停滞《ていたい》するわけにはいかないので、すぐに「次期将軍《じきしょうぐん》は誰《だれ》にするか」という問題《もんだい》になり、老中《ろうじゅう》が大奥《おおおく》の和宮《かずのみや》や篤姫《あつひめ》に連絡《れんらく》を取《と》ってきました。

すると、御年寄《おとしより》の滝山《たきやま》が「実《じつ》は――」と話《はなし》を切《き》り出《だ》しました。

「公方様《くぼうさま》はご出立前《しゅったつまえ》に、『継嗣《けいし》は田安亀之助《たやすかめのすけ》とする』と仰《おお》せになられましてございます……」

家茂《いえもち》は滝山《たきやま》にこっそりと自分《じぶん》の意志《いし》を告《つ》げ、万《まん》が一《いち》のことがあったときには和宮《かずのみや》に伝《つた》えよ、と言《い》い、大坂《おおさか》へ向《む》かったのです。

けれど、家茂《いえもち》の従弟《いとこ》にあたる田安家《たやすけ》の亀之助《かめのすけ》は数《かぞ》えでまだ四《よっ》つ。

篤姫《あつひめ》は「ならば、公方様《くぼうさま》の遺命《いめい》に沿《そ》うよう」と言《い》いましたが、和宮《かずのみや》は反対《はんたい》しました。

「このようなときに、幼《おさな》き者《もの》が将軍職《しょうぐんしょく》を務《つと》めるのは無理《むり》かと存《ぞん》じます。確《たし》かな後見《こうけん》がいればよいですが……。今《いま》は天下《てんか》のためにも年長《ねんちょう》の、しかるべき人間《にんげん》を将軍職《しょうぐんしょく》に就《つ》けるべきかと」

「では、宮様《みやさま》のおっしゃるとおり、後見《こうけん》に確《たし》かな者《もの》を選《えら》ぶよう老中《ろうじゅう》たちに申《もう》し伝《つた》えましょう」

篤姫《あつひめ》の言葉《ことば》に和宮《かずのみや》も「それでしたら」と納得《なっとく》し、大奥《おおおく》は亀之助《かめのすけ》を推《お》すことに決《き》まりました。

ですが、大坂《おおさか》にいる老中《ろうじゅう》の板倉勝静《いたくらかつきよ》たちの意見《いけん》はすでに一橋慶喜《ひとつばしよしのぶ》で固《かた》まっており、大坂《おおさか》から和宮《かずのみや》や篤姫《あつひめ》に対《たい》して賛成《さんせい》を求《もと》めるとともに、7月《がつ》28日《にち》、慶喜《よしのぶ》を継嗣《けいし》とする旨《むね》を朝廷《ちょうてい》に奏上《そうじょう》し、翌日《よくじつ》、勅許《ちょっきょ》が下《お》りました。

これを知《し》らされた和宮《かずのみや》と篤姫《あつひめ》は同意《どうい》しつつ、家茂《いえもち》の遺志《いし》を尊重《そんちょう》し、

「ならば、慶喜《よしのぶ》の継嗣《けいし》には亀之助《かめのすけ》を。亀之助《かめのすけ》が成人《せいじん》した暁《あかつき》には、慶喜《よしのぶ》が将軍職《しょうぐんしょく》を譲《ゆず》るよう」

約束《やくそく》させました。

その後《ご》、幕府《ばくふ》は8月《がつ》20日《はつか》に将軍《しょうぐん》の死《し》を公表《こうひょう》し、9月《がつ》2日《ふつか》に長州《ちょうしゅう》と講和《こうわ》。

「第二次長州征伐《だいじちょうしゅうせいばつ》」は、こうして終結《しゅうけつ》し――。

家茂《いえもち》は徳川将軍《とくがわしょうぐん》の中《なか》で、唯一《ゆいいつ》、陣中《じんちゅう》で没《ぼっ》した将軍《しょうぐん》として名《な》を残《のこ》すことになりました。

そして、9月6日《がつむいか》。

家茂《いえもち》の棺《ひつぎ》が江戸城《えどじょう》に届《とど》き、城内表《じょうないおもて》の御座之間《ござのま》上段《じょうだん》に安置《あんち》されました。

和宮《かずのみや》はさっそく会《あ》いに行《い》きましたが、遺骸《いがい》と対面《たいめん》するのは止《と》められました。

「どうしてですか？　わたくしはあの方《かた》の妻《つま》なのですよ⁉」

亡《な》くなったのは夏《なつ》のことゆえ腐敗《ふはい》が進《すす》んでおり、とても婦人《ふじん》に見《み》せられる状態《じょうたい》ではない、ということなのでしょうが――。

「お願《ねが》いですから、家茂様《いえもちさま》に会《あ》わせてください！」

泣《な》き崩《くず》れる和宮《かずのみや》の前《まえ》に、あるものが差《さ》し出《だ》されました。

「これは……？」

「公方様《くぼうさま》が和宮様《かずのみやさま》のために、お求《もと》めになっていた西陣織《にしじんおり》です」

反物《たんもの》を受《う》け取《と》り、和宮《かずのみや》はそっと生地《きじ》を撫《な》でました。

(これは、ご出発《しゅっぱつ》される前《まえ》に約束《やくそく》してくださった……)

――わかりました。では、楽《たの》しみに待《ま》っていてください。

江戸《えど》を発《た》つ前《まえ》に、そう言《い》って笑《わら》った家茂《いえもち》の顔《かお》や声《こえ》が思《おも》い浮《う》かび、胸《むね》を締《し》めつけます。

「いろいろと大変《たいへん》なときに、わたくしのことを想《おも》ってくださっていたのね……」

和宮《かずのみや》は家茂《いえもち》の棺《ひつぎ》の前《まえ》で泣《な》き崩《くず》れました。

これまでは気丈《きじょう》に耐《た》え、将軍《しょうぐん》の継嗣《けいし》についての意見《いけん》なども言《い》ってきましたが、一度《ど》涙《なみだ》が流《なが》れ出《だ》すと、もう止《と》まりませんでした。

「家茂様《いえもちさま》……っ」

(もっと一緒《いっしょ》にいたかった……あなた様《さま》のそばで心《こころ》おだやかに……手《て》を取《と》り合《あ》って、ともに生《い》きていきたかった……!)

手《て》を伸《の》ばしても、もうこの手《て》を取《と》ってくれる人《ひと》はいません。

「家茂様《いえもちさま》……家茂様《いえもちさま》……家茂様《いえもちさま》あぁぁ……!」

どんなに泣《な》いても、夜通《よどお》し泣《な》き明《あ》かしても、悲《かな》しみはなかなか癒《い》えず……。

せめてもの救《すく》いは、家茂《いえもち》のそばに自分《じぶん》の髪《かみ》が置《お》かれていることです。

それは、家茂《いえもち》が亡《な》くなったと知《し》った翌日《よくじつ》に、家茂《いえもち》の生母《せいぼ》・実成院《じつじょういん》の要望《ようぼう》で、和宮《かずのみや》が髪《かみ》の先《さき》を少《すこ》し切《き》り、家茂《いえもち》の棺《ひつぎ》に納《おさ》めさせるよう、大坂《おおさか》へと届《とど》けさせたものでした。

❖君《きみ》ありてこそ❖

空蟬《うつせみ》の　唐織《からおり》ごろもなにかせむ　綾《あや》も錦《にしき》も君《きみ》ありてこそ

（わたくしはこうして生《い》きていますが、綺麗《きれい》な着物《きもの》も織物《おりもの》も、あなたがいなくてはなんの意味《いみ》もありません……）

これは形見《かたみ》の西陣織《にしじんおり》を受《う》け取《と》った和宮《かずのみや》が、家茂《いえもち》を偲《しの》んで詠《よ》んだ歌《うた》です。家茂《いえもち》が亡《な》くなったのち、和宮《かずのみや》は悲《かな》しみのあまり、夜《よる》になると胸《むね》が締《し》めつけられて息《いき》が詰《つ》まる症状《しょうじょう》が出《で》て大変《たいへん》だったそうです。和宮《かずのみや》と家茂《いえもち》の結婚生活《けっこんせいかつ》は、４年半弱《よねんはんじゃく》。その間《あいだ》、上洛《じょうらく》が三回《かい》もあり、そのため実質一《じっしつい》緒《しょ》にいたのは、わずか２年６か月《ねんろっかげつ》でした。

家茂《いえもち》が亡《な》くなった際《さい》、勝海舟《かつかいしゅう》が大坂城《おおさかじょう》へ駆《か》け付《つ》けたときのことを書《か》き残《のこ》しています。

「城内《じょうない》はしんと静《しず》まり返《かえ》り、悲《かな》しみに打《う》ちひしがれて、誰《だれ》も言葉《ことば》を発《はっ》せない様子《ようす》だった。奥《おく》に向《む》かうと、皆《みな》、ただ目《め》だけで、あちらに……と示《しめ》すのみ。私《わたし》は自身《じしん》を鼓舞《こぶ》し、このあとのことをどうするかと言《い》ったが、誰《だれ》も答《こた》えなかった」。勝《かつ》は悲嘆《ひたん》のあまり、「徳川将軍家《とくがわしょうぐんけ》は今日《きょう》、滅亡《めつぼう》した」とまで言《い》っています。家茂《いえもち》が長生《ながい》きしていたら、歴史《れきし》の流《なが》れは変《か》わっていたかも……。

6　江戸《えど》城無血開城《じょうむけつかいじょう》──慶応《けいおう》4年《ねん》（1868年《ねん》）──

　慶応《けいおう》2年《ねん》（1866年《ねん》）12月9日《がつここのか》、和宮《かずのみや》は落髪《らくはつ》し、孝明天皇《こうめいてんのう》から賜《たまわ》った静寛院宮《せいかんいんのみや》という名《な》を号《ごう》することになりました。

　家茂《いえもち》の死後《しご》、朝廷《ちょうてい》から帰京《ききょう》が勧《すす》められましたが、和宮《かずのみや》は江戸《えど》に残《のこ》ることを選《えら》んだのです。

　そして、そのあとすぐ、孝明天皇《こうめいてんのう》が12月《がつ》25日《にち》に崩御《ほうぎょ》したという報《しら》せが入《はい》りました。

（わたくしの大切《たいせつ》な人《ひと》は、みんないなくなってしまった……）

　生母《せいぼ》の観行院《かんぎょういん》も女官《にょかん》の庭田嗣子《にわたつぐこ》も、すでにこの世《よ》を去《さ》っています。

　公武合体《こうぶがったい》派《は》の孝明天皇《こうめいてんのう》の死《し》により、時代《じだい》の嵐《あらし》は討幕《とうばく》へと強《つよ》く向《む》かうこととなり……。

　第十五代将軍《だいじゅうごだいしょうぐん》・慶喜《よしのぶ》は慶応《けいおう》3年《ねん》（1867年）10月《がつ》14日《か》、政権《せいけん》を朝廷《ちょうてい》に返《かえ》す「大政奉還《たいせいほうかん》」に踏《ふ》み切《き》り、その後《ご》、在位《ざいい》わずか10《じゅっ》か月《げつ》でその座《ざ》から降《お》りました。

　そして、12月9日《がつここのか》、「王政復古《おうせいふっこ》の大号令《だいごうれい》」が発《はっ》せられ、幕府《ばくふ》の廃絶《はいぜつ》や天皇《てんのう》のもとで新政権《しんせいけん》を樹立《じゅりつ》することが謳《うた》われました。これにより、260年余《ねんあま》り続《つづ》いた幕府《ばくふ》は滅亡《めつぼう》したのです。

しかし、これだけでは討幕派《とうばくは》が納得《なっとく》せず……。

その年《とし》の暮《く》れも迫《せま》った頃《ころ》、討幕派《とうばくは》が江戸城《えどじょう》に火《ひ》をつけ、その騒《さわ》ぎに乗《じょう》じて和宮《かずのみや》や篤姫《あつひめ》を奪《うば》い取《と》り、薩摩《さつま》に連《つ》れて行《い》こうとしていると噂《うわさ》が流《なが》れ、実際《じっさい》に12月《がつ》23日《にち》、二の丸《まる》が炎上《えんじょう》し、和宮《かずのみや》は篤姫《あつひめ》たちと避難《ひなん》し、西《にし》の丸《まる》へ移《うつ》りました。

「和宮様《かずのみやさま》、ご無事《ぶじ》でなによりです」

「義母上様《ははうえさま》、江戸《えど》はどうなってしまうのでしょう……」

「幕府《ばくふ》が倒《たお》れたとはいえ、徳川家《とくがわけ》は健在《けんざい》です。気弱《きよわ》になってはなりません」

「はい……！」

篤姫《あつひめ》がそばにいてくれて、和宮《かずのみや》はとても心強《こころづよ》く感《かん》じました。大切《たいせつ》な人《ひと》たちを次々《つぎつぎ》と亡《な》くした今《いま》、頼《たよ》りにできるのは十一歳上《さいうえ》のこの義母《はは》だけです。

こうして慶応《けいおう》3年《ねん》は不穏《ふおん》な流《なが》れのまま暮《く》れていき……。

年《とし》が明《あ》けて、慶応《けいおう》4年《ねん》（1868年《ねん》）1月3日《がつみっか》。「鳥羽《とば》・伏見《ふしみ》の戦《たたか》い」が始《はじ》まり、新政府軍《しんせいふぐん》と旧幕府軍《きゅうばくふぐん》が衝突《しょうとつ》。

この戦《たたか》いは天皇《てんのう》の軍《ぐん》を意味《いみ》する「錦《にしき》の御旗《みはた》」が新政府軍《しんせいふぐん》に翻《ひるがえ》ったことにより、朝敵《ちょうてき》となったことを恐《おそ》れた旧幕府軍《きゅうばくふぐん》が崩《くず》れはじめ――。
戦意《せんい》を喪失《そうしつ》した慶喜《よしのぶ》は、1月《がつ》12日《にち》、江戸《えど》へと逃《に》げ帰《かえ》ってきました。

宮《みや》さん宮《みや》さん　お馬《うま》の前《まえ》に
ヒラヒラするのはなんじゃいな
トコトンヤレ　トコトンヤレナ
あれは朝敵征伐《ちょうてきせいばつ》せよとの
錦《にしき》の御旗《みはた》じゃ　知《し》らないか
トコトンヤレ　トコトンヤレナ

2月《がつ》、新政府《しんせいふ》は正式《せいしき》に慶喜《よしのぶ》を討《う》つべく命令《めいれい》を下《くだ》しました。
そして、新政府軍《しんせいふぐん》五万《まん》の兵《へい》は、鼓笛隊《こてきたい》が勇《いさ》ましく奏《かな》でる音楽《おんがく》に乗《の》せて「トコトンヤレ節《ぶし》」を歌《うた》いながら、官軍《かんぐん》であることを示《しめ》す錦《にしき》の御旗《みはた》を押《お》し立《た》てて東海道《とうかいどう》を東《ひがし》へ向《む》かい、一気《いっき》に駿府《すんぷ》まで進《すす》んできました。

実質的《じっしつてき》な司令官《しれいかん》は薩摩藩《さつまはん》の西郷《さいごう》ですが、官軍《かんぐん》を率《ひき》いる大総督《だいそうとく》は皮肉《ひにく》にも和宮《かずのみや》のかつての婚約《こんやく》者《しゃ》、有栖川宮熾仁親王《ありすがわのみやたるひとしんのう》です。この歌《うた》の「宮《みや》さん」は彼《かれ》のことなのです。

(熾仁《たるひと》さんは本当《ほんとう》に、江戸《えど》を攻《せ》めるおつもりなのかしら――)

皇女《こうじょ》である和宮《かずのみや》と薩摩出身《さつましゅっしん》の篤姫《あつひめ》は、自分《じぶん》の里《さと》の人間《にんげん》から攻《せ》められる立場《たちば》となったのです。

(このような事態《じたい》を招《まね》くなど……慶喜《よしのぶ》には本当《ほんとう》に失望《しつぼう》したわ)

和宮《かずのみや》は篤姫《あつひめ》のとりなしで、1月15日《がつにち》に慶喜《よしのぶ》と面会《めんかい》したときのことを思《おも》い出《だ》しました。

慶喜《よしのぶ》の頼《たの》みは、自身《じしん》の隠居《いんきょ》と後継者《こうけいしゃ》の選定《せんてい》、そして、謝罪《しゃざい》の旨《むね》を朝廷《ちょうてい》に伝《つた》えてほしいということでしたが、本当《ほんとう》の望《のぞ》みは自身《じしん》の助命嘆願《じょめいたんがん》に他《ほか》なりませんでした。

(将軍《しょうぐん》にまで上《のぼ》り詰《つ》めた男《おとこ》がなんと無様《ぶざま》な……。それに武士《ぶし》ならば、責任《せきにん》を取《と》るために腹《はら》を切《き》るものではないの?)

自分《じぶん》が皇女《こうじょ》だからそう考《かんが》えるだけなのかと思《おも》いましたが、今《いま》は慶喜《よしのぶ》の命《いのち》より、まずは官軍《かんぐん》の攻撃《こうげき》を止《と》めるのが先《さき》です。

「隠居《いんきょ》と相続《そうぞく》の件《けん》は公《おおやけ》のことですから、わたくしには致《いた》しかねます。謝罪《しゃざい》の件《けん》のみ受《う》けます」

17日《にち》も嘆願《たんがん》の方法《ほうほう》を話《はな》し合《あ》うために、和宮《かずのみや》は篤姫《あつひめ》とともに慶喜《よしのぶ》に面会《めんかい》することになりましたが、慶喜《よしのぶ》が来《く》る前《まえ》に篤姫《あつひめ》が和宮《かずのみや》の手《て》を取《と》りました。

「どのような運命《うんめい》なのか、わたしとあなた様《さま》は将軍《しょうぐん》の御台所《みだいどころ》という座《ざ》に就《つ》きました。それにわたしたちは皮肉《ひにく》にも、早《はや》くに夫《おっと》を亡《な》くしています。この苦労《くろう》は他《ほか》の誰《だれ》とも分《わ》かち合《あ》えません」

「義母上様《ははうえさま》……」

互《たが》いを見《み》つめる目《め》に、熱《あつ》い涙《なみだ》が浮《う》かび――。

「和宮様《かずのみやさま》、徳川《とくがわ》を守《まも》るために、ともに力《ちから》を尽《つ》くしましょう」

「ええ、徳川《とくがわ》のために……！」

慶喜《よしのぶ》のことは正直嫌《しょうじききら》いですが、前将軍《ぜんしょうぐん》の御台所《みだいどころ》として見捨《みす》てるわけにはいきません。

話《はな》し合《あ》いの結果《けっか》、慶喜《よしのぶ》の希望《きぼう》を入《い》れ、女官《にょかん》を使者《ししゃ》に立《た》てることにし、和宮《かずのみや》は上臈《じょうろう》の土御門藤子《つちみかどふじこ》を選《えら》びました。藤子《ふじこ》は和宮《かずのみや》とともに江戸《えど》へ下向《げこう》した女官《にょかん》です。

東海道《とうかいどう》を進軍中《しんぐんちゅう》の鎮撫総督《ちんぶそうとく》・橋本実梁《はしもとさねやな》（和宮《かずのみや》の従兄《いとこ》）の陣営《じんえい》に寄《よ》ってから、藤子《ふじこ》は京《きょう》へ向《む》かうこととなりましたので、和宮《かずのみや》は伯父《おじ》の橋本実麗《はしもとさねあきら》とその息子《むすこ》・実梁親子宛《さねやなおやこあ》てに筆《ふで》を執《と》り、朝廷《ちょうてい》への取《と》り次《つ》ぎを願《ねが》う手紙《てがみ》をしたためました（ここに意訳《いやく》します）。

去《さ》る3日《みっか》、慶喜《よしのぶ》の上洛中《じょうらくちゅう》に不慮《ふりょ》の戦《いくさ》が起《お》きたことは、大変残念《たいへんざんねん》に思《おも》っています。慶喜《よしのぶ》の命《いのち》は

どうなっても構《かま》いませんので、徳川《とくがわ》の家名存続《かめいそんぞく》だけは、重《かさ》ね重《がさ》ねお願《ねが》い申《もう》し上《あ》げます。後世《こうせい》まで徳川《とくがわ》が朝敵《ちょうてき》の汚名《おめい》をかぶることは、わたくしにとってはとても残念《ざんねん》なことです。官《かん》軍《ぐん》を差《さ》し向《む》けられて、御家《おいえ》のお取《と》り潰《つぶ》しを見《み》るのはとても残念《ざんねん》に思《おも》いますが、それも致《いた》し方《かた》ないと覚悟《かくご》はしております。

わたくしの命《いのち》は惜《お》しくありませんが、朝敵《ちょうてき》とともに果《は》てるのは、皇女《こうじょ》として朝廷《ちょうてい》に対《たい》し、大《たい》変畏《へんおそ》れ多《おお》いことです。どうか心中《しんちゅう》をお察《さっ》しいただき、願《ねが》いどおり、家名《かめい》の存続《そんぞく》がなれば、わたくしはもとより、徳川《とくがわ》の一門《いちもん》から下僕《げぼく》に至《いた》るまで深《ふか》く朝恩《ちょうおん》を感《かん》じることでしょう。

そして、藤子《ふじこ》が京《きょう》に着《つ》いたとき、朝廷《ちょうてい》は強硬派《きょうこうは》と穏健派《おんけんは》のふたつに分《わ》かれていました。

「恭順《きょうじゅん》の道《みち》を尽《つ》くすならば、慶喜《よしのぶ》の処分《しょぶん》はともかくとして、徳川《とくがわ》の家名存続《かめいそんぞく》は認《みと》める」

と一応《いちおう》、約束《やくそく》を取《と》り付《つ》けた藤子《ふじこ》は2月末《がつすえ》に江戸《えど》に戻《もど》ってきたのですが……。それより前《まえ》の2月《がつ》15日《にち》、熾仁親王《たるひとしんのう》や西郷《さいごう》が率《ひき》いる官軍《かんぐん》が京《きょう》を進発《しんぱつ》していたのです。

その後《ご》、官軍《かんぐん》は「江戸城総攻撃《えどじょうそうこうげき》」を3月《がつ》15日《にち》に予定《よてい》しましたが、これは勝海舟《かつかいしゅう》と西郷《さいごう》の話《はな》し合《あ》いで回避《かいひ》されました。

そして、官軍《かんぐん》が江戸城《えどじょう》を接収《せっしゅう》することになり、城《しろ》からの退去《たいきょ》を4月《がつ》11日《にち》までに行《おこな》うことが通《つう》達《たっ》されました。

和宮《かずのみや》は家茂《いえもち》の生母《せいぼ》・実成院《じつじょういん》とともに徳川御三卿《とくがわごさんきょう》のひとつである清水邸《しみずてい》に移《うつ》ることになりました。

実《じつ》は篤姫《あつひめ》と和宮《かずのみや》は同居《どうきょ》を希望《きぼう》したのですが、それは難《むずか》しく……。

別《わか》れの日《ひ》、篤姫《あつひめ》は涙《なみだ》を浮《う》かべて、和宮《かずのみや》を見《み》つめてきました。

「和宮様《かずのみやさま》、あなた様《さま》とともに城《しろ》を守《まも》った日々《ひび》をわたしは一生忘《いっしょうわす》れません」

「はい、わたくしもです。義母上様《ははうえさま》も、どうぞお元気《げんき》で」

和宮《かずのみや》の目《め》にも、熱《あつ》い涙《なみだ》がこみあげてきます。

和宮《かずのみや》が江戸城《えどじょう》に入《はい》った頃《ころ》は反目《はんもく》しあっていたふたりでしたが、家茂《いえもち》を通《つう》じて次第《しだい》に打《う》ち解《と》け、彼《かれ》が亡《な》くなったのちは、ともに難局《なんきょく》にあたってきたのです。

そういう意味《いみ》では、嫁《よめ》と姑《しゅうとめ》ではなく、ふたりは同志《どうし》でした。

そして、江戸城《えどじょう》を出《で》てからしばらくして——。

4月20日《がつはつか》、有栖川宮熾仁親王《ありすがわのみやたるひとしんのう》が江戸城《えどじょう》に入《はい》ったという報《しら》せが、和宮《かずのみや》のもとへ入《はい》りました。

(熾仁《たるひと》さんは、どういうお気持《きも》ちで城《しろ》に入《はい》ったのでしょうね……)

複雑《ふくざつ》な気持《きも》ちになりましたが、もちろん、恋慕《れんぼ》の情《じょう》は微塵《みじん》もありません。

（さあ、わたくしの戦《たたか》いはこれからよ）

亡《な》き家茂《いえもち》の妻《つま》としてやることは、ひとつ。

家茂《いえもち》の遺命《いめい》である田安亀之助《たやすかめのすけ》を、徳川《とくがわ》の継嗣《けいし》とすることを朝廷《ちょうてい》に認《みと》めさせるのです。

（家茂様《いえもちさま》、わたくしは必《かなら》ず、徳川家《とくがわけ》を守《まも》ってみせます）

心《こころ》の奥《おく》に愛《いと》しい人《ひと》の思《おも》いをしっかりと抱《いだ》き、和宮《かずのみや》は毅然《きぜん》としてその後《ご》の難題《なんだい》に立《た》ち向《む》かったのでした。

その後《ご》の和宮《かずのみや》

和宮《かずのみや》と篤姫《あつひめ》の尽力《じんりょく》により、徳川家《とくがわけ》は御家《おいえ》お取《と》り潰《つぶ》しを免《まぬか》れ、慶応《けいおう》４年《よねん》（１８６８年《ねん》）閏《うるう》４月《がつ》29日《にち》、田安亀之助《たやすかめのすけ》が徳川宗家《とくがわそうけ》を相続《そうぞく》することが決《き》まり、翌月《よくげつ》、名《な》を家達《いえさと》と改《あらた》めました。

江戸城《えどじょう》を立《た》ち退《の》いたあと、和宮《かずのみや》は家茂《いえもち》の生母《せいぼ》・実成院《じつじょういん》とともに清水邸《しみずてい》に住《す》んでいましたが、亀之助《かめのすけ》が相続《そうぞく》した頃《ころ》、勅使《ちょくし》・三条実美《さんじょうさねとみ》が来《き》て、京《きょう》へ戻《もど》ることを促《うなが》しました。

京《きょう》では、家茂《いえもち》が亡《な》くなったあとすぐに和宮《かずのみや》を帰京《ききょう》させたかったのですが、和宮《かずのみや》がその当時《とうじ》は京《きょう》に戻《もど》ることを拒《こば》んだことと、その後《ご》、戦《いくさ》が起《お》きたことで時機《じき》を逸《いっ》していたのです。

幕府《ばくふ》が滅亡《めつぼう》した今《いま》、京《きょう》へ帰《かえ》れば自分《じぶん》ひとりが安泰《あんたい》であればいいのかと江戸《えど》の人々《ひとびと》から誹《そし》りを受《う》けることになる。けれど、朝敵《ちょうてき》である慶喜《よしのぶ》とともに身命《しんめい》を捨《す》てては、亡《な》き孝明天皇《こうめいてんのう》に対《たい》し申《もう》し訳《わけ》なく……。

「孝《こう》を立《た》てんとすれば不義《ふぎ》に当《あ》たり、義《ぎ》を致《いた》せば不悌《ふてい》になる」として和宮《かずのみや》はかなり悩《なや》んだ末《すえ》、この話《はなし》を断《ことわ》り、「後世《こうせい》まで清《きよ》き名《な》を残《のこ》したく候《そうろう》」と日記《にっき》に書《か》きました。生《う》まれてきたからには、清《きよ》き名《な》を残《のこ》すことが女《おんな》の一分《いちぶん》であると思《おも》ったのです。その際《さい》、和宮《かずのみや》は「天璋院様《てんしょういんさま》に不慮《ふりょ》のことがあっては、亡《な》き家茂様《いえもちさま》に申《もう》し訳《わけ》が立《た》たない」とも言《い》っています。

そんな和宮《かずのみや》でしたが、翌年《よくとし》の明治《めいじ》２年《ねん》（１８６９年《ねん》）に京《きょう》へ戻《もど》りました（このとき、篤姫《あつひめ》が実成院《じつじょういん》を引《ひ》き取《と》ったらしいです）。

和宮《かずのみや》は5年半《ねんはん》、京《きょう》で過《す》ごしたのち、またかつての江戸《えど》――東京《とうきょう》へ移転《いてん》します。麻布《あざぶ》に住《す》んだ和宮《かずのみや》はその後《ご》、家達《いえさと》や篤姫《あつひめ》たちを何度《なんど》か家《いえ》に招《まね》いたようです。

明治《めいじ》10年《ねん》（1877年《ねん》）8月《がつ》、具合《ぐあい》の悪《わる》くなった和宮《かずのみや》は療養《りょうよう》のため、伊藤博文《いとうひろぶみ》（初代総理大臣《しょだいそうりだいじん》）のすすめで箱根《はこね》の塔ノ沢温泉《とうのさわおんせん》の老舗旅館《しにせりょかん》「元湯《もとゆ》」（現在《げんざい》の「元湯《もとゆ》 環翠楼《かんすいろう》」）で湯治《とうじ》をはじめましたが、その甲斐《かい》なく、9月2日《がつふつか》、三十二歳《さい》の生涯《しょうがい》を終《お》えました。

のちに篤姫《あつひめ》が「和宮様《かずのみやさま》の最期《さいご》の地《ち》へ行《い》きたい」と願《ねが》い、そこを訪《おとず》れたときのことを日記《にっき》に書《か》き残《のこ》しています。

「塔ノ沢《とうのさわ》で宮様《みやさま》が亡《な》くなられた宿《やど》を見《み》た。なつかしさで胸《むね》がふさがり、涙《なみだ》が袖《そで》を絞《しぼ》るほど出《で》てくるのを抑《おさ》えることができなかった」

激動《げきどう》の幕末《ばくまつ》をともに戦《たたか》い抜《ぬ》いた同志《どうし》として、ふたりは深《ふか》い絆《きずな》で結《むす》ばれていたのでしょう。

和宮《かずのみや》の葬式《そうしき》は、新政府側《しんせいふがわ》は皇女《こうじょ》として神式《しんしき》で行《おこな》おうと考《かんが》えたのですが、周《まわ》りの者《もの》たちが「宮様《みやさま》は家茂公《いえもちこう》のそばに葬《ほうむ》るようおっしゃっていた」と強《つよ》く反対《はんたい》し、芝《しば》の増上寺《ぞうじょうじ》で葬式《そうしき》が執《と》り行《おこな》われました。和宮《かずのみや》は生前《せいぜん》の希望《きぼう》どおり、家茂《いえもち》のそばで眠《ねむ》っています。

徳川美賀子《とくがわみかこ》

第《だい》十五代《だい》将軍《しょうぐん》・徳川慶喜《とくがわよしのぶ》の正室《せいしつ》となった公家《くげ》の姫《ひめ》

■徳川美賀子《とくがわみかこ》（1835〜1894）

1835年《ねん》（天保《てんぽう》6年《ねん》）	京《きょう》に生《う》まれる。名《な》は「延《なが》」（1歳《さい》）。
1853年《ねん》（嘉永《かえい》6年《ねん》）	一条家《いちじょうけ》の養女《ようじょ》になり、名《な》を「美賀《みか》」と改《あらた》める。 一橋慶喜《ひとつばしよしのぶ》と婚約《こんやく》（19歳《さい》）。
1855年《ねん》（安政《あんせい》2年《ねん》）	安政《あんせい》の大地震《だいじしん》が江戸《えど》を襲《おそ》う。 一橋慶喜《ひとつばしよしのぶ》と結婚《けっこん》（21歳《さい》）。
1866年《ねん》（慶応《けいおう》2年《ねん》）	夫《おっと》・慶喜《よしのぶ》が第《だい》十五代将軍《だいしょうぐん》となる（32歳《さい》）。
1867年《ねん》（慶応《けいおう》3年《ねん》）	大政奉還《たいせいほうかん》。徳川幕府滅亡《とくがわばくふめつぼう》。
1868年《ねん》（慶応《けいおう》4年《ねん》）	江戸城無血開城《えどじょうむけつかいじょう》。維新後《いしんご》、「美賀子《みかこ》」に改名《かいめい》（34歳《さい》）。
1869年《ねん》（明治《めいじ》2年《ねん》）	静岡《しずおか》へ移住《いじゅう》（35歳《さい》）。
1891年《ねん》（明治《めいじ》24年《ねん》）	乳《にゅう》がんのため手術《しゅじゅつ》（57歳《さい》）。
1894年《ねん》（明治《めいじ》27年《ねん》）	肺炎《はいえん》を患《わずら》い、東京《とうきょう》で死去《しきょ》（60歳《さい》）。

幕末姫《ばくまつひめ》「徳川美賀子《とくがわみかこ》」関係図《かんけいず》

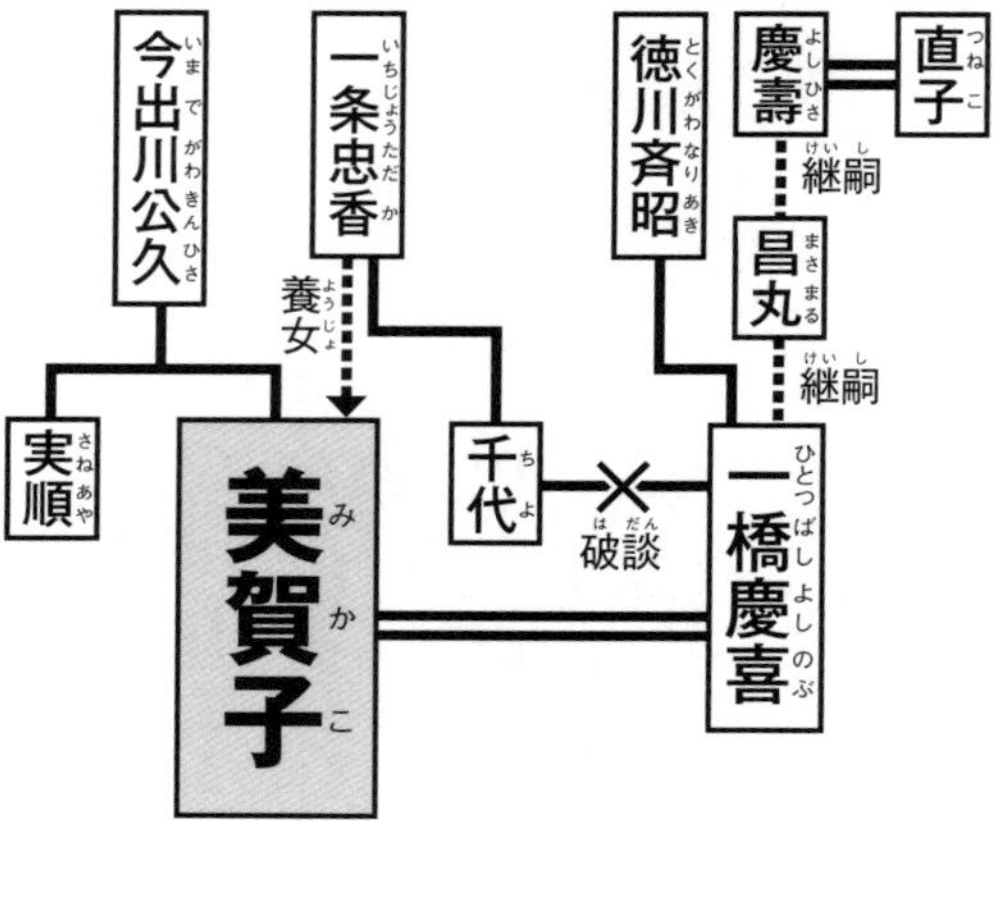

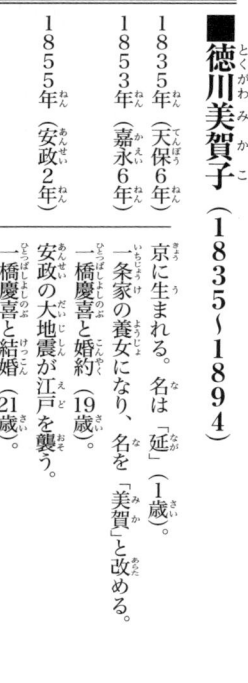

1　身代《みが》わりで婚約《こんやく》する——嘉永《かえい》6年《ねん》（1853年《ねん》）——

嘉永《かえい》6年《ねん》（1853年《ねん》）2月《がつ》、京《きょう》——。

公卿《くぎょう》・一条忠香《いちじょうただか》は困《こま》っていました。

数日前《すうじつまえ》から娘《むすめ》の千代《ちよ》が高熱《こうねつ》を出《だ》して寝込《ねこ》んでしまい、

「ただの風邪《かぜ》じゃろ。よくあることじゃ」

と思《おも》っていたら、千代《ちよ》の熱《ねつ》はただの風邪《かぜ》ではなかったのです。千代《ちよ》は数《すう》か月後《げつご》には婚礼《こんれい》を控《ひか》えている身《み》でしたが、病《やまい》が治《なお》ったあと、顔《かお》にあばたが残《のこ》ってしまい……。

「この顔《かお》ではお嫁《よめ》に行《い》けませぬ！」

と、泣《な》いて嫌《いや》がるので、忠香《ただか》はこの縁談《えんだん》を破談《はだん》にすることを決《き》めました。

ですが、婚約相手《こんやくあいて》は将軍家《しょうぐんけ》の御三卿《ごさんきょう》のひとつ、一橋家《ひとつばしけ》の当主《とうしゅ》・慶喜《よしのぶ》です。

一橋家《ひとつばしけ》は将軍家《しょうぐんけ》に後継《あとつ》ぎがいない場合《ばあい》、継嗣《けいし》を出《だ》すことができる家《いえ》で、次期将軍《じきしょうぐん》の家祥公《いえさちこう》

（のちの家定《いえさだ》）に子《こ》がいない今《いま》、その次《つぎ》の将軍《しょうぐん》として慶喜《よしのぶ》は有力視《ゆうりょくし》されていました。

将来的《しょうらいてき》につながりを持《も》っておきたい忠香《ただか》はいろいろ考《かんが》えた末《すえ》、今《いま》は亡《な》き今出川公久《いまでがわきんひさ》の娘《むすめ》、延《なが》君《ぎみ》を養女《ようじょ》に迎《むか》え、一条家《いちじょうけ》から嫁《とつ》がせたいと思《おも》いました。

延《なが》はおっとりしていて、気立《きだ》てもよいと評判《ひょうばん》の姫《ひめ》です。面長《おもなが》で鼻筋《はなすじ》が通《とお》り、口《くち》が小《ちい》さく、目《め》元《もと》は涼《すず》しげ。今出川《いまでがわ》の家《いえ》は琵琶《びわ》の家《いえ》なので、延《なが》も幼《おさな》い頃《ころ》から琵琶《びわ》をたしなむのですが、琵琶《びわ》を奏《かな》でる様《さま》は「まさに生《い》き弁天《べんてん》のようだ」という噂《うわさ》でした。

年齢《ねんれい》は数《かぞ》えで十九歳《さい》。二歳下《さいした》の慶喜《よしのぶ》と年齢的《ねんれいてき》にも釣《つ》り合《あ》います。

延《なが》の異母兄《あに》で今出川家《いまでがわけ》の現当主《げんとうしゅ》・実順《さねあや》に相談《そうだん》すると、「ありがたいお話《はなし》です」とすぐに了承《りょうしょう》してくれ、さっそく手続《てつづ》きが踏《ふ》まれました。

「姫《ひめ》、今後《こんご》はわしを父《ちち》と思《おも》うてくれ」

「はい、養父上様《ちちうえさま》」

忠香《ただか》と親子《おやこ》の対面《たいめん》をした延《なが》はうれしそうに微笑《ほほえ》みました。

生《う》まれてまもない頃《ころ》に実父《じっぷ》の公久《きんひさ》が亡《な》くなったので、延《なが》は父親《ちちおや》の顔《かお》を知《し》らずに育《そだ》ったのです。ですから延《なが》は、父《ちち》と慕《した》う人《ひと》ができたことがとてもうれしいのでした。

こうして、延《なが》は一条家《いちじょうけ》の養女《ようじょ》となり、名《な》を「美賀《みか》」と改《あらた》め――。

その年《とし》の5月《がつ》、江戸《えど》にいる一橋慶喜《ひとつばしよしのぶ》との婚約《こんやく》が幕府《ばくふ》に認《みと》められ、無事《ぶじ》に成立《せいりつ》しました。


一条家《いちじょうけ》に移《うつ》った延《なが》――美賀《みか》は花嫁修業《はなよめしゅぎょう》に精《せい》を出《だ》しました。

華道《かどう》、茶道《さどう》、香道《こうどう》はもちろんのこと、一条家《いちじょうけ》の姫《ひめ》となり嫁《とつ》ぐ身《み》としては、一条家《いちじょうけ》の歴史《れきし》を学《まな》ぶことも欠《か》かせません。実家《じっか》のことを知《し》り尽《つ》くすのも、当時《とうじ》は大事《だいじ》なことでした。

花嫁修業《はなよめしゅぎょう》に励《はげ》んでいたある日《ひ》、

「美賀君《みかぎみ》、これはそなたの花嫁道具《はなよめどうぐ》じゃ」

養父《ちち》の忠香《ただか》が座敷《ざしき》にずらりと並《なら》べた花嫁道具《はなよめどうぐ》を見《み》せてくれました。

「まあ、なんて素敵《すてき》なんでしょう」

簞笥《たんす》に長持《ながもち》、化粧台《けしょうだい》に手鏡《てかがみ》に文箱《ふばこ》、盥《たらい》、火鉢《ひばち》――。

美賀《みか》はこれらの品々《しなじな》をうっとりと眺《なが》めましたが、その反面《はんめん》、気持《きも》ちは複雑《ふくざつ》でした。これらの花嫁道具《はなよめどうぐ》が、本当《ほんとう》は千代君《ちよぎみ》のためにあつらえたものであることを知《し》っていたからです。

（わたくしは、千代君《ちよぎみ》の身代《みが》わり……）

そう思《おも》うと、胸《むね》に、ちくり、と痛《いた》みが走《はし》りましたが、

(わたくしは江戸《えど》にお嫁《よめ》に行《い》く身《み》。一条家《いちじょうけ》を離《はな》れ、一橋家《ひとつばしけ》の人間《にんげん》となる……——結婚《けっこん》すれば、そんなことはどうでもよくなるはず)

と信《しん》じ、それからも美賀《みか》は毎日《まいにち》、花嫁修業《はなよめしゅぎょう》に励《はげ》みました。

夫《おっと》となる慶喜《よしのぶ》は聡明《そうめい》な上《うえ》に、かなりの美男《びなん》だという噂《うわさ》です。

お付《つ》きの侍女《じじょ》たちはことあるごとに、

「慶喜様《よしのぶさま》は優秀《ゆうしゅう》な上《うえ》に、ほれぼれするほどよい男《おとこ》だとか」

「母君《ははぎみ》が有栖川宮家《ありすがわのみやけ》の姫君《ひめぎみ》ですものね」

「ええ、美《うつく》しいお顔立《かおだ》ちが多《おお》い宮家《みやけ》の血《ち》を引《ひ》いてらっしゃるのですもの。まず間違《まちが》いございませんわ」

「しかも、いずれは将軍《しょうぐん》になるかもしれない御方《おかた》。美賀君様《みかぎみさま》は一生安泰《いっしょうあんたい》ですわね」

このように口々《くちぐち》に噂《うわさ》し、美賀《みか》のことをうらやましがります。

そういった話《はなし》を耳《みみ》にするたびに美賀《みか》は胸《むね》をときめかせ、

(慶喜様《よしのぶさま》……早《はや》くお会《あ》いしたいわ)

はるか江戸《えど》にいる慶喜《よしのぶ》にだんだんと想《おも》いを馳《は》せるようになったのですが——。

嘉永《かえい》7年《ねん》（1854年《ねん》）4月6日《がつむいか》、ある事件《じけん》が起《お》きてしまいました。

なんと、孝明天皇《こうめいてんのう》のおわす内裏《だいり》が炎上《えんじょう》してしまったのです！

晴《は》れた空《そら》には黒色《こくしょく》の煙《けむり》がさかんに立《た》ち昇《のぼ》り、地上《ちじょう》には紅《くれない》の炎《ほのお》が走《はし》り……。

火《ひ》は御所《ごしょ》だけでなく周辺《しゅうへん》の公家《くげ》の家屋敷《いえやしき》や町《まち》にも広《ひろ》がり、翌《よく》7日《なのか》の朝《あさ》には鎮火《ちんか》したものの、焼失家屋《しょうしつかおく》は五千《せん》四百《ひゃく》余《あま》りという大《おお》きな被害《ひがい》を出《だ》すに至《いた》りました。その中《なか》には、一条家《いちじょうけ》の屋敷《やしき》も実家《じっか》の今出川《いまでがわ》の屋敷《やしき》も入《はい》っていたのです。

御所《ごしょ》に詰《つ》めていた忠香《ただか》は孝明天皇《こうめいてんのう》をお守《まも》りして、多《おお》くの公家《くげ》たちと下賀茂神社《しもがもじんじゃ》に避難《ひなん》し、屋《や》敷《しき》にいた美賀《みか》たちも風下《かざしも》を避《さ》けて逃《に》げたので無事《ぶじ》でしたが——。

（花嫁道具《はなよめどうぐ》が……あのお道具類《どうぐるい》が……）

多《おお》くの家財《かざい》とともに豪華《ごうか》な花嫁道具《はなよめどうぐ》は、すべて灰《はい》になってしまったのです。

（千代君《ちよぎみ》の呪《のろ》い……まさかね）

花嫁道具《はなよめどうぐ》が燃《も》えたことはとても残念《ざんねん》でしたが、心《こころ》のどこかで美賀《みか》はほっとしました。千代君《ちよぎみ》の無念《むねん》が道具類《どうぐるい》に染《し》みついているような気《き》がしていたので、すべて燃《も》えてしまったことで、それから解《と》き放《はな》たれたような気《き》がしたのです。

けれど、この大火事《おおかじ》で結婚《けっこん》は先延《さきの》ばしになってしまったのでした。

千代君《ちよぎみ》の祟《たた》り？

このあとに語《かた》りますが、美賀《みか》は子《こ》を産《う》んだものの、その子《こ》はすぐに亡《な》くなってしまいます。慶《よし》喜《のぶ》の孫《まご》が記《しる》した本《ほん》によると「これは千代君《ちよぎみ》の祟《たた》り」だと徳川家《とくがわけ》には伝《つた》わっていたとか。

千代君《ちよぎみ》と慶喜《よしのぶ》との婚約《こんやく》が破談《はだん》したため、彼女《かのじょ》の身代《みが》わりに美賀《みか》が養女《ようじょ》になったわけですが、千代君《ちよぎみ》は「ひとのしあわせを奪《うば》う女《おんな》は呪《のろ》ってやる」と口走《くちばし》るようになり、美賀《みか》を刺《さ》し殺《ころ》そうとしたり、慶喜《よしのぶ》にも呪《のろ》いの言葉《ことば》を吐《は》くようになり、ついには「決《けっ》して世継《よつ》ぎは産《う》ませない。慶喜《よしのぶ》の家系《かけい》を根絶《ねだ》やしにしてやる！」と遺書《いしょ》を書《か》き、胸《むね》を突《つ》き刺《さ》して自害《じがい》したとか……。

けれど、これはどうも作《つく》り話《ばなし》のようです。千代君《ちよぎみ》は自害《じがい》などせず、越前国《えちぜんのくに》の毫摂寺《ごうしょうじ》の僧《そう》に嫁《とつ》ぎ、明治《めいじ》13年《ねん》（1880年《ねん》）に亡《な》くなりました。一条家《いちじょうけ》からの連絡《れんらく》で彼女《かのじょ》の死《し》を知《し》った慶喜《よしのぶ》は、かつての婚約者《こんやくしゃ》のために香典《こうでん》を出《だ》しています。

千代君《ちよぎみ》と美賀《みか》は一条家《いちじょうけ》にいる間《あいだ》に面識《めんしき》はあったかもしれませんが、同《おな》じ屋根《やね》の下《した》にいるのは同《おな》じ女《おんな》としてどちらも心中複雑《しんちゅうふくざつ》だったでしょうね……。

2　慶喜《よしのぶ》と結婚《けっこん》する——安政《あんせい》2年《ねん》(1855年《ねん》)——

御所《ごしょ》の大火事《おおかじ》から、約《やく》1年半後《ねんはんご》——。

安政《あんせい》2年《ねん》(1855年《ねん》)9月《がつ》15日《にち》、美賀《みか》は京《きょう》を発《た》ちました。

二百人《ひゃくにん》を超《こ》す大人数《おおにんずう》で構成《こうせい》された花嫁行列《はなよめぎょうれつ》は江戸《えど》を目指《めざ》し、東海道《とうかいどう》を東《ひがし》へ向《む》かいます。

長《なが》い間《あいだ》、御輿《みこし》に揺《ゆ》られるのは大変《たいへん》でしたが、

(江戸《えど》に行《い》けば、慶喜様《よしのぶさま》に会《あ》える……!)

と思《おも》うと、それだけで胸《むね》がときめきます。

それに東海道《とうかいどう》は行《い》く先々《さきざき》で大《おお》きな海《うみ》や、日本一《にほんいち》の富士山《ふじさん》を眺《なが》めることができ、京《きょう》にいたら絶《ぜっ》対《たい》に見《み》ることのできない風景《ふうけい》を目《め》にするだけでもうれしく、楽《たの》しいことでした。

ですが、景色《けしき》とは別《べつ》に、美賀《みか》には気《き》になることがありました。

ある宿場町《しゅくばまち》で休憩《きゅうけい》を取《と》ったとき、

「東海道《とうかいどう》はどこも人《ひと》が多《おお》いのね」

と美賀《みか》が軽《かる》くため息《いき》をつきますと、

「それはたぶん、異人《いじん》のせいでございますよ」

「異人《いじん》って、ぺりるとかいう？」

「ぺるり、です。鬼《おに》のような顔《かお》をしているという噂《うわさ》ですよ」

お付《つ》きの侍女《じじょ》たちが、「おお、怖《こわ》」と震《ふる》えて肩《かた》を縮《ちぢ》めます。

美賀《みか》が慶喜《よしのぶ》と婚約《こんやく》した翌月《よくげつ》の嘉永《かえい》6年《ねん》（1853年《ねん》）6月《がつ》と、翌年《よくとし》の嘉永《かえい》7年《ねん》（1854年《ねん》）1月《がつ》の二度《ど》にわたったアメリカのペリー艦隊《かんたい》による「黒船来航《くろふねらいこう》」のおかげで、

泰平《たいへい》の眠《ねむ》りを覚《さ》ます上喜撰《じょうきせん》　たった四杯《はい》で夜《よる》も眠《ねむ》れず

という狂歌《きょうか》が詠《よ》まれたように、日本《にほん》の国《くに》は混乱《こんらん》に陥《おちい》りました。

蒸気船《じょうきせん》にひっかけた上喜撰《じょうきせん》とは上物《じょうもの》のお茶《ちゃ》のことで、お茶《ちゃ》の作用《さよう》で夜眠《よるねむ》れなくなる状態《じょうたい》と、異国《いこく》の船《ふね》が数隻《すうせき》来《き》ただけで日本《にほん》の国《くに》は夜《よる》も眠《ねむ》れないほど大騒《おおさわ》ぎだという意味《いみ》をかけています。

江戸《えど》と京《きょう》を行《い》き来《き》する人《ひと》たちや、江戸《えど》を抜《ぬ》けてさらに東《ひがし》や北《きた》へ向《む》かう人《ひと》や、京《きょう》を抜《ぬ》けて西《にし》や南《みなみ》へ行《い》く人《ひと》たちで、東海道《とうかいどう》はごった返《がえ》しているのでした。

「幕府《ばくふ》は本当《ほんとう》に異人《いじん》を打《う》ち払《はら》えるんですかねえ」

「天皇《てんのう》さんは異人《いじん》がお嫌《きら》いです。早《はや》いとこ、追《お》い払《はら》ってほしいわ」

孝明天皇《こうめいてんのう》は攘夷派《じょういは》で、9年前《ねんまえ》に即位《そくい》してまもなく幕府《ばくふ》に対《たい》し「海防《かいぼう》を厳重《げんじゅう》にせよ」と勅令《ちょくれい》を出《だ》しました。勅令《ちょくれい》は実《じつ》に220年《ねん》ぶりのことでした。

攘夷《じょうい》とは簡単《かんたん》に言《い》えば、「外国人《がいこくじん》を追《お》い払《はら》い、国内《こくない》に入《い》れさせないこと」です。外国《がいこく》の脅威《きょうい》に屈《くっ》して、日本《にほん》の国《くに》をいいようにされてしまうことを懸念《けねん》して、孝明天皇《こうめいてんのう》は強《つよ》く攘夷《じょうい》を唱《とな》えているのでした。

(こんな大変《たいへん》な時期《じき》に、慶喜様《よしのぶさま》は幕政《ばくせい》に携《たずさ》わっていらっしゃるのね。わたくしが精一杯《せいいっぱい》、お支《ささ》えしなくては——)

1日《にち》でも早《はや》く慶喜《よしのぶ》に嫁《とつ》ぎたいという思《おも》いでいた美賀《みか》でしたが、江戸《えど》へ到着《とうちゃく》する前《まえ》にまたもやとんでもないことが起《お》きてしまいました。

10月《がつ》2日《ふつか》に「安政《あんせい》の大地震《おおじしん》」が起《お》き、川崎宿《かわさきじゅく》に足止《あしど》めされてしまったのです。

「川《かわ》を渡《わた》れば、江戸《えど》の町《まち》はすぐなのに……」

「それにしても、すごい揺《ゆ》れだったわね」

「お嫁入《よめい》りの前《まえ》だというのに、なんと不吉《ふきつ》な――」

「しっ、縁起《えんぎ》でもない」

侍女《じじょ》たちは余計《よけい》な口《くち》をきかないよう、互《たが》いに目配《めくば》せしました。

江戸《えど》のほうを見《み》ると、煙《けむり》が空《そら》に上《あ》がっているのが見《み》えます。

「……火事《かじ》だわ」

「一橋《ひとつばし》のお屋敷《やしき》は大丈夫《だいじょうぶ》でしょうかねえ」

結局《けっきょく》、３日後《みっかご》にようやく江戸《えど》に到着《とうちゃく》したものの一橋邸《ひとつばしてい》は損傷《そんしょう》がひどくて入《はい》れず、美賀《みか》は江戸《えど》城《じょう》の本丸《ほんまる》にしばらく滞在《たいざい》することになり……。それで一橋家《ひとつばしけ》より先《さき》に大奥《おおおく》へあいさつにうかがい、美賀《みか》は時《とき》の将軍《しょうぐん》、第《だい》十三代《だい》・家定《いえさだ》の生母《せいぼ》・本寿院《ほんじゅいん》と対面《たいめん》しました。

「一条忠香《いちじょうただか》が養女《むすめ》、美賀《みか》でございます。末永《すえなが》くよろしくお願《ねが》いします」

「美賀君様《みかぎみさま》、まずは一橋慶喜殿《ひとつばしよしのぶどの》とのご婚約《こんやく》おめでとうございます。一橋《ひとつばし》のお屋敷《やしき》が落《お》ち着《つ》くまで、どうぞゆっくりなさってくださいませ」

「ありがとうございます」

やさしい言葉《ことば》をかけられて、美賀《みか》は礼《れい》を言《い》いましたが、本寿院《ほんじゅいん》の目《め》は鋭《するど》く険《けわ》しいものでした。

（話《はなし》には聞《き》いていたけれど、慶喜様《よしのぶさま》が大奥《おおおく》で嫌《きら》われているのは本当《ほんとう》なのだわ）

正確《せいかく》に言《い》えば、慶喜《よしのぶ》の実父《じっぷ》・水戸《みと》の徳川斉昭《とくがわなりあき》が大奥《おおおく》の女《おんな》たちから快《こころよ》く思《おも》われていないからなのですが――。

（それにしても、なんという贅沢《ぜいたく》なところでしょう）

本寿院《ほんじゅいん》の前《まえ》に出《で》る前《まえ》も辞《じ》したあとも、美賀《みか》は大奥《おおおく》の豪華《ごうか》さに圧倒《あっとう》されっぱなしでした。

美賀《みか》は公家《くげ》のお姫様《ひめさま》といっても父親《ちちおや》が早《はや》くに亡《な》くなったせいもあり、質素《しっそ》な暮《く》らしを余儀《よぎ》なくされていたのです。

（慶喜様《よしのぶさま》が将軍《しょうぐん》におなりになったら、わたくしもここに入《はい》らなければいけないのかしら……）

美賀《みか》は先《さき》ほど会《あ》った本寿院《ほんじゅいん》のように上座《かみざ》に座《すわ》り、きらびやかな着物《きもの》をまとった多《おお》くの女《おんな》たちにかしずかれる自分《じぶん》を想像《そうぞう》しようとしましたが、うまくできませんでした。

その後《ご》、一橋邸《ひとつばしてい》の修復《しゅうふく》が終《お》わり、無事《ぶじ》にそちらに移《うつ》った美賀《みか》は、12月3日《がつみっか》、慶喜《よしのぶ》と結婚式《けっこんしき》を挙《あ》げました。

「生《い》き弁天《べんてん》という噂《うわさ》は、まことであったな」

「うむ、実《じつ》に美《うつく》しい花嫁様《はなよめさま》じゃ」

「慶喜様《よしのぶさま》とはまさにお似合《にあ》い」

一橋家《ひとつばしけ》の家臣《かしん》たちは美賀《みか》の花嫁姿《はなよめすがた》を見《み》て、皆《みな》、ため息《いき》をつきます。

花嫁衣装《はなよめいしょう》に身《み》を包《つつ》み、慶喜《よしのぶ》の隣《となり》に座《すわ》った美賀《みか》でしたが、夫《おっと》の顔《かお》を見《み》ることはできません。

式《しき》の間中《あいだじゅう》、花嫁《はなよめ》は慎《つつ》ましくうつむいていないといけないのです。

ようやく床入《とこい》りの時間《じかん》になり、美賀《みか》は寝室《しんしつ》で花婿《はなむこ》が来《く》るのを待《ま》ちました。

（やっとお顔《かお》が拝見《はいけん》できるわ）

どきどきしながら布団《ふとん》の横《よこ》で指《ゆび》をついて待《ま》っていますと、襖《ふすま》が開《ひら》き、慶喜《よしのぶ》が入《はい》ってきました。

「美賀《みか》でございます。慶喜様《よしのぶさま》、幾久《いくひさ》しくよろしゅうお願《ねが》い申《もう》し上《あ》げます」

「うむ、面《おもて》を上《あ》げよ」

緊張《きんちょう》しつつ、そっと顔《かお》を上《あ》げた美賀《みか》は思《おも》わず夫《おっと》の顔《かお》に見《み》とれてしまいました。

（噂《うわさ》にたがわず、整《ととの》った顔立《かおだ》ちの御方《おかた》……）

慶喜《よしのぶ》は涼《すず》しげな目元《めもと》の美男子《びなんし》でした。生母《せいぼ》が宮家《みやけ》の出身《しゅっしん》というのは知《し》っていましたが、本当《ほんとう》にそうなのだ、と夫《おっと》を目《め》の前《まえ》にして、美賀《みか》は改《あらた》めて思《おも》いました。

慶喜《よしのぶ》にはうちからにじみ出《で》る雅《みやび》な雰囲気《ふんいき》に加《くわ》え、東男《あずまおとこ》の荒々《あらあら》しさを秘《ひ》めているような、不思《ふし》議《ぎ》な魅力《みりょく》があります。

「私《わたし》の顔《かお》がそんなに珍《めずら》しいか？」

「あ、いえ、そういうわけでは……。やっと嫁《とつ》げたうれしさで、つい」

慎《つつ》ましく頬《ほお》を染《そ》める美賀《みか》に、慶喜《よしのぶ》は「そうか」と軽《かる》くうなずき、

「京《きょう》の姫《ひめ》であれば徳信院様《とくしんいんさま》とも気《き》が合《あ》うであろう。いろいろとお話《はなし》をうかがい、一橋《ひとつばし》の家《いえ》に早《はや》く慣《な》れるよう」

と言《い》いました。徳信院《とくしんいん》というのは一橋家《ひとつばしけ》の先々代《せんせんだい》の当主《とうしゅ》の正室《せいしつ》で、慶喜《よしのぶ》の義理《ぎり》の祖母《そぼ》にあたる、伏見宮家《ふしみのみやけ》出身《しゅっしん》の姫《ひめ》です。

「それと……そなたにもうひとつ言《い》っておくことがある」

「はい、なんでしょうか」

「私《わたし》は将軍《しょうぐん》になるつもりはない」

実《じつ》にさばさばと慶喜《よしのぶ》が言《い》ってのけたので、美賀《みか》は目《め》をぱちくりさせてしまいました。

(この方《かた》は将来《しょうらい》、将軍《しょうぐん》になる御方《おかた》では——?)

美賀《みか》は慶喜《よしのぶ》との婚約《こんやく》が幕府《ばくふ》に認《みと》められてからというもの、ずっとそのつもりでいたのです。ですので、まさかその本人《ほんにん》からそんな言葉《ことば》が出《で》るとは思《おも》ってもみなかったのでした。

「次《つぎ》の将軍《しょうぐん》は、家定公《いえさだこう》の従弟《いとこ》の慶福公《よしとみこう》がなればいいと思《おも》っている。まだ子《こ》どもだが頭《あたま》もいい。将軍家《しょうぐんけ》と血筋《ちすじ》も近《ちか》いし、申《もう》し分《ぶん》ない」

相次《あいつ》いでふたりの正室《せいしつ》に先立《さきだ》たれた家定《いえさだ》には、三人目《にんめ》の正室《せいしつ》として薩摩《さつま》の姫《ひめ》が予定《よてい》されているようですが、家定《いえさだ》がもともと病弱《びょうじゃく》なので子《こ》は望《のぞ》めない……というのが幕府《ばくふ》の見解《けんかい》でした。

そこで次代《じだい》の将軍候補《しょうぐんこうほ》をめぐって、幕府《ばくふ》は慶喜《よしのぶ》を推《お》す「一橋派《ひとつばしは》」と、紀州徳川家《きしゅうとくがわけ》の慶福《よしとみ》（のちの家茂《いえもち》）を推《お》す「南紀派《なんきは》」のふたつに分《わ》かれ、勢力争《せいりょくあらそ》いが続《つづ》いていました。

なのに、その渦中《かちゅう》にいる本人《ほんにん》が、敵対《てきたい》する側《がわ》の人間《にんげん》を推《お》す言葉《ことば》を口《くち》にしたので、美賀《みか》はただただ目《め》を丸《まる》くしてしまったのです。

「私《わたし》が将軍《しょうぐん》になりたくないのは謙遜《けんそん》ではない、本心《ほんしん》だ」

そう言《い》って、慶喜《よしのぶ》は以前《いぜん》、父《ちち》・斉昭《なりあき》に宛《あ》てて書《か》いた手紙《てがみ》の内容《ないよう》を話《はな》してくれました。

「あれは2年《ねん》ぐらい前《まえ》だったか……。私《わたし》は父上《ちちうえ》に、はっきり嫌《いや》だと言《い》ったのだ。この時世《じせい》に天下《てんか》を取《と》るのは骨折《ほねお》りをするだけだと。将軍《しょうぐん》にならずに立《た》ち回《まわ》るほうが、利口《りこう》なやり方《かた》だとな。そなたが将軍《しょうぐん》の御台所《みだいどころ》として栄華《えいが》を極《きわ》めたいと思《おも》っているのなら、見当違《けんとうちが》いだ。あきれたのなら、早々《そうそう》に京《きょう》へ帰《かえ》るがいい」

「いえ、あきれるなんてそんな……。では、わたくしは大奥《おおおく》に入《はい》らずに済《す》むのですね」

よかった、と笑《わら》う美賀《みか》を見《み》て、今度《こんど》は慶喜《よしのぶ》が目《め》を丸《まる》くする番《ばん》でした。

「そなた、本当《ほんとう》に将軍《しょうぐん》の御台所《みだいどころ》の座《ざ》に執着《しゅうちゃく》はないと申《もう》すのか」

「ええ、あそこは性《しょう》に合《あ》いませぬ。贅沢《ぜいたく》すぎます」

「そうか、そなたとは気《き》が合《あ》いそうだな。そなたが嫁《よめ》で父上《ちちうえ》も喜《よろこ》ばれると思《おも》う」

慶喜《よしのぶ》は楽《たの》しそうに笑《わら》いました。斉昭《なりあき》は倹約家《けんやくか》で知《し》られているのです。

(この方《かた》とはよい夫婦《めおと》になれそう)

美賀子《みかこ》は、そっと微笑《ほほえ》みました。

慶喜《よしのぶ》十九歳《さい》、美賀《みか》二十一歳《さい》の冬《ふゆ》でした。


結婚《けっこん》して約《やく》4か月後《げつご》の安政《あんせい》3年《ねん》(1856年《ねん》)4月下旬《がつげじゅん》。

慶喜《よしのぶ》の父《ちち》・斉昭《なりあき》から、美賀《みか》にあるものが贈《おく》られてきました。

「まあ……」

それは、なんと斉昭《なりあき》が自分《じぶん》で作《つく》ったという琵琶《びわ》でした。

婚礼《こんれい》の儀《ぎ》には斉昭《なりあき》は出席《しゅっせき》できなかったので、お祝《いわ》いにと贈《おく》ってくれたのです。

「義父上様《ちちうえさま》はなんと器用《きよう》な御方《おかた》なのでしょう」

「父《ちち》からの手紙《てがみ》がついておった。〝生《い》き弁天《べんてん》〟のように美《うつく》しいそなたの演奏《えんそう》をとても楽《たの》しみにしていると」

「では、お義父上《ちちうえ》にお聴《き》かせするために、もっと上手《じょうず》にならなくては」

美賀《みか》はうれしくて、しばらくは琵琶《びわ》に夢中《むちゅう》になりました。

(一条《いちじょう》の義父上《ちちうえ》といい、水戸《みと》の義父上《ちちうえ》といい、わたくし、お父上《ちちうえ》とお呼《よ》びする方《かた》には恵《めぐ》まれましたわ。でも……)

美賀《みか》は重《おも》いため息《いき》をつきました。

たとえば、京《きょう》と違《ちが》って江戸《えど》の料理《りょうり》は味付《あじつ》けが濃《こ》いとか、正月《しょうがつ》の雑煮《ぞうに》は味噌仕立《みそじた》てではなく、すまし汁《じる》だとか、いろんな違《ちが》いがわかるたびにため息《いき》をつくことはありましたが、それらは今《いま》、心《こころ》に暗《くら》い影《かげ》を落《お》としていることに比《くら》べれば、些細《ささい》なことでした。

「あ……」

(今日《きょう》も始《はじ》まったわ)

琵琶《びわ》を弾《ひ》くのをやめた美賀《みか》の耳《みみ》に、男女《だんじょ》が揃《そろ》って謡《うた》う声《こえ》が聞《き》こえてきました。

「いや……っ!」

それは、義祖母《そぼ》の徳信院直子《とくしんいんつねこ》と慶喜《よしのぶ》が謡曲《ようきょく》の練習《れんしゅう》をしている声《こえ》でした。

義理《ぎり》の祖母《そぼ》といっても、直子《つねこ》は慶喜《よしのぶ》より七つ上《うえ》――美賀《みか》とは五歳違《さいちが》いの若《わか》さなのです。

直子《つねこ》は伏見宮家《ふしみのみやけ》から一橋家《ひとつばしけ》へ嫁《とつ》いだ姫《ひめ》。もとは格下《かくした》の清華家《せいがけ》のひとつである今出川家《いまでがわけ》の出《で》で一条家《いちじょうけ》の養女《ようじょ》となった美賀《みか》とは格《かく》が違《ちが》う上《うえ》に、義祖母《そぼ》という立場《たちば》では楯突《たてつ》くことも――というか、楯突《たてつ》くような強《つよ》さも、おとなしい美賀《みか》にはないのですが……。

(まるで夫婦《めおと》のよう……ああ、聞《き》きたくない聞《き》きたくない)

ふたりの都合《つごう》が合《あ》う日《ひ》は、決《き》まって謡曲《ようきょく》の練習《れんしゅう》がはじまります。

慶喜《よしのぶ》が十一歳《さい》で水戸《みと》の徳川家《とくがわけ》から一橋家《ひとつばしけ》の養子《ようし》に入《はい》って以降《いこう》、直子《つねこ》とは同《おな》じ屋敷《やしき》で暮《く》らしてきたので、仲《なか》のよい姉弟《きょうだい》のようなものだと、一橋家《ひとつばしけ》の家臣《かしん》や侍女《じじょ》たちは言《い》うのですが――。

声《こえ》の感《かん》じを聞《き》けば、どれだけふたりが親密《しんみつ》なのかがわかります。

(あれが姉弟《きょうだい》みたいなものだなんて嘘《うそ》よ。心《こころ》が通《かよ》い合《あ》っていれば、恋人《こいびと》と同《おな》じだわ!)

ある晩《ばん》、我慢《がまん》ならなくなった美賀《みか》は、着物《きもの》の裾《すそ》をさばいて廊下《ろうか》を走《はし》り、ふたりが練習《れんしゅう》している部屋《へや》へ飛《と》び込《こ》みました。はしたない、などと思《おも》う余裕《よゆう》などありません。

「やめて! もうやめてやめてやめて!」

取《と》り乱《みだ》して叫《さけ》ぶ美賀《みか》を、追《お》ってきた侍女《じじょ》たちが止《と》めにかかります。

「奥方様《おくがたさま》!」

「お部屋《へや》へお戻《もど》りくださいませ！」

「あぁぁぁぁぁ……！」

部屋《へや》へ連《つ》れ戻《もど》された美賀《みか》は泣《な》き続《つづ》けましたが、いつまで経《た》っても夫《おっと》が様子《ようす》を見《み》にくる気配《けはい》がありません。

(徳信院様《とくしんいんさま》が慶喜様《よしのぶさま》を引《ひ》き留《と》めておいでなのだわ！)

本当《ほんとう》にそうなのかどうかわかりませんが、

(我《われ》を忘《わす》れて取《と》り乱《みだ》すなど、宮家《みやけ》の姫《ひめ》にあるまじきこと！　あのような女《おんな》は捨《す》て置《お》け、と言《い》っているに決《き》まってる！)

あれこれ邪推《じゃすい》していると、やっと慶喜《よしのぶ》がやってきました。

「先《さき》ほどのあれはなんだ？　みっともない。謡曲《ようきょく》の練習《れんしゅう》をするのは、私《わたし》と徳信院様《とくしんいんさま》の楽《たの》しみなのだ。それをあのように邪魔《じゃま》しおって」

慶喜《よしのぶ》は怒《おこ》っていました。

そんな夫《おっと》を見《み》て、美賀《みか》は失望《しつぼう》しました。

(この人《ひと》は、なにもわかってない！)

女心《おんなごころ》がわからないというより、人《ひと》としての気遣《きづか》いが足《た》りないのです。ここに来《き》たのも、なかなか腰《こし》を上《あ》げない慶喜《よしのぶ》に対《たい》し、直子《つねこ》が美賀《みか》の様子《ようす》を見《み》に行《い》くように促《うなが》したからでしょう。

だからと言《い》って、直子《つねこ》に対《たい》する嫉妬《しっと》が収《おさ》まるわけではなく――。

(わたくしという嫁《よめ》がいるのに、慶喜様《よしのぶさま》をひとり占《じ》めするような真似《まね》をする徳信院様《とくしんいんさま》もどうかと思《おも》うわ!)

それでも、美賀《みか》はあやまるしかありません。

悔《くや》しいけれど、自分《じぶん》が悪《わる》いことをしたのは事実《じじつ》だからです。

「申《もう》し訳《わけ》ございません……。わたくし、どうかしておりました」

「……わかればよい」

まだ怒《おこ》っている声音《こわね》で慶喜《よしのぶ》はそう言《い》い、出《で》て行《い》きました。

それからしばらく、美賀《みか》の部屋《へや》に慶喜《よしのぶ》が来《く》ることはありませんでした。

夜《よる》をともに過《す》ごすことがなくなったのです。

夫婦関係《ふうふかんけい》に亀裂《きれつ》が入《はい》ったことは、一橋家《ひとつばしけ》にとってはゆゆしき問題《もんだい》で、

「このままでは後継《あとつ》ぎができないぞ」

「奥方様《おくがたさま》はいずれ、京《きょう》へお戻《もど》りになってしまうのではないか」

と家中《かちゅう》の者《もの》たちは懸念《けねん》しましたが――。

結婚《けっこん》して半年後《はんとしご》、美賀《みか》は京《きょう》へ帰《かえ》るどころか驚《おどろ》くべき行動《こうどう》に出《で》たのです。

（わたくしには居場所《いばしょ》がない……）

美賀《みか》は、なにもかも嫌《いや》になっていました。

千代君《ちよぎみ》の身代《みが》わりで結婚《けっこん》し、夫《おっと》は妻《つま》ではなく義理《ぎり》の祖母《そぼ》と夫婦《ふうふ》のように仲睦《なかむつ》まじく毎晩《まいばん》、謡曲《ようきょく》を謡《うた》い、笑《わら》い合《あ》っている――。

（わたくしなど、消《き》えてなくなればいい……）

安政《あんせい》３年《ねん》（１８５６年《ねん》）６月《がつ》16日《にち》。

思《おも》いつめた美賀《みか》は、自分《じぶん》で自分《じぶん》の命《いのち》を絶《た》とうと決《き》めたのです。

慶喜《よしのぶ》の父《ちち》・徳川斉昭《とくがわなりあき》とは

慶喜《よしのぶ》の実家《じっか》、水戸《みと》の徳川家《とくがわけ》は尾張《おわり》、紀州《きしゅう》と並《なら》ぶ徳川御三家《とくがわごさんけ》のひとつです。その水戸藩第九代《みとはんだいだい》藩主《はんしゅ》・徳川斉昭《とくがわなりあき》は「質素倹約《しっそけんやく》」を掲《かか》げていたため、大奥《おおおく》の女性《じょせい》たちにかなり嫌《きら》われていたようですが、いわゆる〝水戸《みと》の三田《さんでん》〟と呼《よ》ばれる藤田東湖《ふじたとうこ》、武田耕雲斎《たけだこううんさい》、戸田蓬軒《とだほうけん》など優秀《ゆうしゅう》な人材《じんざい》を登用《とうよう》し、藩《はん》の財政改革《ざいせいかいかく》を推進《すいしん》。宮家《みやけ》から妻《つま》を迎《むか》えたり、藩校《はんこう》・弘道館《こうどうかん》を作《つく》ったり、日本《にほん》三大《だい》庭園《ていえん》のひとつと謳《うた》われる偕楽園《かいらくえん》を造《つく》ったり、大砲《たいほう》の鋳造《ちゅうぞう》や「追鳥狩《おいとりがり》」と呼《よ》ばれる大規模《だいきぼ》な軍事《ぐんじ》訓練《くんれん》を行《おこな》ったり、と精力的《せいりょくてき》な人物《じんぶつ》でした。

第《だい》十二代将軍《だいしょうぐん》・家慶《いえよし》の提案《ていあん》で御三卿《ごさんきょう》のひとつ、一橋家《ひとつばしけ》に七男《なん》の慶喜《よしのぶ》を養子《ようし》に出《だ》したのは、御《ご》三卿《さんきょう》からなら将軍《しょうぐん》になる可能性《かのうせい》があり、優秀《ゆうしゅう》な慶喜《よしのぶ》なら将軍《しょうぐん》になるのにふさわしいと考《かんが》えたからです。けれど、皮肉《ひにく》なことに「篤姫《あつひめ》」の物語《ものがたり》で見《み》たように、斉昭《なりあき》が大奥《おおおく》の女性《じょせい》たちに嫌《きら》われていたため、将軍継嗣問題《しょうぐんけいしもんだい》は難航《なんこう》するはめに……。

それはさておき、斉昭《なりあき》は美賀《みか》に手作《てづく》りの琵琶《びわ》を贈《おく》ったりと、手先《てさき》も大変器用《たいへんきよう》だったようです。書《しょ》も独特《どくとく》の字体《じたい》で、まるでアート作品《さくひん》のような書状《しょじょう》も残《のこ》っています。

3 我《わ》が子《こ》の誕生《たんじょう》と死《し》——安政《あんせい》5年《ねん》(1858年《ねん》)——

暗闇《くらやみ》の中《なか》を、美賀《みか》は走《はし》っていました。

背後《はいご》からは男《おとこ》と女《おんな》が謡《うた》う声《こえ》が聞《き》こえてきます。慶喜《よしのぶ》と直子《つねこ》が謡曲《ようきょく》を謡《うた》っているのです。

(ああ、なんて、おぞましい……)

歌声《うたごえ》が聞《き》こえない場所《ばしょ》まで行《い》きたくて、耳《みみ》を塞《ふさ》ぎながら駆《か》けていくと、河原《かわら》の前《まえ》に出《で》ました。

(これは、三途《さんず》の川《かわ》?)

次《つぎ》の瞬間《しゅんかん》、美賀《みか》は思《おも》い出《だ》しました。

「そうだわ……わたくし、死《し》のうとしたんだわ」

(この川《かわ》を渡《わた》れば、あの世《よ》に行《い》ける……)

そう思《おも》ったときでした。

「美賀《みか》!」

誰《だれ》かに名《な》を呼《よ》ばれた瞬間《しゅんかん》、手首《てくび》をつかまれ、後《うし》ろに引《ひ》っ張《ぱ》られたのです。

「……賀《か》……美賀《みか》！　気《き》がついたか？」

目《め》を覚《さ》ますと、夫《おっと》・慶喜《よしのぶ》の顔《かお》がありました。

「あ、わたくし……死《し》ん……」

死《し》んだのではないの？　とかすれる声《こえ》でつぶやく美賀《みか》の言葉《ことば》を遮《さえぎ》り、

「そなたはただ、高《たか》いところから落《お》ちただけだ」

と慶喜《よしのぶ》が強《つよ》く言《い》いました。その瞬間《しゅんかん》、妻《つま》が自殺《じさつ》しようとしたことを周《まわ》りの者《もの》たちに悟《さと》られたくないのだ、と美賀《みか》は察《さっ》しました。

「……そうです。わたくし、お部屋《へや》の欄間《らんま》が見事《みごと》だったので、よく見《み》ようとして脇息《きょうそく》を下《した》に持《も》っていって、それに乗《の》って……うっかりしてしまいました」

短刀《たんとう》で首《くび》や胸《むね》を突《つ》けば痛《いた》いですし、身体《からだ》が血《ち》で汚《よご》れるのも嫌《いや》だったので、下帯《したおび》を欄間《らんま》に引《ひ》っかけて作《つく》った輪《わ》で首《くび》をくくったのです。

（なぜかしら……。わたくし、この方《かた》のせいで死《し》のうとしたのに）

今《いま》、責《せ》める気《き》になれないのは、慶喜《よしのぶ》が手《て》を握《にぎ》っているせいだと思《おも》いました。

こうして一命《いちめい》を取《と》りとめた美賀《みか》は、しばらく寝込《ねこ》み……。

その間《あいだ》は、慶喜《よしのぶ》と直子《つねこ》は謡曲《ようきょく》の練習《れんしゅう》をやめたらしく、半月経《はんつきた》っても、ひと月経《つきた》っても、あの忌々《いまいま》しい歌声《うたごえ》が聞《き》こえてくることはなく——。

3か月後《げつご》の9月《くがつ》、美賀《みか》はようやく日常生活《にちじょうせいかつ》に戻《もど》ることができ、「床払《とこばら》いの儀《ぎ》」——すなわち、快気祝《かいきいわ》いが行《おこな》われました。

そののち、慶喜《よしのぶ》はまた美賀《みか》の部屋《へや》で寝《ね》るようになりました。妻《つま》を追《お》い詰《つ》めたことを反省《はんせい》したのか、それとも後継《あとつ》ぎを作《つく》らねばという義務感《ぎむかん》からなのか、どちらなのかはわかりません。

夫婦《ふうふ》らしい会話《かいわ》も特《とく》にありませんが、それでいいと美賀《みか》は思《おも》いました。

言葉《ことば》を交《か》わさなくとも夫《おっと》のそばにいることで、心《こころ》の隙間《すきま》を埋《う》めることができたのです。

(こればかりは徳信院様《とくしんいんさま》にはできぬこと……。いずれ、慶喜様《よしのぶさま》は側室《そくしつ》を迎《むか》えるでしょうけど、その者《もの》たちは決《けっ》して正室《せいしつ》にはなれぬ身《み》。この座《ざ》はわたくしだけのものなのだから)

美賀《みか》はやがて身《み》ごもり、安政《あんせい》5年《ねん》(1858年《ねん》)5月1日《がっついたち》、「着帯《ちゃくたい》の儀《ぎ》」が行《おこな》われました。

美賀《みか》が懐妊《かいにん》した頃《ころ》、幕政《ばくせい》は大《おお》きく揺《ゆ》れていました。

大老《たいろう》の座《ざ》に就《つ》いた南紀派《なんきは》の井伊直弼《いいなおすけ》が、「次期将軍《じきしょうぐん》は紀州《きしゅう》の徳川慶福公《とくがわよしとみこう》に決《き》まった」と発表《はっぴょう》して慶喜《よしのぶ》の父《ちち》、水戸《みと》の徳川斉昭《とくがわなりあき》ら反対派《はんたいは》の粛清《しゅくせい》をはじめ、それに伴《ともな》い、慶喜《よしのぶ》も登城停止処分《とじょうていししょぶん》を食《く》らってしまったのです。

美賀《みか》が臨月《りんげつ》を迎《むか》えたのは、慶喜《よしのぶ》がまさに登城停止処分《とじょうていししょぶん》を受《う》けた7月《がつ》でした。

いらだっている夫《おっと》を見《み》ているのはつらかったのですが、

(丈夫《じょうぶ》な男子《おのこ》を産《う》んで、慶喜様《よしのぶさま》を喜《よろこ》ばせたい……!)

と思《おも》い、それだけを願《ねが》って出産《しゅっさん》する日《ひ》を待《ま》ちました。

そうして7月《がつ》16日《にち》、美賀《みか》は待望《たいぼう》の第一子《だいいっし》を産《う》み落《お》としたのですが――。

生《う》まれたのは泣《な》き声《ごえ》の細《ほそ》い、小《ちい》さな赤《あか》ちゃんでした。

「姫《ひめ》……」

(この子《こ》が男子《おのこ》だったらよかったのに)

これでは慶喜《よしのぶ》は喜《よろこ》ばせられない……と、少《すこ》しがっかりしましたが、我《わ》が子《こ》はやはりかわいいもの。

「なんて小《ちい》さくて愛《あい》らしいのでしょう。この子《こ》はきっとお父様《とうさま》に似《に》たのね、鼻筋《はなすじ》が通《とお》っているわ。きっと美人《びじん》になるわね」

美賀《みか》は我《わ》が子《こ》の誕生《たんじょう》を喜《よろこ》ぶと同時《どうじ》に、「徳信院様《とくしんいんさま》にはできぬことを成《な》し遂《と》げたわ」と勝《か》ち誇《ほこ》ったような気持《きも》ちにもなりました。

(この子《こ》がいてくれれば、妬《ねた》み心《ごころ》も起《お》こらなくなる)

妻《つま》として母《はは》として、美賀《みか》は新《あたら》しい強《つよ》さを手《て》に入《い》れたのです。

しばらくしてから、初《はじ》めての子《こ》を見《み》に慶喜《よしのぶ》が会《あ》いに来《き》ました。久《ひさ》しぶりに見《み》る夫《おっと》は顔色《かおいろ》も悪《わる》く、覇気《はき》がありません。

慶喜《よしのぶ》はただ、じっと赤《あか》ん坊《ぼう》を見《み》つめています。

女《おんな》でも男《おとこ》でもどちらでも構《かま》わないと思《おも》っていたのか、それとも女《おんな》でがっかりしたのか、初《はじ》めての自分《じぶん》の子《こ》を前《まえ》に、なかなか実感《じっかん》が湧《わ》かずにとまどっているのか――とにかく、なにを考《かんが》えているのか、わからない顔《かお》でした。

「このような時《とき》に生《う》まれてくるとは……不憫《ふびん》な子《こ》だ。姫《ひめ》でよかったかもしれぬ。男子《おのこ》ならば、我《わ》が家《や》の不幸《ふこう》を背負《せお》っていかねばならぬからな」

慶喜《よしのぶ》はひとりごとのように言《い》うと、すぐに部屋《へや》から出《で》て行《い》ってしまいました。

夫《おっと》の姿《すがた》が消《き》えたとたん、美賀《みか》の胸《むね》は悲《かな》しみに襲《おそ》われました。

（この子《こ》がかわいそう……）

涙《なみだ》を流《なが》すほど我《わ》が子《こ》の誕生《たんじょう》を喜《よろこ》んでほしいとまでは思《おも》っていませんでしたが、あまりにも淡泊《たんぱく》すぎます。

このようなときに生《う》まれたから、手放《てばな》しで喜《よろこ》べない。

そんなふうにも取《と》れますが、慶喜《よしのぶ》はやはり人《ひと》としての気遣《きづか》いが足《た》りないのだと、美賀《みか》は思《おも》いました。

（この子《こ》はわたくしがしっかり育《そだ》てねば）

父親《ちちおや》からの愛情《あいじょう》が期待《きたい》できない分《ぶん》、たくさん愛《あい》してあげようと思《おも》っていたのですが、不幸《ふこう》なことに4日後《よっかご》、赤《あか》ん坊《ぼう》が息《いき》を引《ひ》き取《と》ってしまいました。

（わたくしが男子《おのこ》だったらよかったのに、なんて思《おも》ったから……！）

美賀《みか》は激《はげ》しく自分《じぶん》を責《せ》めました。

一橋家《ひとつばしけ》に最初《さいしょ》に生《う》まれた子《こ》は名《な》も付《つ》けられず、ひっそりと短《みじか》い人生《じんせい》を終《お》えたのです。

暗《くら》い日々《ひび》

悪《わる》いことは重《かさ》なるもので、翌安政《よくあんせい》６年《ねん》（１８５９年《ねん》）８月《がつ》、慶喜《よしのぶ》は正式《せいしき》に隠居謹慎処分《いんきょきんしんしょぶん》を食《く》らってしまいました。慶喜《よしのぶ》は意地《いじ》なのか、昼間《ひるま》も雨戸《あまど》を締《し》め切《き》った部屋《へや》で暮《く》らし、徹底《てってい》した謹慎生活《きんしんせいかつ》を送《おく》ったそうです。この間《かん》、おそらく美賀《みか》との夜《よる》の生活《せいかつ》もなかったものと思《おも》われます。ただでさえギクシャクしていた夫婦《ふうふ》の仲《なか》が完全《かんぜん》に冷《さ》めていくのを、美賀《みか》はどのような気持《きも》ちで受《う》け止《と》めていたのか……。

慶喜《よしのぶ》の謹慎《きんしん》が解《と》けたのは、「桜田門外《さくらだもんがい》の変《へん》」の半年後《はんとしご》――万延元年《まんえんがんねん》（１８６０年《ねん》）９月４日《くがつよっか》のことでした。それでもまだ親族《しんぞく》との面会《めんかい》や手紙《てがみ》のやりとりはダメで、これらも許《ゆる》されたのは文久《ぶんきゅう》２年《ねん》（１８６２年《ねん》）４月《がつ》25日《にち》のことです。３年半《ねんはん》に及ぶ謹慎処分《きんしんしょぶん》の間《あいだ》に慶喜《よしのぶ》は二十二歳《さい》から二十六歳《さい》になっていました。

ちなみに、実父《じっぷ》の斉昭《なりあき》は永蟄居処分《えいちっきょしょぶん》のまま、失意《しつい》のうちに亡《な》くなっています。

4 慶喜《よしのぶ》が徳川幕府《とくがわばくふ》第十五代将軍《だいしょうぐん》となる――慶応《けいおう》2年《ねん》(1866年《ねん》)――

慶喜《よしのぶ》が謹慎《きんしん》している間《あいだ》、世《よ》の中《なか》は目まぐるしく動《うご》いていき――。

安政《あんせい》5年《ねん》(1858年《ねん》)10月《がつ》25日《にち》、第《だい》十四代将軍《だいしょうぐん》の座《ざ》にまだ十三歳《さい》の慶福《よしとみ》が就《つ》き、名《な》を家茂《いえもち》と改《あらた》めました。

幕政《ばくせい》は大老《たいろう》の井伊《いい》を中心《ちゅうしん》に動《うご》き、のちに「安政《あんせい》の大獄《たいごく》」と呼《よ》ばれる弾圧《だんあつ》の嵐《あらし》がはじまり、それは翌年《よくとし》の安政《あんせい》6年《ねん》(1859年《ねん》)10月《がつ》まで続《つづ》きました。

厳《きび》しすぎる弾圧《だんあつ》は、大《おお》きな反発《はんぱつ》を生《う》み……。安政《あんせい》7年《ねん》(1860年《ねん》)3月3日《がつみっか》。雪《ゆき》の降《ふ》る朝《あさ》、江戸城《えどじょう》の桜田門《さくらだもん》の前《まえ》で井伊《いい》が襲《おそ》われ、命《いのち》を落《お》としました。

この「桜田門外《さくらだもんがい》の変《へん》」で、幕府《ばくふ》の権威《けんい》は失墜《しっつい》。

その後《ご》、幕府《ばくふ》は朝廷《ちょうてい》と「公武合体政策《こうぶがったいせいさく》」をはかり、孝明天皇《こうめいてんのう》の妹《いもうと》・和宮《かずのみや》を将軍《しょうぐん》・家茂《いえもち》の正室《せいしつ》に迎《むか》えることに成功《せいこう》し、なんとか威信《いしん》を回復《かいふく》しました。

そうした中《なか》、慶喜《よしのぶ》は将軍後見職《しょうぐんこうけんしょく》に就《つ》き、幕政《ばくせい》に復帰《ふっき》することになり……。

文久《ぶんきゅう》3年《ねん》（1863年《ねん》）3月《がつ》、慶喜《よしのぶ》は生《う》まれて初《はじ》めて京《きょう》の都《みやこ》に入《はい》りました。

和宮降嫁《かずのみやこうか》の条件《じょうけん》に「攘夷《じょうい》を実行《じっこう》する」という項目《こうもく》があり、そのことについて朝廷《ちょうてい》と話《はな》し合《あ》うために将軍《しょうぐん》・家茂《いえもち》に先立《さきだ》ち、上洛《じょうらく》したのです。

諸外国《しょがいこく》が次々《つぎつぎ》と日本《にほん》に対《たい》して通商《つうしょう》を求《もと》めてきている中《なか》、（攘夷《じょうい》など、もはや不可能《ふかのう》）

と幕府《ばくふ》は考《かんが》えていましたが、約束《やくそく》は約束《やくそく》です。

上洛《じょうらく》すると、孝明天皇《こうめいてんのう》がさっそく攘夷祈願《じょういきがん》を行《おこな》うとして賀茂上下両社《かもかみしもりょうしゃ》へ行幸《ぎょうこう》し、家茂《いえもち》と慶喜《よしのぶ》が同行《どうこう》しました。

そのとき、行列《ぎょうれつ》を見物《けんぶつ》していた人々《ひとびと》の中《なか》から、

「よっ！　征夷大将軍《せいいたいしょうぐん》！」

と野次《やじ》が飛《と》びました（長州藩《ちょうしゅうはん》の高杉晋作《たかすぎしんさく》の野次《やじ》だったという説《せつ》があります）。

それは、なかなか攘夷《じょうい》を実行《じっこう》しない幕府《ばくふ》に対《たい》する皮肉《ひにく》でした。

そして、翌《よく》4月《がつ》。また攘夷祈願《じょういきがん》のため、岩清水八幡宮《いわしみずはちまんぐう》に行幸《ぎょうこう》するので将軍《しょうぐん》に同行《どうこう》するよう、朝廷《ちょうてい》から要請《ようせい》がありました。

神様《かみさま》の前《まえ》で、天皇自《てんのうみずか》ら将軍《しょうぐん》に「征夷《せいい》の節刀《せっとう》」を授《さず》ける儀式《ぎしき》を行《おこな》うためです。

「征夷大将軍《せいいたいしょうぐん》」の「征夷《せいい》」とは、もともとは「夷敵《いてき》を征《せい》する」という意味《いみ》です。つまり、将軍《しょうぐん》は外国《がいこく》の脅威《きょうい》を打《う》ち払《はら》うべき役職《やくしょく》にあるのだから、公《おおやけ》のもとに儀式《ぎしき》を行《おこな》い「それを再認識《さいにんしき》しろ」と朝廷側《ちょうていがわ》が要求《ようきゅう》してきたのです。

この刀《かたな》を拝受《はいじゅ》してしまうと、なにがなんでも幕府《ばくふ》は攘夷《じょうい》を行《おこな》わざるを得《え》なくなります。

「この時勢《じせい》では、もはや攘夷《じょうい》など不可能《ふかのう》だというのに……。どうすればいい？」

窮《きゅう》した家茂《いえもち》に、慶喜《よしのぶ》が、

「私《わたし》に考《かんが》えがあります。おまかせいただけますか？」

と申《もう》し出《で》、ある作戦《さくせん》を実行《じっこう》しました。

慶喜《よしのぶ》はまず、家茂《いえもち》を急病《きゅうびょう》ということにして行幸《ぎょうこう》への不参加《ふさんか》を伝《つた》えました。朝廷《ちょうてい》は将軍《しょうぐん》の不参《ふさん》加《か》を知《し》ってあわてましたが、代《か》わりに「将軍後見職《しょうぐんこうけんしょく》の慶喜《よしのぶ》が参加《さんか》し、刀《かたな》を賜《たまわ》る」ことを伝《つた》えると、それに安心《あんしん》し、行幸《ぎょうこう》は予定《よてい》どおり行《おこな》われることとなりました。

そして、4月《がつ》11日《にち》、当日《とうじつ》。神社《じんじゃ》の山《やま》のふもとまで来《き》た慶喜《よしのぶ》は突然《とつぜん》、

「腹《はら》が痛《いた》くなってきた……。これではとても山《やま》を登《のぼ》ることはできない」

と言《い》い出《だ》し、駕籠《かご》を呼《よ》んで宿所《しゅくしょ》に帰《かえ》ってしまいました。

これはもちろん、刀《かたな》を受《う》け取《と》らないための方便《ほうべん》です。見《み》え見《み》えのやり方《かた》に激怒《げきど》した朝廷側《ちょうていがわ》は執拗《しつよう》に、「攘夷《じょうい》はいつか」と迫《せま》り、具体的《ぐたいてき》な日《ひ》を明示《めいじ》せよ、と言《い》ってきました。

それに対《たい》し、慶喜《よしのぶ》はすぐに「5月10日《がつとおか》とする」と回答《かいとう》。

あまりにもあっさり応《おう》じたので、朝廷側《ちょうていがわ》は驚《おどろ》きましたが、「つきましては江戸《えど》に戻《もど》り、準備《じゅんび》を進《すす》めたい」と言《い》い、家茂《いえもち》を京《きょう》に残《のこ》し、慶喜《よしのぶ》は江戸《えど》に戻《もど》りました。

そして、江戸《えど》に戻《もど》った慶喜《よしのぶ》は会議《かいぎ》を開《ひら》き、この件《けん》について幕閣《ばっかく》に報告《ほうこく》。

今度《こんど》は幕府《ばくふ》の人々《ひとびと》が驚《おどろ》く番《ばん》でした。

「攘夷《じょうい》など、しょせん無理《むり》な話《はなし》！」

「約束《やくそく》した期日《きじつ》まで、ひと月《つき》もないではないか！」

けれど、いきり立《た》つ幕臣《ばくしん》たちを前《まえ》に慶喜《よしのぶ》は具体的《ぐたいてき》な方針《ほうしん》を口《くち》にせず、そのまま退出《たいしゅつ》し……。

4日後《よっかご》、朝廷《ちょうてい》に対《たい》し、こう報告《ほうこく》しました。

「私《わたし》は攘夷《じょうい》の意志《いし》を伝《つた》えましたが、幕閣《ばっかく》は誰《だれ》ひとり動《うご》こうとしません。これでは、朝廷《ちょうてい》の意《い》に背《そむ》くことになってしまうので、責任《せきにん》ある地位《ちい》から退《しりぞ》くことにします」

これを聞《き》き、朝廷側《ちょうていがわ》は大《おお》いにあわてました。幕府《ばくふ》の代表《だいひょう》は実質《じっしつ》、将軍後見職《しょうぐんこうけんしょく》の慶喜《よしのぶ》です。慶《よし》喜《のぶ》に辞《や》められてしまっては、攘夷《じょうい》の実行《じっこう》もあったものではありません。

そこで朝廷《ちょうてい》は天皇《てんのう》の名《な》を出《だ》してまで、慶喜《よしのぶ》が政《まつりごと》の場《ば》から退《ひ》かぬよう伝《つた》えてきました。

こうして、「攘夷《じょうい》の実行《じっこう》」はうやむやになりましたが……。

5月10日《がつとおか》。この期日《きじつ》に従《したが》い、攘夷《じょうい》を行《おこな》った藩《はん》がありました。長州藩《ちょうしゅうはん》が下関《しものせき》を通《とお》る外国船《がいこくせん》に対《たい》し、砲撃《ほうげき》したのです。しかし、翌《よく》6月《がつ》、長州藩《ちょうしゅうはん》は報復《ほうふく》を受《う》け、惨敗《ざんぱい》。

皮肉《ひにく》なことに、攘夷派《じょういは》の長州《ちょうしゅう》が外国《がいこく》の脅威《きょうい》を世《よ》に知《し》らしめる結果《けっか》となったのです。


その後《ご》、京《きょう》では攘夷派《じょういは》と公武合体派《こうぶがったいは》の勢力《せいりょく》が激《はげ》しくぶつかり合《あ》い、「八月十八日《がつにち》の政変《せいへん》」、「池田屋事件《いけだやじけん》」、「禁門《きんもん》の変《へん》」など様々《さまざま》な事件《じけん》が起《お》きました。

元治元年《げんじがんねん》（１８６４年《ねん》）7月《がつ》19日《にち》に起《お》きた「禁門《きんもん》の変《へん》」は、長州藩《ちょうしゅうはん》が幕府《ばくふ》や公武合体派《こうぶがったいは》の会《あい》津藩《づはん》や薩摩藩《さつまはん》が守《まも》りを固《かた》める御所《ごしょ》に向《む》かって攻撃《こうげき》した事件《じけん》です。

この頃《ころ》「禁裏御守衛総督《きんりごしゅえいそうとく》・摂海防御指揮《せっかいぼうぎょしき》」となっていた慶喜《よしのぶ》が日御門前《ひのごもんまえ》で指揮《しき》を執《と》って見事《みごと》な采配《さいはい》を見《み》せ、長州派《ちょうしゅうは》の公家《くげ》たちが天皇《てんのう》を御所《ごしょ》の外《そと》に避難《ひなん》させるという名目《めいもく》で連《つ》れ出《だ》そうとしたことを知《し》ったときは、馬《うま》に飛《と》び乗《の》って御所《ごしょ》に素早《すばや》く乗《の》り込《こ》み、外《そと》に出《で》ようとする天皇《てんのう》の袖《そで》をつかんで引《ひ》き留《と》め、それを阻止《そし》しました。

この一連《いちれん》の流《なが》れをそばで見《み》ていた薩摩藩《さつまはん》の家老《かろう》・小松帯刀《こまつたてわき》は、「慶喜公《よしのぶこう》は威風堂々《いふうどうどう》としており、まことに無双《むそう》の豪傑《ごうけつ》である」と、のちに評《ひょう》し、このときの慶喜《よしのぶ》の勇敢《ゆうかん》な行動《こうどう》を称《たた》えました。

そして、「禁門《きんもん》の変《へん》」にて朝敵《ちょうてき》となった長州《ちょうしゅう》に対《たい》し、翌《よく》8月《がつ》、天皇《てんのう》の勅命《ちょくめい》が下《くだ》り、「長州征《ちょうしゅうせい》伐《ばつ》」が行《おこな》われました。この「長州征伐《ちょうしゅうせいばつ》」は二度《ど》にわたって行《おこな》われたのですが、最新式《さいしんしき》の武器《ぶき》を揃《そろ》えた長州《ちょうしゅう》は強《つよ》く、敗戦《はいせん》の報《ほう》ばかり届《とど》く中《なか》、大坂城《おおさかじょう》にて指揮《しき》を執《と》っていた家茂《いえもち》が急死《きゅうし》。家茂《いえもち》にはまだ子《こ》がいなかったので、慶喜《よしのぶ》が徳川宗家《とくがわそうけ》を継《つ》ぐことが決《き》まりました。

そして、幕府《ばくふ》は将軍《しょうぐん》の死《し》を隠《かく》し続《つづ》けて戦《たたか》いを続行《ぞっこう》しましたが……。

形勢逆転《けいせいぎゃくてん》は無理《むり》と悟《さと》った慶喜《よしのぶ》は、幕臣《ばくしん》の勝海舟《かつかいしゅう》を使者《ししゃ》に立《た》て、長州《ちょうしゅう》と講和《こうわ》し、慶応《けいおう》2年《ねん》（1866年《ねん》）8月《がつ》、戦《いくさ》は終《お》わりました。


このように、京《きょう》や大坂《おおさか》で目《め》まぐるしく仕事《しごと》に追《お》われている慶喜《よしのぶ》のことを、美賀《みか》は他人事《ひとごと》のように思《おも》っていました。

夫《おっと》とはすでに冷《ひ》えた関係《かんけい》でしたので、〝いないほうが気《き》が楽《らく》〟だったのです。

「禁門《きんもん》の変《へん》」で軍《ぐん》を指揮《しき》したことを聞《き》いたときは、

（そうか、あの人《ひと》は侍《さむらい》だったんだ）

と妙《みょう》な気分《きぶん》がしました。

子《こ》どもの頃《ころ》から弓《ゆみ》でも刀《かたな》でも、なんでもあっというまに上達《じょうたつ》してしまったという話《はなし》は知《し》っていましたが、弁《べん》が立《た》つ慶喜《よしのぶ》は幕政《ばくせい》に復帰《ふっき》してからは、その持《も》ち前《まえ》の才能《さいのう》を発揮《はっき》し、幕閣《ばっかく》や大名《だいみょう》、京《きょう》の公家《くげ》や天皇《てんのう》に至《いた》るまで、時勢《じせい》を見《み》ては取《と》り込《こ》んだり突《つ》き放《はな》したりして、巧《たく》みに政《まつりごと》をあやつる策士《さくし》に見《み》えていたのです。

けれど、そんな慶喜《よしのぶ》が家茂《いえもち》の死後《しご》、やむなく徳川宗家《とくがわそうけ》を継《つ》ぐことになったとき、

（慶喜様《よしのぶさま》が徳川宗家《とくがわそうけ》を継《つ》いだなんて……。いずれは将軍《しょうぐん》に、と押《お》されるに決《き》まっている）

と美賀《みか》は少《すこ》し心配《しんぱい》しました。

そして、美賀《みか》が懸念《けねん》したとおり、幕府《ばくふ》はもう慶喜《よしのぶ》に頼《たよ》るほかはなく――。

その年《とし》の12月5日《がついつか》、将軍職《しょうぐんしょく》を継《つ》ぐことを固辞《こじ》し続《つづ》けていた慶喜《よしのぶ》がついに周囲《しゅうい》の声《こえ》に押《お》され、第《だい》十五代将軍《だいしょうぐん》の座《ざ》に就《つ》いたのです。

慶喜《よしのぶ》の真意《しんい》は?

後年《こうねん》の回想録《かいそうろく》で、慶喜《よしのぶ》はこう語《かた》っています。

「徳川家《とくがわけ》を継《つ》ぐのと、将軍職《しょうぐんしょく》を継《つ》ぐのは別《べつ》である。将軍職《しょうぐんしょく》に就《つ》かないでいいならば、徳川宗家《とくがわそうけ》を継ごう」と言《い》ったら、「それでもいい」と老中《ろうじゅう》たちがうなずいたので、徳川宗家《とくがわそうけ》を継《つ》いだ。けれど継《つ》いだら継《つ》いだで、「国難《こくなん》に対応《たいおう》するためにも将軍職《しょうぐんしょく》に」と強《つよ》く押《お》されたので、仕方《しかた》なく将軍《しょうぐん》になった。このような次第《しだい》で、自分《じぶん》が「大政奉還《たいせいほうかん》」の意志《いし》を持《も》ち始《はじ》めたのは、実《じつ》はこの頃《ころ》からである。自分《じぶん》が将軍《しょうぐん》となり、日本《にほん》のために幕府《ばくふ》を葬《ほうむ》ろうと覚悟《かくご》を決《き》めた——と。

けれど、これはどうも胡散臭《うさんくさ》いです。慶喜《よしのぶ》をよく知《し》る越前《えちぜん》の松平春嶽《まつだいらしゅんがく》は、ことわざを引《ひ》き合《あ》いに、こう言《い》ったそうです。

「ねじ上《あ》げの酒《さけ》飲《の》みにて、充分《じゅうぶん》にねじ上《あ》げられし上《うえ》、御請《おう》けになるなり」

これは「いえいえ、もう結構《けっこう》です」と酒《さけ》を注《つ》がれるのを拒《こば》むふりをしながら、「いや、まあ、そうですか」と盃《さかずき》を差《さ》し出《だ》す酔《よ》っ払《ぱら》いと同《おな》じ、という意味《いみ》です。

あなたはどちらが本当《ほんとう》だと思《おも》いますか?

5　大政奉還《たいせいほうかん》――慶応《けいおう》3年《ねん》（1867年《ねん》）――

慶喜《よしのぶ》が将軍職《しょうぐんしょく》に就《つ》いたという報《しら》せに、美賀《みか》はもちろん手放《てばな》しで喜《よろこ》べず、

（慶喜様《よしのぶさま》は、本当《ほんとう》は将軍《しょうぐん》になどなりたくないのに……）

と思《おも》いましたが、直子《つねこ》をはじめ一橋家《ひとつばしけ》の皆《みな》は喜《よろこ》びに沸《わ》きました。

「慶喜様《よしのぶさま》が将軍《しょうぐん》の座《ざ》に就《つ》くことは、水戸《みと》の斉昭公《なりあきこう》の悲願《ひがん》でした。お父上《ちちうえ》が生《い》きておいでででしたら、どんなにか喜《よろこ》ばれたことでしょう。さっそくお祝《いわ》いをお届《とど》けしなくては」

直子《つねこ》はすぐに手配《てはい》をはじめました。慶喜《よしのぶ》が上洛後《じょうらくご》、一橋家《ひとつばしけ》の采配《さいはい》は妻《つま》の美賀《みか》ではなく、直子《つねこ》が執《と》っています。

「美賀君様《みかぎみさま》が将軍《しょうぐん》の御台所《みだいどころ》におなりあそばしたなんて」

「お養父上《ちちうえ》が生《い》きていらしたら、どんなにか喜《よろこ》ばれたことでしょう」

京《きょう》の一条家《いちじょうけ》から美賀《みか》についてきた侍女《じじょ》たちが一橋家《ひとつばしけ》の人《ひと》たちと同《おな》じようなことを言《い》い、涙《なみだ》を

そっと袖《そで》で拭《ぬぐ》いました。

養父《ちち》の一条忠香《いちじょうただか》は3年前《ねんまえ》に、実兄《じっけい》の今出川実順《いまでがわさねあや》も2年前《ねんまえ》にそれぞれ亡《な》くなっています。

亡《な》くなった家族《かぞく》のことを思《おも》い出《だ》すとさみしくなりますが、侍女《じじょ》たちの言葉《ことば》を聞《き》いた美賀《みか》の頭《あたま》に、別《べつ》の心配《しんぱい》が持《も》ち上《あ》がってきました。

(ああ、そうか、わたくしは将軍《しょうぐん》の御台所《みだいどころ》になったのね。そうすると、わたくしも大奥《おおおく》へ行《い》かねばならないのかしら……)

おとなしい自分《じぶん》が三千人《ぜんにん》もの女《おんな》たちを束《たば》ねるなど、とても無理《むり》な話《はなし》です。

どうなるのかと思《おも》っていたら、幕府《ばくふ》のほうから「将軍夫人《しょうぐんふじん》の大奥入《おおおくい》りはしばらく見合《みあ》わせていただきたい」と言《い》ってきました。

相次《あいつ》ぐ国難《こくなん》のために日本《にほん》が揺《ゆ》れている今《いま》、経済的《けいざいてき》にも時間的《じかんてき》にも大奥《おおおく》の入《い》れ替《か》えをしている余裕《よゆう》などないのでしょうが——。

「将軍継嗣問題《しょうぐんけいしもんだい》」で揺《ゆ》れた際《さい》、大奥《おおおく》の大半《たいはん》は家茂《いえもち》を推《お》す「南紀派《なんきは》」でしたので、慶喜《よしのぶ》の正室《せいしつ》が御台所《みだいどころ》として大奥《おおおく》の頂点《ちょうてん》に立《た》つのはおもしろくないというのも、きっとあるのでしょう。

(将軍《しょうぐん》になりたくなかった夫《おっと》と、御台所《みだいどころ》に興味《きょうみ》のない妻《つま》……。わたくしたちはおかしな夫婦《ふうふ》ね)

喜《よろこ》びで沸《わ》き立《た》つ一橋家《ひとつばしけ》の人《ひと》たちをよそに、美賀《みか》はひとり密《ひそ》かに苦笑《くしょう》したのでした。

慶喜《よしのぶ》が将軍職《しょうぐんしょく》に就任《しゅうにん》した20日後《はつかご》——孝明天皇《こうめいてんのう》が急死《きゅうし》しました。天皇《てんのう》は公武合体派《こうぶがったいは》でしたので、これは幕府《ばくふ》にとってはかなりの痛手《いたで》でした。

そんな中《なか》、慶喜《よしのぶ》は軍政《ぐんせい》、行政《ぎょうせい》、財政《ざいせい》の改革《かいかく》に乗《の》りだし、フランスから軍事顧問《ぐんじこもん》を呼《よ》んだり、幕府《ばくふ》からは留学生《りゅうがくせい》を出《だ》したりしました。

この優《すぐ》れた政治手腕《せいじしゅわん》を見《み》て、公家《くげ》の岩倉具視《いわくらともみ》は、

「果断《かだん》、勇決《ゆうけつ》、その志《こころざし》、小《しょう》ならず。軽視《けいし》すべからざる強敵《きょうてき》なり」

と言《い》い、慶喜《よしのぶ》に謁見《えっけん》したイギリス公使《こうし》パークスは、

「彼《かれ》は古《ふる》い偏見《へんけん》や伝統《でんとう》に囚《とら》われず、環境《かんきょう》に適応《てきおう》できる人物《じんぶつ》であり、対外関係《たいがいかんけい》の改善《かいぜん》はもとより国内問題《こくないもんだい》の処理《しょり》も、慶喜《よしのぶ》の手腕《しゅわん》により、好転《こうてん》していくだろう」

と高《たか》く評価《ひょうか》しました。

けれど、慶喜《よしのぶ》の手腕《しゅわん》だけでは、とっくに地《ち》に落《お》ちた幕府《ばくふ》の威光《いこう》を回復《かいふく》するには至《いた》らず……。

「こうなれば、政権《せいけん》を朝廷《ちょうてい》にお返《かえ》しするべきです」

と土佐《とさ》の前藩主《ぜんはんしゅ》・山内容堂《やまうちようどう》は慶喜《よしのぶ》に対《たい》し、「大政奉還《たいせいほうかん》」を提案《ていあん》してきました。容堂《ようどう》は重臣《じゅうしん》の後藤象二郎《ごとうしょうじろう》に建白書作《けんぱくしょづく》りを命《めい》じ、後藤《ごとう》は坂本龍馬《さかもとりょうま》とともに藩船《はんせん》「夕顔丸《ゆうがおまる》」の中《なか》で練《ね》った「船中八策《せんちゅうはっさく》」をもとに作《つく》り上《あ》げ、慶喜《よしのぶ》は土佐《とさ》から出《だ》されたこの建白書《けんぱくしょ》を受《う》け入《い》れました。

10月《がつ》13日《にち》。慶喜《よしのぶ》は京《きょう》の二条城《にじょうじょう》に上洛中《じょうらくちゅう》の諸大名《しょだいみょう》を招集《しょうしゅう》し、「政権《せいけん》をすべて朝廷《ちょうてい》に返還《へんかん》する」という意志《いし》を伝《つた》えました。

そして、翌《よく》14日《か》、正式《せいしき》に「大政奉還《たいせいほうかん》」を奏上《そうじょう》し、その後《ご》、将軍職《しょうぐんしょく》を辞任《じにん》する旨《むね》、朝廷《ちょうてい》に提出《ていしゅつ》したのです。

将軍職《しょうぐんしょく》に就《つ》いて、わずか10《じゅっ》か月後《げつご》の出来事《できごと》でした。

こうして、慶喜《よしのぶ》は日本史上最後《にほんしじょうさいご》の将軍《しょうぐん》として歴史《れきし》に名《な》を残《のこ》すことになったのです。

船中八策《せんちゅうはっさく》とは

坂本龍馬《さかもとりょうま》が「夕顔丸《ゆうがおまる》」の中《なか》で後藤象二郎《ごとうしょうじろう》とともに練《ね》ったという「船中八策《せんちゅうはっさく》」。

これは龍馬《りょうま》のオリジナルではなく、熊本藩《くまもとはん》から松平春嶽《まつだいらしゅんがく》に招《まね》かれて、越前藩《えちぜんはん》の政治顧問《せいじこもん》となった横井小楠《よこいしょうなん》が唱《とな》えた「国是七条《こくぜしちじょう》」を叩《たた》き台《だい》にしたと言《い》われています。

ちなみに「船中八策《せんちゅうはっさく》」が反映《はんえい》されたと思《おも》われる「五箇条《かじょう》の御誓文《ごせいもん》」は、横井小楠《よこいしょうなん》に指導《しどう》を受《う》け、龍馬《りょうま》とも親交《しんこう》があったと言《い》われている由利公正《ゆりきみまさ》が原案《げんあん》を作《つく》り、後藤象二郎《ごとうしょうじろう》とともに「大政奉還《たいせいほうかん》」に関《かか》わった福岡孝弟《ふくおかたかちか》が修正《しゅうせい》を入《い》れ、最後《さいご》に維新三傑《いしんさんけつ》のひとり、木戸孝允《きどたかよし》が少《すこ》し手直《てなお》しをして完成《かんせい》しています。

「国是七条《こくぜしちじょう》」、「船中八策《せんちゅうはっさく》」、「五箇条《かじょう》の御誓文《ごせいもん》」の第一義《だいぎ》（項目《こうもく》）を並《なら》べるとこうなります。

「将軍《しょうぐん》は朝廷《ちょうてい》に謝罪《しゃざい》する」

「幕府《ばくふ》は政権《せいけん》を朝廷《ちょうてい》に返《かえ》し、法令《ほうれい》は朝廷《ちょうてい》より発《はっ》せられるべきである」

「何事《なにごと》も公平《こうへい》な議論《ぎろん》によって決定《けってい》する」

どうでしょうか？　時代《じだい》の流《なが》れが見《み》えると思《おも》いませんか？

6 江戸城無血開城《えどじょうむけつかいじょう》――慶応《けいおう》4年《ねん》(1868年《ねん》)――

(まさか、あの人《ひと》が最後《さいご》の将軍《しょうぐん》になるなんて……)

慶喜《よしのぶ》が将軍職《しょうぐんしょく》を退《しりぞ》いたことは、美賀《みか》にとってはたいして驚《おどろ》くことではありませんでしたが、その前《まえ》に「大政奉還《たいせいほうかん》」をしたことにはびっくりしました。

徳川家康《とくがわいえやす》以来《いらい》――というか、源頼朝《みなもとのよりとも》が鎌倉幕府《かまくらばくふ》を開《ひら》いて以降《いこう》、政《まつりごと》の権限《けんげん》は武士《ぶし》のほうにあったので、自分《じぶん》が生《い》きているうちにそんなことが起《お》きるとは想像《そうぞう》もしていなかったからです。

けれど、将軍職《しょうぐんしょく》を辞《じ》しても、慶喜《よしのぶ》はすぐに江戸《えど》には戻《もど》ってきませんでした。

慶喜《よしのぶ》が江戸《えど》に戻《もど》ったのは、年《とし》が明《あ》けて、慶応《けいおう》4年《ねん》(1868年《ねん》)1月《がつ》に入《はい》ってからです。

が、それは「鳥羽《とば》・伏見《ふしみ》の戦《たたか》い」に敗《やぶ》れて、江戸《えど》へ逃《に》げ帰《かえ》ってきた――という、実《じつ》に無様《ぶざま》なものでした。

1月《がつ》12日《にち》、慶喜《よしのぶ》が江戸《えど》に到着《とうちゃく》したことを受《う》けた勝海舟《かつかいしゅう》はさっそく出迎《でむか》えに走《はし》り、打《う》ちひしがれた慶喜《よしのぶ》と対面《たいめん》しました。

「だから、言《い》わんこっちゃない。まったく、こうなったらどうなさるおつもりで？」

「錦《にしき》の御旗《みはた》が翻《ひるがえ》ったのだ……仕方《しかた》ないだろう」

「鳥羽《とば》・伏見《ふしみ》の戦《たたか》い」は、1月3日《がつみっか》〜6日《むいか》にわたって起《お》きた旧幕府軍《きゅうばくふぐん》と新政府軍《しんせいふぐん》の戦《たたか》いです。兵力《へいりょく》は旧幕府軍《きゅうばくふぐん》一万《まん》五千《せん》、新政府軍《しんせいふぐん》五千《せん》。このように三倍《ばい》もの差《さ》がありましたが、旧幕府軍《きゅうばくふぐん》が負《ま》けた最大《さいだい》の要因《よういん》は、新政府軍《しんせいふぐん》が天皇《てんのう》の軍隊《ぐんたい》を意味《いみ》する「錦《にしき》の御旗《みはた》」を掲《かか》げたことでした。錦《にしき》の御旗《みはた》に刃《やいば》や鉄砲《てっぽう》を向《む》ければ、それはすなわち天皇《てんのう》を敵《てき》に回《まわ》すことを意味《いみ》するのです。

これを知《し》った慶喜《よしのぶ》は愕然《がくぜん》とし、戦《いくさ》の指揮《しき》を執《と》るのを放棄《ほうき》。会津藩主《あいづはんしゅ》の松平容保《まつだいらかたもり》（京都守護職《きょうとしゅごしょく》）と、容保《かたもり》の弟《おとうと》で桑名藩主《くわなはんしゅ》の松平定敬《まつだいらさだあき》（京都所司代《きょうとしょしだい》）を連《つ》れて大坂《おおさか》から軍艦《ぐんかん》に乗《の》り、江戸《えど》へ戻《もど》ったのです。

「このまま賊軍《ぞくぐん》の汚名《おめい》をかぶるわけにはいかぬ……！」

善後策《ぜんごさく》を練《ね》るため、戻《もど》ったその日《ひ》のうちに江戸城《えどじょう》に入《はい》った慶喜《よしのぶ》は、大奥《おおおく》の天璋院《てんしょういん》（篤姫《あつひめ》）に目通《めどお》りを願《ねが》い、事《こと》の次第《しだい》を説明《せつめい》すると、そのあとは食事《しょくじ》もとらずに身分《みぶん》の上下《じょうげ》にかかわらず、今後《こんご》どうするべきか、広《ひろ》く意見《いけん》を求《もと》めました。江戸城《えどじょう》の大手門《おおてもん》を開放《かいほう》し、すでに職《しょく》を辞《じ》した幕《ばく》臣《しん》や町民《ちょうみん》までが駆《か》け付《つ》け、それは終日《しゅうじつ》に及《およ》び、慶喜《よしのぶ》はその間《あいだ》、ほとんど休《やす》みませんでした。

慶喜《よしのぶ》が江戸《えど》へ逃《に》げ帰《かえ》ってきたことは、美賀《みか》の耳《みみ》にも当然《とうぜん》入《はい》っていました。

そんなある日《ひ》、大奥《おおおく》の天璋院《てんしょういん》と静寛院宮《せいかんいんのみや》（和宮《かずのみや》）が、美賀《みか》にそれぞれ「慶喜《よしのぶ》に切腹《せっぷく》するよう勧《すす》めてほしい」旨《むね》、言《い》ってきました。

（わたくしが言《い》って、どうなるものでもないというのに。それにあの人《ひと》は絶対《ぜったい》に腹《はら》を切《き》ったりはしないわ）

美賀《みか》には慶喜《よしのぶ》の気持《きも》ちがわかっていました。

（あの人《ひと》は、水戸《みと》の出《で》だもの。汚名《おめい》を返上《へんじょう》するまで死《し》にはしない）

御三家《ごさんけ》である水戸《みと》の徳川家《とくがわけ》は、尊王《そんのう》を家訓《かくん》とするお家柄《いえがら》です。

第《だい》二代《だい》藩主《はんしゅ》・光圀公《みつくにこう》以降《いこう》、「もし天下《てんか》に大事《だいじ》が起《お》きて、朝廷《ちょうてい》と幕府《ばくふ》が争《あらそ》うような事態《じたい》が起《お》きた場合《ばあい》、たとえ幕府《ばくふ》に背《そむ》くことになろうとも朝廷《ちょうてい》には決《けっ》して弓《ゆみ》を引《ひ》いてはならない」と厳《きび》しく言《い》い伝《つた》えられてきているのです。

（錦《にしき》の御旗《みはた》が翻《ひるがえ》ったとき、あの人《ひと》はどんなに愕然《がくぜん》としたことでしょう。まさか、自分《じぶん》が朝敵《ちょうてき》になるなんて、夢《ゆめ》にも思《おも》っていなかったでしょうね……。あの人《ひと》が大坂城《おおさかじょう》を抜《ぬ》け出《だ》したのは、これ以上《いじょう》、戦《いくさ》をする意志《いし》がなかったからよ。だって、戦《たたか》いを続《つづ》けたら、本当《ほんとう》の意味《いみ》で〝朝敵《ちょうてき》〟になってしまうもの。会津《あいづ》の殿《との》や桑名《くわな》の殿《との》を連《つ》れてきたのだって、そう。そのふたりを置《お》いてきたら、戦《いくさ》が続《つづ》いてしまうからよ）

その証拠《しょうこ》に、フランス公使《こうし》のロッシュが「フランスが協力《きょうりょく》する」と言《い》って再挙兵《さいきょへい》を促《うなが》しましたが、慶喜《よしのぶ》は応《おう》じませんでした。

しかし、天璋院《てんしょういん》と静寛院宮《せいかんいんのみや》に対《たい》し、返事《へんじ》をしないわけにはいきません。そこで美賀《みか》は使者《ししゃ》を立《た》て、慶喜《よしのぶ》に伝《つた》えることにしました。

案《あん》の定《じょう》、答《こた》えは「腹《はら》は切《き》らぬ」でした。

慶喜《よしのぶ》は2月《がつ》12日《にち》、謹慎《きんしん》するために江戸城《えどじょう》を出《で》て、上野《うえの》の寛永寺《かんえいじ》へ向《む》かいました。

そのとき一橋邸《ひとつばしてい》の前《まえ》を通《とお》りましたが、寄《よ》らずに上野《うえの》に向《む》かったと、あとで聞《き》いた美賀《みか》は慶喜《よしのぶ》のために衣類《いるい》や寝具《しんぐ》などを届《とど》けさせました。

やがて、京《きょう》を出発《しゅっぱつ》した官軍《かんぐん》が江戸《えど》へ迫《せま》り……。

江戸総攻撃《えどそうこうげき》が3月《がつ》15日《にち》に決《き》まりましたが、勝海舟《かつかいしゅう》と官軍《かんぐん》の大参謀《だいさんぼう》・西郷《さいごう》が話《はな》し合《あ》った結果《けっか》、講和《こうわ》が成立《せいりつ》し、取《と》りやめになりました。

そうして、江戸《えど》は戦火《せんか》を免《まぬか》れ……。

4月4日《がつよっか》に官軍《かんぐん》は江戸城《えどじょう》に入城《にゅうじょう》、4月《がつ》11日《にち》に江戸城無血開城《えどじょうむけつかいじょう》の運《はこ》びとなりました。

それを受《う》けて、直子《つねこ》は永代《えいたい》の別邸《べってい》に、美賀《みか》は小石川《こいしかわ》の水戸藩邸《みとはんてい》にそれぞれ移《うつ》りました。4月《がつ》11日《にち》に天璋院《てんしょういん》と本寿院《ほんじゅいん》が大奥《おおおく》を出《で》て、一橋邸《ひとつばしてい》に入《はい》ることが決《き》まったからです。

（大奥《おおおく》の方々《かたがた》が城《しろ》を落《お》ちる日《ひ》が来《く》るなんて……）

美賀《みか》は輿入《こしい》れ前《まえ》に、本寿院《ほんじゅいん》にあいさつしたときのことを思《おも》い出《だ》しました。

豪華《ごうか》な衣装《いしょう》、きらびやかな家具《かぐ》や調度品《ちょうどひん》の数々《かずかず》、そして、大奥《おおおく》で働《はたら》いていた大勢《おおぜい》の、艶《あで》やかな――夫《おっと》の慶喜《よしのぶ》を嫌《きら》っていたという、女《おんな》たちのことを。

絢爛豪華《けんらんごうか》な世界《せかい》は、夢《ゆめ》か幻《まぼろし》のように美賀《みか》の前《まえ》から消《き》え失《う》せたのです。

慶喜《よしのぶ》は上野《うえの》の寛永寺《かんえいじ》から水戸《みと》へ移《うつ》り、謹慎《きんしん》することになりました。

美賀《みか》は慶喜《よしのぶ》が上洛《じょうらく》して以降《いこう》、もう何年《なんねん》も会《あ》っていません。

（会《あ》っても会《あ》わなくても、夫婦《ふうふ》には変《か》わりないのよね）

美賀《みか》は妙《みょう》に晴《は》れやかな気持《きも》ちで、水戸《みと》の方角《ほうがく》を振《ふ》り仰《あお》いだのでした。

その後《ご》の徳川美賀子《とくがわみかこ》

思《おも》えば、皮肉《ひにく》な話《はなし》でした。もともと「尊王思想《そんのうしそう》」は水戸《みと》から広《ひろ》まって、それが「攘夷《じょうい》」と結《むす》びついて「尊王攘夷《そんのうじょうい》」が強《つよ》く叫《さけ》ばれるようになり、ついには倒幕《とうばく》にまで発展《はってん》したのです。家康《いえやす》は将軍家《しょうぐんけ》が絶《た》えた場合《ばあい》、御三家《ごさんけ》から将軍《しょうぐん》の継嗣《けいし》を迎《むか》えるようにしました。そのとき、もうひとつ、徳川家《とくがわけ》が絶《た》えないように布石《ふせき》を打《う》ったのが水戸家《みとけ》の「尊王思想《そんのうしそう》」でした。

つまり、「幕府《ばくふ》に逆《さか》らってでも朝廷《ちょうてい》についていく家《いえ》」を設《もう》けておくことによって、徳川家《とくがわけ》が完全《かんぜん》に滅《ほろ》ぼされないようにしたのですが……それが裏目《うらめ》に出《で》てしまったのですね。

さて、時期《じき》がはっきりしないのですが、美賀《みか》は明治維新後《めいじいしんご》、「美賀子《みかこ》」と改名《かいめい》しました（「子《こ》」は女性《じょせい》の名《な》につける愛称《あいしょう》で明治時代《めいじじだい》、大流行《だいりゅうこう》しました。「戊辰戦争《ぼしんせんそう》」で銃《じゅう》を手《て》に活躍《かつやく》した〝幕《ばく》末《まつ》のジャンヌ・ダルク〟新島八重《にいじまやえ》も「八重子《やえこ》」と署名《しょめい》したりしています）。「徳川美賀子《とくがわみかこ》」という名《な》のほうが有名《ゆうめい》ですので、タイトルにはこちらを用《もち》いました。

水戸《みと》にて謹慎生活《きんしんせいかつ》を送《おく》っていた慶喜《よしのぶ》は、約《やく》３か月後《げつご》の慶応《けいおう》４年《ねん》（１８６８年《ねん》）７月《がつ》、水戸《みと》から静岡《しずおか》に移《うつ》されることになりました。篤姫《あつひめ》や和宮《かずのみや》の希望《きぼう》どおり、徳川《とくがわ》は田安亀之助《たやすかめのすけ》が継《つ》ぎ、版《はん》籍奉還《せきほうかん》で静岡藩《しずおかはん》に入《はい》ることになったので、静岡《しずおか》の宝台院《ほうだいいん》で謹慎《きんしん》を続《つづ》けることになったのです。

慶喜《よしのぶ》の謹慎《きんしん》は、翌年《よくとし》の明治《めいじ》２年《ねん》（１８６９年《ねん》）９月《がつ》28日《にち》に解《と》け、約《やく》ひと月後《つきご》の11月３日《がつみっか》に美《み》賀《か》が東京《とうきょう》から静岡《しずおか》に移《うつ》り、ふたたび同居生活《どうきょせいかつ》が始《はじ》まりました。慶喜《よしのぶ》の母《はは》や義祖《そ》母《ぼ》の直子《つねこ》がそれぞれ静岡《しずおか》まで慶喜《よしのぶ》を訪《たず》ねて来《き》た際《さい》、慶喜《よしのぶ》とともに美賀《みか》も案内《あんない》したとか。

慶喜《よしのぶ》には十人《にん》ほど側室《そくしつ》がいたそうですが、そのうちのふたり——新村信《しんむらのぶ》と中根幸《なかねこう》が静岡《しずおか》までついてきて、同居後《どうきょご》、次々《つぎつぎ》と子《こ》どもを作《つく》りました。ちょうど十二人《にん》ずつ産《う》みましたが、成人《せいじん》したのはそのうちの十三人《にん》だそうです。子《こ》どもたちは皆《みな》、正室《せいしつ》の美賀《みか》の子《こ》どもとして育《そだ》てられ、子《こ》どもたちは生《う》みの親《おや》が誰《だれ》かはっきり知《し》らされず、そのため、信《のぶ》のことも幸《こう》のことも呼《よ》び捨《す》てにしていたとか。

晩年《ばんねん》、乳《にゅう》がんを患《わずら》った美賀《みか》は手術《しゅじゅつ》を受《う》け、成功《せいこう》。けれど、その3年後《ねんご》、今度《こんど》は肺《はい》を病《や》み、上京《じょう きょう》して治療《ちりょう》を受《う》けましたが完治《かんち》せず、肺炎《はいえん》で六十歳《さい》の生涯《しょうがい》を閉《と》じました。危篤《きとく》の知《し》らせが入《はい》ったとき、焼津《やいづ》で趣味《しゅみ》の写真《しゃしん》を撮《と》っていた慶喜《よしのぶ》はすぐさま汽車《きしゃ》に乗《の》り、その晩《ばん》、11時半頃《じはんごろ》、妻《つま》の遺体《いたい》と対面《たいめん》したそうです。

明治《めいじ》30年《ねん》（1897年《ねん》）、慶喜《よしのぶ》は東京《とうきょう》に移住《いじゅう》。翌年《よくとし》には明治天皇夫妻《めいじてんのうふさい》に拝謁《はいえつ》し、「維新《いしん》の功労者《こうろうしゃ》」として名誉《めいよ》を回復《かいふく》しました。実《じつ》は皇后《こうごう》・美子《はるこ》が一条忠香《いちじょうただか》の三女《じょ》——つまり、血《ち》のつながりはないとはいえ、美賀《みか》の妹《いもうと》にあたるので、明治天皇《めいじてんのう》と慶喜《よしのぶ》は義兄弟《ぎきょうだい》という関係《かんけい》なのです。慶喜《よしのぶ》はその後《ご》、公爵《こうしゃく》の地位《ちい》も与《あた》えられ、貴族院議員《きぞくいんぎいん》にもなりました。

大正《たいしょう》2年《ねん》（1913年《ねん》）まで生《い》きた慶喜《よしのぶ》は谷中墓地《やなかぼち》に葬《ほうむ》られ、美賀《みか》も夫《おっと》の隣《となり》で眠《ねむ》っています。

幕末姫《ばくまつひめ》 —葵《あおい》の章《しょう》— 年表《ねんぴょう》

ばくまつひめ

西暦	和暦	月日	出来事
1824年《ねん》	（文政《ぶんせい》7年《ねん》）	4月《がつ》8日《ようか》	徳川家定《とくがわいえさだ》、誕生《たんじょう》
1835年《ねん》	（天保《てんぽう》6年《ねん》）	7月《がつ》19日《にち》	美賀子《みかこ》、京《きょう》に生《う》まれる（1歳《さい》）
1836年《ねん》	（天保《てんぽう》7年《ねん》）	12月《がつ》19日《にち》	篤姫《あつひめ》、薩摩国《さつまのくに》に生《う》まれる（1歳《さい》）
1837年《ねん》	（天保《てんぽう》8年《ねん》）	9月《がつ》29日《にち》	徳川慶喜《とくがわよしのぶ》、誕生《たんじょう》
1846年《ねん》	（弘化《こうか》3年《ねん》）	閏《うるう》5月《がつ》10日《とおか》	和宮《かずのみや》、京《きょう》に生《う》まれる（1歳《さい》）
		閏《うるう》5月《がつ》24日《か》	徳川家茂《とくがわいえもち》、誕生《たんじょう》
1847年《ねん》	（弘化《こうか》4年《ねん》）		慶喜《よしのぶ》、一橋家《ひとつばしけ》を相続《そうぞく》
1851年《ねん》	（嘉永《かえい》4年《ねん》）	7月《がつ》12日《にち》	和宮《かずのみや》、有栖川宮熾仁親王《ありすがわのみやたるひとしんのう》と婚約《こんやく》
1853年《ねん》	（嘉永《かえい》6年《ねん》）	3月《がつ》1日《ついたち》	篤姫《あつひめ》、薩摩藩主《さつまはんしゅ》・島津斉彬《しまづなりあきら》の養女《ようじょ》となる
		5月《がつ》	美賀子《みかこ》、慶喜《よしのぶ》と婚約《こんやく》
		6月《がつ》3日《みっか》	ペリー来航《らいこう》
		11月《がつ》23日《にち》	家定《いえさだ》、第《だい》十三代将軍《だいしょうぐん》に就任《しゅうにん》
1854年《ねん》	（嘉永《かえい》7年《ねん》）	1月《がつ》16日《にち》	ペリー再来航《さいらいこう》
		3月《がつ》3日《みっか》	日米和親条約調印《にちべいわしんじょうやくちょういん》
1855年《ねん》	（安政《あんせい》2年《ねん》）	10月《がつ》2日《ふつか》	安政《あんせい》の大地震《おおじしん》
1856年《ねん》	（安政《あんせい》3年《ねん》）	12月《がつ》18日《にち》	篤姫《あつひめ》、第《だい》十三代将軍《だいしょうぐん》・徳川家定《とくがわいえさだ》と結婚《けっこん》
1858年《ねん》	（安政《あんせい》5年《ねん》）	6月《がつ》19日《にち》	日米修好通商条約締結《にちべいしゅうこうつうしょうじょうやくていけつ》
		7月《がつ》6日《むいか》	徳川家定《とくがわいえさだ》、死去《しきょ》
		7月《がつ》16日《にち》	美賀子《みかこ》、女児《じょじ》を産《う》む（4日後《よっかご》に死亡《しぼう》）
		〃	篤姫《あつひめ》の養父《ちち》・島津斉彬《しまづなりあきら》、死去《しきょ》
		8月《がつ》27日《にち》	篤姫《あつひめ》、落飾《らくしょく》して天璋院《てんしょういん》と号《ごう》す
		9月《がつ》	安政《あんせい》の大獄《たいごく》、はじまる
		10月《がつ》25日《にち》	家茂《いえもち》、第《だい》十四代将軍《だいしょうぐん》に就任《しゅうにん》
1859年《ねん》	（安政《あんせい》6年《ねん》）	8月《がつ》28日《にち》	慶喜《よしのぶ》、隠居謹慎《いんきょきんしん》となる
1860年《ねん》	（安政《あんせい》7年《ねん》）	3月《がつ》3日《みっか》	桜田門外《さくらだもんがい》の変《へん》。大老《たいろう》・井伊直弼《いいなおすけ》、暗殺《あんさつ》される
	（万延《まんえん》元《がん》年《ねん》）	10月《がつ》18日《にち》	和宮《かずのみや》、降嫁《こうか》が決定《けってい》
1861年《ねん》	（文久《ぶんきゅう》元《がん》年《ねん》）	12月《がつ》11日《にち》	和宮《かずのみや》、江戸城大奥《えどじょうおおおく》に入《はい》る
1862年《ねん》	（文久《ぶんきゅう》2年《ねん》）	2月《がつ》11日《にち》	和宮《かずのみや》、第《だい》十四代将軍《だいしょうぐん》・徳川家茂《とくがわいえもち》と結婚《けっこん》
		7月《がつ》6日《むいか》	慶喜《よしのぶ》、将軍後見職《しょうぐんこうけんしょく》に就任《しゅうにん》
1863年《ねん》	（文久《ぶんきゅう》3年《ねん》）	3月《がつ》4日《よっか》	家茂《いえもち》、入洛《にゅうらく》（一回目《かいめ》／2月《がつ》に出発《しゅっぱつ》）
		7月《がつ》2日《ふつか》〜4日《よっか》	薩英戦争《さつえいせんそう》
		8月《がつ》18日《にち》	八月《がつ》十八日《にち》の政変《せいへん》
1864年《ねん》	（元治《げんじ》元《がん》年《ねん》）	1月《がつ》15日《にち》	家茂《いえもち》、入洛《にゅうらく》（二回目《かいめ》／前年《ぜんねん》12月《がつ》に出発《しゅっぱつ》）

	6月《がつ》5日《いつか》	池田屋事件《いけだやじけん》
	7月《がつ》19日《にち》	禁門《きんもん》の変《へん》（蛤御門《はまぐりごもん》の変《へん》）
	7月《がつ》24日《か》	第一次長州征伐開始《だいいちじちょうしゅうせいばつかいし》
	8月《がつ》5日《いつか》	四国艦隊下関砲撃事件《しこくかんたいしものせきほうげきじけん》
1865年《ねん》（慶応元年《けいおうがんねん》）	閏《うるう》5月《がつ》22日《にち》	家茂《いえもち》、入洛《にゅうらく》（三回目《かいめ》／5月《がつ》に出発《しゅっぱつ》）
1866年《ねん》（慶応《けいおう》2年《ねん》）	1月《がつ》21日《にち》	薩長同盟成立《さっちょうどうめいせいりつ》
	7月《がつ》20日《はつか》	家茂《いえもち》、大坂城《おおさかじょう》にて死去《しきょ》
	8月《がつ》20日《はつか》	慶喜《よしのぶ》、徳川宗家《とくがわそうけ》を継《つ》ぐ
	12月《がつ》5日《いつか》	慶喜《よしのぶ》、第十五代将軍《だいじゅうごだいしょうぐん》に就任《しゅうにん》
	12月《がつ》25日《にち》	孝明天皇崩御《こうめいてんのうほうぎょ》
1867年《ねん》（慶応《けいおう》3年《ねん》）	10月《がつ》14日《か》	大政奉還《たいせいほうかん》
	12月《がつ》9日《ここのか》	王政復古《おうせいふっこ》の大号令《だいごうれい》。江戸幕府滅亡《えどばくふめつぼう》、新政府樹立《しんせいふじゅりつ》
	12月《がつ》25日《にち》	江戸薩摩藩邸焼《えどさつまはんていや》き討《う》ち事件《じけん》
1868年《ねん》（慶応《けいおう》4年《ねん》）	1月《がつ》3日《みっか》～6日《むいか》	鳥羽《とば》・伏見《ふしみ》の戦《たたか》い
	1月《がつ》12日《にち》	慶喜《よしのぶ》、江戸城《えどじょう》へ入《はい》る
	2月《がつ》12日《にち》	慶喜《よしのぶ》、上野寛永寺《うえのかんえいじ》にて謹慎《きんしん》する
	2月《がつ》15日《にち》	熾仁親王《たるひとしんのう》を大総督《だいそうとく》とする官軍《かんぐん》、江戸《えど》へ向《む》け進発《しんぱつ》
	3月《がつ》13～14日《か》	西郷隆盛《さいごうたかもり》・勝海舟《かつかいしゅう》、江戸《えど》で会談《かいだん》
	4月《がつ》9日《ここのか》	和宮《かずのみや》、江戸城《えどじょう》を退去《たいきょ》し、田安邸《たやすてい》へ移《うつ》る
	4月《がつ》10日《とおか》	篤姫《あつひめ》、江戸城《えどじょう》を退去《たいきょ》し、一橋邸《ひとつばしてい》へ移《うつ》る
	4月《がつ》11日《にち》	江戸城無血開城《えどじょうむけつかいじょう》
	〃	慶喜《よしのぶ》、上野《うえの》を出《で》て水戸《みと》へ
	閏《うるう》4月《がつ》29日《にち》	田安亀之助《たやすかめのすけ》が徳川家達《とくがわいえさと》となり、徳川宗家《とくがわそうけ》を相続《そうぞく》
	7月《がつ》17日《にち》	江戸《えど》から東京《とうきょう》に改称《かいしょう》
（明治元年《めいじがんねん》）	9月《がつ》8日《ようか》	慶応《けいおう》から明治《めいじ》へ改元《かいげん》
1869年《ねん》（明治《めいじ》2年《ねん》）	9月《がつ》28日《にち》	慶喜《よしのぶ》の謹慎《きんしん》が解《と》かれる
	11月《がつ》3日《みっか》	美賀子《みかこ》、静岡《しずおか》へ移住《いじゅう》
1872年《ねん》（明治《めいじ》5年《ねん》）	12月《がつ》3日《みっか》	太陽暦使用開始《たいようれきしようかいし》（この日《ひ》を明治《めいじ》6年《ねん》1月《がつ》1日《ついたち》とする）
1877年《ねん》（明治《めいじ》10年《ねん》）	9月《がつ》2日《ふつか》	和宮《かずのみや》、箱根塔《はこねとう》ノ沢《さわ》にて死去《しきょ》（32歳《さい》）
1883年《ねん》（明治《めいじ》16年《ねん》）	11月《がつ》20日《にち》	篤姫《あつひめ》、東京《とうきょう》にて死去《しきょ》（48歳《さい》）
1891年《ねん》（明治《めいじ》24年《ねん》）	5月《がつ》19日《にち》	美賀子《みかこ》、乳《にゅう》がんの手術《しゅじゅつ》を受《う》ける
1894年《ねん》（明治《めいじ》27年《ねん》）	7月《がつ》9日《ここのか》	美賀子《みかこ》、東京《とうきょう》にて死去《しきょ》（60歳《さい》）
1913年《ねん》（大正《たいしょう》2年《ねん》）	11月《がつ》22日《にち》	徳川慶喜《とくがわよしのぶ》、死去《しきょ》

幕末姫

ばくまつひめ

—葵《あおい》の章《しょう》—

用語集《ようごしゅう》

●大奥（おおおく）
江戸城《えどじょう》にあった将軍《しょうぐん》の正室《せいしつ》や側室《そくしつ》、子女《しじょ》たちが居住《きょじゅう》した場所《ばしょ》。将軍《しょうぐん》以外《いがい》の男性《だんせい》の入室《にゅうしつ》は禁《きん》じられていた。

●御上（おかみ）
天皇《てんのう》の敬称《けいしょう》。

●家老（かろう）
藩《はん》の武士《ぶし》を統括《とうかつ》する要職《ようしょく》。

●公家（くげ）
朝廷《ちょうてい》に仕《つか》える貴族《きぞく》や上級官人《じょうきゅうかんじん》のこと。

●供奉（ぐぶ）
天皇《てんのう》の外出《がいしゅつ》などの行列《ぎょうれつ》に供《とも》をすること。

●公方（くぼう）
本来《ほんらい》は天皇《てんのう》や朝廷《ちょうてい》をさすが、江戸時《えどじ》代《だい》では将軍《しょうぐん》をさすのが一般的《いっぱんてき》。

●狂歌（きょうか）
しゃれや社会風刺《しゃかいふうし》を盛《も》り込《こ》んだ短歌《たんか》。

●京都守護職（きょうとしゅごしょく）
江戸幕府《えどばくふ》の末期《まっき》に京都《きょうと》に設置《せっち》された職《しょく》のひとつ。京都所司代《きょうとしょしだい》、大阪城代《おおさかじょうだい》を指揮下《しきか》におき、反幕府勢力《はんばくふせいりょく》の鎮圧《ちんあつ》にあたった。

●京都所司代（きょうとしょしだい）
江戸幕府《えどばくふ》の職《しょく》のひとつ。京都《きょうと》に駐在《ちゅうざい》し、警備《けいび》や公家《くげ》の監察《かんさつ》などを行《おこな》った。

●建白書（けんぱくしょ）
政府《せいふ》などに宛《あ》てた、自分《じぶん》の意見《いけん》などを書《か》き記《しる》した書面《しょめん》。

●降嫁（こうか）
皇女《こうじょ》や王女《おうじょ》が臣下《しんか》に嫁《とつ》ぐこと。

●御三卿（ごさんきょう）
徳川一族《とくがわいちぞく》のうち、田安《たやす》、一橋《ひとつばし》、清水《しみず》の三家《さんけ》をさす。

●御三家（ごさんけ）
将軍《しょうぐん》に後継《あとつ》ぎがいない場合《ばあい》は、将軍家《しょうぐんけ》を継《つ》ぐ権利《けんり》を持《も》つ。徳川一族《とくがわいちぞく》のうち、家康《いえやす》の子《こ》を先祖《せんぞ》とする尾張《おわり》、紀伊《きい》、水戸《みと》の三家《さんけ》をさす。

●五摂家（ごせっけ）
公家《くげ》の中《なか》で、摂政関白《せっしょうかんぱく》の家柄《いえがら》。近衛《このえ》家《け》、九条家《くじょうけ》、二条家《にじょうけ》、一条家《いちじょうけ》、鷹司《たかつかさ》家《け》をさす。

●参勤交代（さんきんこうたい）
諸大名《しょだいみょう》の妻子《さいし》を江戸《えど》に置《お》かせ、各藩《かくはん》の藩主《はんしゅ》を定期的《ていきてき》に江戸《えど》に出仕《しゅっし》させた制度《せいど》。大名《だいみょう》の統制《とうせい》と中央集権《ちゅうおうしゅうけん》が目的《もくてき》。

●上洛（じょうらく）
地方《ちほう》から京都《きょうと》に入《はい》ること。

●上臈御年寄（じょうろうおとしより）
大奥《おおおく》の女中《じょちゅう》の役職名《やくしょくめい》で最高位《さいこうい》。

●典侍（すけ）
上級《じょうきゅう》の女官《にょかん》。「ないしのすけ」とも。

●清華家（せいがけ）
公家《くげ》の家格《かかく》のひとつ。最上位《さいじょうい》は五摂《ごせっ》家《け》で、それに次《つ》ぐ序列《じょれつ》。

●世子（せいし）
大名《だいみょう》の後継《あとつ》ぎ。

●大政奉還（たいせいほうかん）

朝廷《ちょうてい》に政権《せいけん》を返上《へんじょう》すること。

●大老（たいろう）
江戸《えど》幕府《ばくふ》の職《しょく》のひとつ。必要《ひつよう》に応《おう》じて老中《ろうじゅう》の上《うえ》に置《お》かれた。

●蟄居（ちっきょ）
武士《ぶし》や公家《くげ》に対《たい》する刑罰《けいばつ》のひとつ。自宅《じたく》の一室《いっしつ》に籠《こ》もること。

●勅命（ちょくめい）
天皇《てんのう》の命令《めいれい》。

●勅許（ちょっきょ）
天皇《てんのう》の許可《きょか》。

●外様大名（とざまだいみょう）
主《おも》に「関ケ原《せきがはら》の戦《たたか》い」のあとで、幕府《ばくふ》に従《したが》った大名《だいみょう》。

●廃藩置県（はいはんちけん）
明治政府《めいじせいふ》が江戸幕府《えどばくふ》から続《つづ》いていた藩《はん》を廃止《はいし》し、県《けん》や府《ふ》に統一《とういつ》した政策《せいさく》。

●版籍奉還（はんせきほうかん）
明治維新後《めいじいしんご》、大名《だいみょう》が土地《とち》（版《はん》）と人民《じんみん》（籍《せき》）の支配権《しはいけん》を朝廷《ちょうてい》に返還《へんかん》したこと。

●偏諱（へんき）
貴人《きじん》の名前《なまえ》を一文字《もじ》もらうこと。

●御台所（みだいどころ）
大臣《だいじん》や将軍《しょうぐん》の正室《せいしつ》。

●崩御（ほうぎょ）
天皇《てんのう》や皇帝《こうてい》、国王《こくおう》の死亡《しぼう》を表《あらわ》す敬語《けいご》。

●祐筆（ゆうひつ）
武家《ぶけ》の秘書的《ひしょてき》な役割《やくわり》をこなす文官《ぶんかん》。

●落飾（らくしょく）
身分《みぶん》の高《たか》い人《ひと》が髪《かみ》を剃《そ》り仏門《ぶつもん》に入《はい》ること。

●浪士（ろうし）
仕《つか》えていた家《いえ》を離《はな》れた武士《ぶし》。浪人《ろうにん》とも。

●老中（ろうじゅう）
江戸幕府《えどばくふ》の最高位《さいこうい》の職《しょく》。諸大名《しょだいみょう》の支《し》配《はい》を担当《たんとう》。

●老女（ろうじょ）
大奥《おおおく》の女中《じょちゅう》の役職名《やくしょくめい》で、上臈御年寄《じょうろうおとしより》、小上臈《こじょうろう》、御年寄《おとしより》の三役《さんやく》の総称《そうしょう》。

●会津藩（あいづはん）
現在《げんざい》の福島県《ふくしまけん》にあった藩《はん》。

●越前国（えちぜんのくに）
現在《げんざい》の福井県《ふくいけん》。

●江戸（えど）
現在《げんざい》の東京《とうきょう》。

●紀州藩（きしゅうはん）
現在《げんざい》の和歌山県《わかやまけん》にあった藩《はん》。

●桑名藩（くわなはん）
現在《げんざい》の三重県《みえけん》にあった藩《はん》。

●薩摩国（さつまのくに）
現在《げんざい》の鹿児島県《かごしまけん》にあった藩《はん》。

●長州藩（ちょうしゅうはん）
現在《げんざい》の山口県《やまぐちけん》にあった藩《はん》。

●土佐国（とさのくに）
現在《げんざい》の高知県《こうちけん》にあった藩《はん》。

●琉球国（りゅうきゅうこく）
現在《げんざい》の沖縄県《おきなわけん》。

幕末姫《ばくまつひめ》 ―葵《あおい》の章《しょう》― 参考《さんこう》文献《ぶんけん》

「みんなの篤姫」（南方新社）尚古集成館・監修　寺尾美保・著

「天璋院篤姫」（高城書房）寺尾美保・著

「篤姫　わたくしこと一命にかけ　徳川の『家』を守り抜いた女の生涯」（グラフ社）原口泉・著

「最後の大奥　天璋院篤姫と和宮」（幻冬舎新書）鈴木由紀子・著

「幕末の大奥　天璋院と薩摩藩」（岩波新書）畑尚子・著

「別冊歴史読本　天璋院篤姫の生涯　篤姫をめぐる160人の群像」（新人物往来社）

「別冊歴史読本　将軍家・大名家　お姫さまの幕末維新」（新人物往来社）

「和宮」（ミネルヴァ書房）辻ミチ子・著

「和宮」（吉川弘文館）武部敏夫・著

「徳川慶喜」（吉川弘文館）家近良樹・著

「徳川慶喜と幕末九十九の謎」（ＰＨＰ文庫）後藤寿一・著

「さつま人国誌　幕末・明治編」（南日本新聞社）桐野作人・著

「薩摩の七傑」（高城書房）芳即正・著

「週刊　日本の100人　NO.076　島津斉彬」（デアゴスティーニ・ジャパン）

「徳川300年　ホントの内幕話」（だいわ文庫）徳川宗英・著

「歴史を動かした徳川十五代の妻たち」（青春文庫）安藤優一郎・著

「お姫様は「幕末・明治」をどう生きたのか」（洋泉社）河合敦・著

「人物・遺産でさぐる日本の歴史⑪　黒船来航と倒幕への動き」（小峰書店）古川清行・著

「一冊でわかる イラストでわかる 図解 幕末・維新」（成美堂出版）東京都歴史教育研究会・監修

「徳川家茂とその時代―若き将軍の生涯―」徳川記念財団

「天璋院篤姫と皇女和宮」徳川美術館

あとがき　――時《とき》に強《つよ》く美《うつく》しく、激動《げきどう》の幕末《ばくまつ》を彩《いろど》った華《はな》たち――

みなさん、こんにちは。藤咲《ふじさき》あゆなです。

「幕末姫《ばくまつひめ》―葵《あおい》の章《しょう》―」は、楽《たの》しんでいただけましたでしょうか。

私《わたし》は子《こ》どもの頃《ころ》から歴史《れきし》が大好《だいす》きなので、前《まえ》からずっと戦国《せんごく》だけでなく、いろんな時代《じだい》のお姫様《ひめさま》や女性《じょせい》たちを書《か》きたいと思《おも》っていました。明治維新《めいじいしん》から150年《ねん》。このタイミングで幕末《ばくまつ》のお姫様《ひめさま》たちを書《か》く機会《きかい》に恵《めぐ》まれ、大変《たいへん》うれしいです！

今回《こんかい》は、徳川将軍《とくがわしょうぐん》の第十三代《だい》、十四代《だい》、十五代《だい》の正室《せいしつ》にスポットを当《あ》て、「篤姫《あつひめ》」、「和宮《かずのみや》」、「徳川美賀子《とくがわみかこ》」の三人《にん》の物語《ものがたり》を収録《しゅうろく》しました。

この三人《にん》の中《なか》でいちばん年上《としうえ》の美賀子《みかこ》から見《み》て、篤姫《あつひめ》はひとつ下《した》、和宮《かずのみや》は十一歳下《さいした》になります。このように同《おな》じ時代《じだい》を生《い》きた姫《ひめ》たちですので、結婚《けっこん》する前《まえ》も歴史的《れきしてき》な事件《じけん》の多《おお》くを、それぞれがいた場所《ばしょ》で経験《けいけん》しています。

たとえば、「安政《あんせい》の大地震《おおじしん》」では、篤姫《あつひめ》は芝《しば》の藩邸《はんてい》で被害《ひがい》に遭《あ》っていますし、美賀子《みかこ》の花嫁《はなよめ》行列《ぎょうれつ》は江戸《えど》の手前《てまえ》の川崎《かわさき》で足止《あしど》めを食《く》らっています。御所《ごしょ》が炎上《えんじょう》した「嘉永《かえい》の大火《たいか》」では、和《かずの》宮《みや》はまだ子《こ》どもでしたが、美賀子《みかこ》はこの火事《かじ》で一条家《いちじょうけ》が燃《も》え、結婚《けっこん》が延期《えんき》になっています。
この本《ほん》をふたたび読《よ》み返《かえ》す機会《きかい》がありましたら、時間軸《じかんじく》も意識《いしき》して、また違《ちが》った感《かん》じで楽《たの》しんでもらえれば、と思《おも》います。
それでは、それぞれの姫《ひめ》について、コメントしていきますね。

【篤姫《あつひめ》】

「名前《なまえ》のなぞ」篤姫《あつひめ》の初名《しょめい》は「一」または「一子」と伝《つた》わっています。呼《よ》び方《かた》は「かつ（かつこ）」、「いち（いちこ）」と伝《つた》わっていて、大河《たいが》ドラマなどでは「かつ」と呼《よ》ばれていましたが、最近《さいきん》の研究《けんきゅう》では「いち」と呼《よ》ばれていた可能性《かのうせい》が高《たか》いことがわかったそうです。が、本書《ほんしょ》では馴染《なじ》みのある「かつ」のほうを採用《さいよう》しました。なんとなく、「かつ」という音《おと》の響《ひび》きのほうが「烈婦《れっぷ》」と謳《うた》われた篤姫《あつひめ》に似合《にあ》う気《き》がした——というのも理由《りゆう》です。

「大奥《おおおく》は敵《てき》だらけ」「慶喜《よしのぶ》を将軍《しょうぐん》の継嗣《けいし》に」と奔走《ほんそう》する篤姫《あつひめ》は、家茂《いえもち》を推《お》す「南紀派《なんきは》」ばかりの大奥《おおおく》にあって孤立無援《こりつむえん》でした。老女《ろうじょ》の幾島《いくしま》が斉彬《なりあきら》から預《あず》かった豊富《ほうふ》な資金《しきん》を元《もと》に金品《きんぴん》をばらまき、「一橋派《ひとつばしは》」に取《と》り込《こ》もうと工作《こうさく》したりしましたが、なかなかうまくいかず……。
西郷《さいごう》と橋本左内《はしもとさない》が京《きょう》で「慶喜《よしのぶ》に」という朝廷《ちょうてい》の意向《いこう》を取《と》り付《つ》けようとした際《さい》、西郷《さいごう》たちの提《てい》案《あん》で篤姫《あつひめ》も養父《ちち》となった近衛忠熙《このえただひろ》に手紙《てがみ》を書《か》いて、その後押《あとお》しを頼《たの》みますが、それがバレ、家《いえ》定《さだ》の乳母《うば》・歌橋《うたはし》に「すぐさま近衛様《このえさま》に手紙《てがみ》を書《か》いて取《と》り消《け》してください」と半《なか》ば強制的《きょうせいてき》に手紙《てがみ》を書《か》かされたことも。これは、そのすぐあとに幾島《いくしま》が「あれは姫様《ひめさま》の本心《ほんしん》ではございません」と追《お》って近衛家《このえけ》に手紙《てがみ》を出《だ》しています。西郷《さいごう》も橋本《はしもと》に「大奥《おおおく》は女《おんな》のことゆえ、うまくゆかぬ」と手紙《てがみ》でこぼしたりしているので、大奥内《おおおくない》の女《おんな》たちの対立《たいりつ》はすさまじかったのでしょうね。

「夫《おっと》は料理男子《りょうりだんし》」家定《いえさだ》はよく芋《いも》をふかしたり、豆《まめ》を煮《に》たりしていたので、松平春嶽《まつだいらしゅんがく》は「イモ公方《くぼう》」と陰《かげ》であだ名《な》していたとか。けど、料理《りょうり》が好《す》きなわりに味見《あじみ》をろくにしなかったらしく、生煮《なまに》えだったり、味《あじ》が薄《うす》かったり、と食《た》べさせられたほうは散々《さんざん》だったようです。そんなエピソードをもとに篤《あつ》とのシーンを作《つく》りました。

「篤姫《あつひめ》は先進的《せんしんてき》だった」江戸城《えどじょう》を出《で》たあとは、それなりに自由気《じゆうき》ままに過《す》ごしていたようで、珍《めずら》しがってシャツを着《き》たり、コウモリ傘《がさ》を使《つか》ったり、いわゆるハイカラなものも積極的《せっきょくてき》に生活《せいかつ》に取《と》り入《い》れたようです。明治《めいじ》4年《ねん》（1871年《ねん》）に「断髪令《だんぱつれい》」が出《で》たときは短髪《たんぱつ》にしました。女性《じょせい》は長《なが》くてももちろん問題《もんだい》なかったのですが、篤姫《あつひめ》は長《なが》い髪《かみ》をバッサリ切《き》って、ベリーショートにしています。よく知《し》られる写真《しゃしん》がありますので、機会《きかい》があれば見《み》てみてはいかがでしょう。

【和宮《かずのみや》】

「泣《な》く泣《な》く決断《けつだん》」物語《ものがたり》ではだいぶ端折《はしょ》りましたが、降嫁《こうか》の話《はなし》は二転三転《にてんさんてん》しました。そのたびに「どうかこのまま破談《はだん》にしてください」と、和宮《かずのみや》は泣《な》きながら孝明天皇《こうめいてんのう》に訴《うった》えています。また、幕府《ばくふ》は和宮《かずのみや》の説得《せっとく》のため、周囲《しゅうい》の者《もの》に「どんなに金《かね》がかかってもいいから説得《せっとく》してほしい」と大金《たいきん》をつかませたりしました。和宮《かずのみや》に「このままでは母上《ははうえ》たちが処罰《しょばつ》されるかも」とささやいた乳母《うば》（田中絵島《たなかえしま》）も、実《じつ》はそのひとりだったらしいです。ちなみに、「熾仁《たるひと》さん」という呼《よ》び方《かた》ですが、当時《とうじ》の皇室《こうしつ》や宮家《みやけ》は「さんづけ」だったらしいです。たとえば、幕末《ばくまつ》の大河《たいが》ドラマでは、公家《くげ》たちが降嫁問題《こうかもんだい》で話《はな》し合《あ》うシーンなどで「和宮《かずのみや》さん」と言《い》ったりしていますので、機会《きかい》があれば、ちょっと意識《いしき》して見《み》てみるとおもしろいかもしれません。

「花嫁道具《はなよめどうぐ》は別《べつ》ルートだった」和宮《かずのみや》の花嫁行列《はなよめぎょうれつ》は全長《ぜんちょう》五十キロに及《およ》んだ史上最大級《しじょうさいだいきゅう》のものでした。東海道《とうかいどう》は途中《とちゅう》の「今切《いまぎれ》の渡《わた》し（切《き》れる、につながる）」や「薩埵峠《さったとうげ》（去《さ》った、につながる）」が「縁起《えんぎ》が悪《わる》い」として、和宮《かずのみや》の行列《ぎょうれつ》は中山道《なかせんどう》を通《とお》ることになったという話《はなし》もあります。ですが、中山道《なかせんどう》にも忌《い》み言葉《ことば》につながる場所《ばしょ》がいくつかあり、板橋《いたばし》では「縁切榎《えんきりえのき》」と呼《よ》ばれる木《き》を和宮《かずのみや》に見《み》えないように覆《おお》い隠《かく》したりして、大変《たいへん》だったらしいです。ちなみに、花嫁道具《はなよめどうぐ》は和宮《かずのみや》より先《さき》に京《きょう》を出発《しゅっぱつ》して東海道《とうかいどう》を使《つか》って運《はこ》ばれました。

「ラブレターの数々《かずかず》」将軍《しょうぐん》にいやいや〝嫁《とつ》いであげた〟和宮《かずのみや》でしたが、家茂《いえもち》とはラブラブでした。結婚後《けっこんご》、家茂《いえもち》は三回《かい》上洛《じょうらく》しますが、その際《さい》、ふたりは何度《なんど》も手紙《てがみ》のやりとりや贈《おく》り物《もの》をしています。勝海舟《かつかいしゅう》は大坂《おおさか》で家茂《いえもち》の棺《ひつぎ》に遺品《いひん》を入《い》れる際《さい》、「いったん、徳川《とくがわ》に嫁《か》したからには徳《とく》川《がわ》のために命《いのち》を捨《す》てるつもりです」、「お帰《かえ》りの早《はや》いことは一日千秋《いちじつせんしゅう》の思《おも》いで待《ま》ちます」などと綴《つづ》られた和宮《かずのみや》からの手紙《てがみ》を見《み》たそうです。

「空蝉《うつせみ》の法衣《ほうい》」和宮《かずのみや》は家茂《いえもち》の形見《かたみ》である西陣織《にしじんおり》を袈裟《けさ》に仕立《した》てて、増上寺《ぞうじょうじ》に奉納《ほうのう》する際《さい》、「空《うつ》蝉《せみ》の〜」の歌《うた》を添《そ》えました。綾《あや》も錦《にしき》も君《きみ》ありてこそ……何度《なんど》読《よ》んでも泣《な》けてきます。

「家茂《いえもち》の写真《しゃしん》を抱《だ》いていた？」昭和《しょうわ》35年《ねん》（1960年《ねん》）に和宮《かずのみや》の墓《はか》を調査《ちょうさ》した際《さい》、棺《ひつぎ》の中《なか》に胸《むね》にそっと抱《だ》きしめるような感《かん》じで、一枚《まい》の湿版写真《しっぱんしゃしん》が入《はい》っていたそうです。目撃者《もくげきしゃ》の話《はなし》によると、「烏帽子《えぼし》に直垂姿《ひたたれすがた》の若《わか》い男性《だんせい》が写《うつ》っていた」とか。この写真《しゃしん》はその後《ご》の処理《しょり》をあやまり、残念《ざんねん》ながら翌日《よくじつ》にはただのガラス板《いた》に。この男性《だんせい》を「かつての婚約者《こんやくしゃ》、有栖川宮熾仁親王《ありすがわのみやたるひとしんのう》かも？」と邪推《じゃすい》する人《ひと》もいますが……。私《わたし》は「間違《まち》いなく家茂《いえもち》でしょ！」と信《しん》じています。

【徳川美賀子《とくがわみかこ》】

「本当《ほんとう》はヒステリーだった？」慶喜《よしのぶ》と義祖母《そぼ》の直子《つねこ》の仲《なか》のよさは周知《しゅうち》の事実《じじつ》だったようで、美《み》賀子《かこ》の自殺騒《じさつさわ》ぎの際《さい》、松平春嶽《まつだいらしゅんがく》も「さもあらん」と言《い》っています。美賀子《みかこ》は慶喜《よしのぶ》と家臣《かしん》たちの会議《かいぎ》の場《ば》に突然《とつぜん》、乱入《らんにゅう》して慶喜《よしのぶ》の頭《あたま》を引《ひ》っぱたいたという話《はなし》も残《のこ》っていますが、こういった事《じ》情《じょう》を知《し》ると、会議《かいぎ》の前《まえ》に夫婦《ふうふ》で直子《つねこ》のことでケンカをしていて、嫉妬《しっと》から出《で》た行動《こうどう》だったのでは……？　と思《おも》ってしまいます。美賀子《みかこ》の自殺未遂《じさつみすい》のシーンですが、日付《ひづけ》は記録《きろく》があるものの、どのような方法《ほうほう》を採《と》ったのかまではわかっていません。ですので、私《わたし》がもし美賀子《みかこ》だったら……と想像《そうぞう》して、首《くび》を吊《つ》るという方法《ほうほう》にしました。武家《ぶけ》の姫《ひめ》なら（主《おも》に戦争中《せんそうちゅう》に）短刀《たんとう》でのどを突《つ》く、というイメージがあるのですが、美賀子《みかこ》は公家《くげ》の姫《ひめ》なので血《ち》を流《なが》すのが似合《にあ》わない気《き》もしたのです。

「慶喜《よしのぶ》は本当《ほんとう》に〝いい男《おとこ》〟だった？」家定《いえさだ》の家臣《かしん》が「家定公《いえさだこう》は慶喜公《よしのぶこう》が〝いい男《おとこ》〟だったから気《き》に食《く》わなかった」と語《かた》っています。これは「慶喜《よしのぶ》の容姿《ようし》のよさに嫉妬《しっと》した」という解釈《かいしゃく》で伝《つた》わっているのですが、残《のこ》っている写真《しゃしん》を見《み》ると、慶喜《よしのぶ》は確《たし》かに美男《びなん》です。でも、本当《ほんとう》にそれだけだったのかな……？　と思《おも》い、「篤姫《あつひめ》」の物語《ものがたり》では、あのように描《えが》いてみました。

「大奥《おおおく》との関係《かんけい》は？」年《ねん》に一度《ど》は必《かなら》ずあいさつに上《あ》がっていたようですし、篤姫《あつひめ》と和宮《かずのみや》とも当《とう》然《ぜん》、面識《めんしき》があったと思《おも》います。ちなみに御年寄《おとしより》の滝山《たきやま》が辞職《じしょく》する際《さい》、美賀子《みかこ》から贈《おく》り物《もの》が届《とど》けられたという記録《きろく》があります。滝山《たきやま》は南紀派《なんきは》でしたので、慶喜《よしのぶ》が将軍《しょうぐん》になってしばらくしてから辞《や》めたらしいですよ。

「なぜ大奥《おおおく》に入《はい》らなかったのか?」幕府《ばくふ》からそのまま一橋邸《ひとつばしてい》に留《とど》まるようお達《たっ》しがあったそうですが、慶喜《よしのぶ》がずっと京《きょう》や大坂《おおさか》にいたことや、在職期間《ざいしょくきかん》が短《みじか》かったという時間的《じかんてき》なことなども関係《かんけい》していると思《おも》います。もしそのまま幕府《ばくふ》が続《つづ》いていて、美賀子《みかこ》が大奥《おおおく》に入《はい》っていたら、今度《こんど》は和宮《かずのみや》が姑《しゅうとめ》ということになるので、また違《ちが》ったドラマが展開《てんかい》されていたでしょうね。

それでは、このページを借《か》りて、もうひとり幕末《ばくまつ》のお姫様《ひめさま》を紹介《しょうかい》しましょう。

【徳川則子《とくがわのりこ》】(1850年《ねん》〜1874年《ねん》)

「和宮《かずのみや》」のコラムの中《なか》で、家茂《いえもち》にも婚約話《こんやくばなし》が進《すす》んでいたという話《はなし》をしましたが、相手《あいて》はこの人《ひと》、伏見宮家《ふしみのみやけ》の八女《じょ》、倫宮則子女王《みちのみやのりこじょおう》でした。家茂《いえもち》が将軍職《しょうぐんしょく》に就《つ》いたのち、紀州藩《きしゅうはん》は分家《ぶんけ》から当主《とうしゅ》を迎《むか》えます。彼《かれ》は家茂《いえもち》から偏諱《へんき》を受《う》け、茂承《もちつぐ》と名乗《なの》るようになり、則子《のりこ》と結婚《けっこん》したのです。相手《あいて》が変《か》わったとはいえ、則子《のりこ》は予定《よてい》どおり、紀州藩主《きしゅうはんしゅ》に嫁《とつ》いだわけですね。ふたりが結婚《けっこん》したのは、文久《ぶんきゅう》2年《ねん》(1862年《ねん》)12月《がつ》21日《にち》、則子《のりこ》は数《かぞ》えで十歳《さい》、茂承《もちつぐ》は十六歳《さい》でした。ちなみに、この年《とし》の2月《がつ》には家茂《いえもち》と和宮《かずのみや》が結婚式《けっこんしき》を挙《あ》げています。

運命《うんめい》の慶応《けいおう》4年《ねん》(1868年《ねん》)1月《がつ》、「鳥羽《とば》・伏見《ふしみ》の戦《たたか》い」で慶喜《よしのぶ》が朝敵《ちょうてき》となり、会津藩主《あいづはんしゅ》・松平容保《まつだいらかたもり》らを連《つ》れて江戸《えど》に逃《に》げ帰《かえ》ったあと、大坂《おおさか》に残《のこ》された会津兵《あいづへい》たちが、茂承《もちつぐ》を頼《たよ》って紀州《きしゅう》に逃《のが》れてきました。茂承《もちつぐ》は彼《かれ》らを密《ひそ》かに匿《かくま》い、関東《かんとう》に送還《そうかん》。しかし、その後《ご》、茂承《もちつぐ》は朝廷《ちょうてい》ににらまれ、身動《みうご》きが取《と》れなくなります。宮家《みやけ》の姫《ひめ》をもらった茂承《もちつぐ》は朝廷《ちょうてい》と徳川《とくがわ》の間《あいだ》に挟《はさ》まれた苦《くる》しい立場《たちば》だったのです。

一方《いっぽう》、江戸《えど》の紀州藩邸《きしゅうはんてい》にいた十九歳《さい》の則子《のりこ》は、朝廷《ちょうてい》から江戸《えど》を出《で》て和歌山《わかやま》へ向《む》かうよう命《めい》じられましたが、頑《がん》として動《うご》かず……。新政府側《しんせいふがわ》が兵《へい》を派遣《はけん》して脅《おど》しても怯《ひる》まず、家臣《かしん》たちが陳情《ちん》《じょう》しても聞《き》き入《い》れようとせず、紀州《きしゅう》から彼女《かのじょ》を迎《むか》えに来《き》た蒸気船《じょうきせん》も追《お》い返《かえ》してしまったそうです。こうした彼女《かのじょ》の凜《りん》とした態度《たいど》に家臣《かしん》たちは感涙《かんるい》し、奮《ふる》い立《た》ったとか。けれど、江戸城《えどじょう》無血《むけつ》開城《かいじょう》から約《やく》2か月半後《げつはんご》の6月《がつ》19日《にち》、新政府《しんせいふ》の圧力《あつりょく》に屈《くっ》し、則子《のりこ》は仕方《しかた》なく江戸《えど》を発《た》つことになりました。

則子《のりこ》がなかなか江戸《えど》を離《はな》れなかったのは、和宮《かずのみや》が京《きょう》へ戻《もど》らなかったためだと思《おも》われます。皇女《こう》《じょ》である和宮《かずのみや》が亡《な》き将軍夫人《しょうぐんふじん》として徳川《とくがわ》を守《まも》るために奮闘《ふんとう》しているのに、自分《じぶん》も徳川御三家《とくがわごさんけ》の妻《つま》として帰《かえ》るわけにはいかない、と考《かんが》えたのでしょう。京《きょう》にいる夫《おっと》の代《か》わりとしても、徳川《とくがわ》の行《ゆ》く末《すえ》を案《あん》じ、留《とど》まったのだと思《おも》います。

明治維新後《めいじいしんご》、「廃藩置県《はいはんちけん》」に伴《ともな》い、和歌山《わかやま》から夫《おっと》とともにふたたび、かつての江戸《えど》——東京《とうきょう》に出《で》てきた則子《のりこ》は、女《おんな》の子《こ》をふたり産《う》みましたが、明治《めいじ》7年《ねん》（1874年《ねん》）、病《やまい》のため、数《かぞ》えで二十五歳《さい》の若《わか》さで亡《な》くなりました。


さて、ここまでお読《よ》みいただき、ありがとうございました！

和宮《かずのみや》は「公武合体政策《こうぶがったいせいさく》」で無理《むり》やり関東《かんとう》へ嫁《とつ》がされたことから、〝悲劇《ひげき》のヒロイン〟として取《と》り上《あ》げられることが多《おお》く、その一方《いっぽう》で、和宮《かずのみや》と初対面《しょたいめん》の際《さい》、上座《かみざ》に座《すわ》ったことから、篤姫《あつひめ》は〝意地悪《いじわる》な姑《しゅうとめ》〟のイメージが世《よ》の中《なか》に強《つよ》く定着《ていちゃく》していました。美賀子《みかこ》に至《いた》っては、最後《さいご》の将軍《しょうぐん》の妻《つま》なのに大奥《おおおく》に入《はい》らなかったことから、ほとんど知《し》られていません。

幕末《ばくまつ》は資料《しりょう》がたくさんあるので、まだまだ書《か》き足《た》りないことも多《おお》く、それぞれの姫《ひめ》を一冊《さつ》どころか数冊《すうさつ》で書《か》きたいところですが――……。

この本《ほん》を通《とお》して、幕末《ばくまつ》のお姫様《ひめさま》たちに少《すこ》しでも興味《きょうみ》を持《も》ってくれたら、作家《さっか》としてとてもうれしく思《おも》います。

いつかまた、激動《げきどう》の幕末《ばくまつ》を生《い》きたお姫様《ひめさま》や女性《じょせい》たちの物語《ものがたり》を書《か》けることを願《ねが》いつつ。


大政奉還《たいせいほうかん》から150年《ねん》の秋《あき》に記《しる》す　藤咲《ふじさき》あゆな

『幕《ばく》末《まつ》姫《ひめ》』は、
読《どく》者《しゃ》の皆《みな》さまからの
ファンレターを募《ぼ》集《しゅう》しています。

◇◇

藤《ふじ》咲《さき》あゆな先《せん》生《せい》・マルイノ先《せん》生《せい》への
質《しつ》問《もん》やメッセージ

◇◇

作《さく》品《ひん》へのご意《い》見《けん》、ご感《かん》想《そう》を
お待《ま》ちしています！

《あて先《さき》》

〒101-8050　東京都千代田区一ツ橋2-5-10
集英社みらい文庫編集部　『幕末姫』おたより係
（あなたの住所《じゅうしょ》・氏名《しめい》を忘《わす》れずにご記入《きにゅう》ください）

集英社みらい文庫

幕末姫《ばくまつひめ》

―葵《あおい》の章《しょう》―

藤咲《ふじさき》あゆな　作

マルイノ　絵

ファンレターのあて先
〒101-8050　東京都千代田区一ツ橋2-5-10　集英社みらい文庫編集部
いただいたお便りは編集部から先生におわたしいたします。

2018年 2月28日　第1刷発行
2018年 3月20日　第2刷発行

発行者　北畠輝幸
発行所　株式会社 集英社
〒101-8050　東京都千代田区一ツ橋2-5-10
電話　編集部 03-3230-6246
読者係 03-3230-6080
販売部 03-3230-6393(書店専用)
http://miraibunko.jp
装　丁　小松 昇(Rise Design Room)　中島由佳理
印　刷　大日本印刷株式会社　凸版印刷株式会社
製　本　大日本印刷株式会社

★この作品はフィクションです。実在の人物・団体・事件などにはいっさい関係ありません。

ISBN978-4-08-321420-2　C8293　N.D.C.913　204P　18cm

からのお知らせ

戦国《せんごく》の世《よ》に、美《うつく》しく強《つよ》く生《い》きた姫《ひめ》たちの物語《ものがたり》！

「戦国姫《せんごくひめ》」シリーズ

藤咲《ふじさき》あゆな・作《さく》
マルイノ・絵《え》

―風《かぜ》の巻《まき》―

茶々《ちゃちゃ》、おね、義姫《よしひめ》、愛姫《めごひめ》、満天姫《まてひめ》、督姫《とくひめ》、井伊直虎《いいなおとら》、立花誾千代《たちばなぎんちよ》、大祝鶴姫《おおほうりつるひめ》…9人《にん》の物語《ものがたり》を収録《しゅうろく》。

―花《はな》の巻《まき》―

江姫《ごうひめ》、駒姫《こまひめ》、千姫《せんひめ》、奈阿姫《なあひめ》、甲斐姫《かいひめ》、おつやの方《かた》、濃姫《のうひめ》…7人《にん》の物語《ものがたり》を収録《しゅうろく》。

―月《つき》の巻《まき》―

築山殿《つきやまどの》、寿桂尼《じゅけいに》、綾姫《あやひめ》、お船《せん》の方《かた》、松姫《まつひめ》、北条夫人《ほうじょうふじん》、お市《いち》の方《かた》…7人《にん》の物語《ものがたり》を収録《しゅうろく》。

―鳥《とり》の巻《まき》―

初姫《はつひめ》、京極竜子《きょうごくたつこ》、豪姫《ごうひめ》、まつ、小松姫《こまつひめ》、千代《ちよ》、細川《ほそかわ》ガラシャ…7人《にん》の物語《ものがたり》を収録《しゅうろく》。

集英社みらい文庫

—松姫《まつひめ》の物語《ものがたり》—

武田信玄《たけだしんげん》の五女《ごじょ》・松姫《まつひめ》は七歳《ななさい》で織田信長《おだのぶなが》の嫡男《ちゃくなん》・信忠《のぶただ》と婚約《こんやく》するが、五年後破談《ごねんごはだん》となり…。

—井伊直虎《いいなおとら》の物語《ものがたり》—

お家断絶《いえだんぜつ》の危機《きき》にあった井《い》伊《い》の姫《ひめ》・祐《ゆう》は、名《な》を「直虎《なおとら》」と改《あらた》め、井伊家《いいけ》の当主《とうしゅ》となる…!

—茶々《ちゃちゃ》の物語《ものがたり》—

浅井三姉妹《あざいさんしまい》の長女《ちょうじょ》・茶々《ちゃちゃ》。豊臣秀吉《とよとみひでよし》の側室《そくしつ》となり秀頼《ひでより》を生《う》んだ彼女《かのじょ》の人生《じんせい》とは…。

—瀬名姫《せなひめ》の物語《ものがたり》—

徳川家康《とくがわいえやす》の妻《つま》・瀬名姫《せなひめ》（築山《つきやま》殿《どの》）。過酷《かこく》な運命《うんめい》が彼女《かのじょ》を待《ま》ち…。寿桂尼《じゅけいに》の物語《ものがたり》も収録《しゅうろく》。

—濃姫《のうひめ》の物語《ものがたり》—

美濃《みの》の斎藤道三《さいとうどうざん》の娘《むすめ》・濃姫《のうひめ》。隣国《りんごく》・尾張《おわり》の“うつけ”とよばれる織田信長《おだのぶなが》に嫁《とつ》ぎ…。

「みらい文庫《ぶんこ》」読者《どくしゃ》のみなさんへ

　言葉《ことば》を学《まな》ぶ、感性《かんせい》を磨《みが》く、創造力《そうぞうりょく》を育《はぐく》む……、読書《どくしょ》は「人間力《にんげんりょく》」を高《たか》めるために欠《か》かせません。たった一枚《いちまい》のページをめくる向《む》こう側《がわ》に、未知《みち》の世界《せかい》、ドキドキのみらいが無限《むげん》に広《ひろ》がっている。これこそが「本《ほん》」だけが持《も》っているパワーです。

　学校《がっこう》の朝《あさ》の読書《どくしょ》に、休《やす》み時間《じかん》に、放課後《ほうかご》に……。いつでも、どこでも、すぐに続《つづ》きを読《よ》みたくなるような、魅力《みりょく》に溢《あふ》れる本《ほん》をたくさん揃《そろ》えていきたい。読書《どくしょ》がくれる、心《こころ》がきらきらしたり胸《むね》がきゅんとする瞬間《しゅんかん》を体験《たいけん》してほしい、楽《たの》しんでほしい。みらいの日本《にほん》、そして世界《せかい》を担《にな》うみなさんが、やがて大人《おとな》になった時《とき》、「読書《どくしょ》の魅力《みりょく》を初《はじ》めて知《し》った本《ほん》」「自分《じぶん》のおこづかいで初《はじ》めて買《か》った一冊《いっさつ》」と思《おも》い出《だ》してくれるような作品《さくひん》を一所懸命《いっしょけんめい》、大切《たいせつ》に創《つく》っていきたい。

　そんないっぱいの想《おも》いを込《こ》めながら、作家《さっか》の先生方《せんせいがた》と一緒《いっしょ》に、私《わたし》たちは素敵《すてき》な本作《ほんづく》りを続《つづ》けていきます。「みらい文庫《ぶんこ》」は、無限《むげん》の宇宙《うちゅう》に浮《う》かぶ星《ほし》のように、夢《ゆめ》をたたえ輝《かがや》きながら、次々《つぎつぎ》と新《あたら》しく生《う》まれ続《つづ》けます。

　本《ほん》を持《も》つ、その手《て》の中《なか》に、ドキドキするみらい――――。

　本《ほん》の宇宙《うちゅう》から、自分《じぶん》だけの健《すこ》やかな空想力《くうそうりょく》を育《そだ》て、〝みらいの星《ほし》〟をたくさん見《み》つけてください。

　そして、大切《たいせつ》なこと、大切《たいせつ》な人《ひと》をきちんと守《まも》る、強《つよ》くて、やさしい大人《おとな》になってくれることを心《こころ》から願《ねが》っています。

2011年《ねん》　春《はる》

集英社《しゅうえいしゃ》みらい文庫《ぶんこ》編集部《へんしゅうぶ》